JN263608

二見文庫

氷の宮殿

アイリス・ジョハンセン／阿尾正子＝訳

Satin Ice
by
Iris Johansen

氷の宮殿

登　場　人　物　紹　介

シルヴァー・サヴロン	名門ディレイニィ家出身の美少女
ニコラス・サヴロン	ロシアの青年公爵。シルヴァーの夫
ミハイル・クズディフ	ニコラスの幼馴染にして側近
ヴァレンティン・マリノフ	ニコラスの親友の伯爵
エテイン	サーカス団の少女。10歳
ポール・モンティース	サーカス団の主宰者。エテインの実父
アントン・ペスコフ	サーカス団のパトロン。皇帝の寵臣
ロゴフ	ニコラスの館の執事
アレクサンドル	ロマノフ朝第12代皇帝
ナターリヤ・サヴロン	ニコラスの母
マシュー・レリングズ	シルヴァーの主治医
カーチャ・ラズコルスキー	ロシアの伯爵夫人
デニス・ステファン	ナターリヤの若い愛人。伯爵
ライジング・スター	シルヴァーの母方の伯母。故人
イーゴリ・ダボル	コサック族の首領。ニコラスの祖父

1

一八七四年七月十日
ロシア、サンクトペテルブルク

「どうして暗くならないの？」シルヴァーは物珍しそうに馬車の窓から外を眺めた。「もう真夜中に近いはずでしょう。船が港に着いたのは午後十時をとうにまわっていたもの」

「いまは白夜なんだ」シルヴァーの真剣な表情を見てヴァレンティン・マリノフはにっこりした。彼女の視線を追うようにして、人けのない通りに目をやる。故郷の街はいま真珠色の光を浴びて、道路に敷いた玉石までが虹色の光沢を放っていた。「一年のうち数週間、ここサンクトペテルブルクは夜の帳《とばり》がおりないんだ」そう説明した。

「すごく変わっているのね」シルヴァーはからかうような視線を彼に投げた。「でもあなたやニコラスみたいなへそ曲がりが育った街だもの、変わっていて当然よね。アメリカのほうがずっと信頼できるわ。わたしの国は、暗くなるはずの時間には暗くなるもの」

「信頼ね、たしかにそうかもしれないが、そのぶんおもしろみに欠ける。白状しろよ、シルヴァー。サンクトペテルブルクほど美しい街は見たことがないだろう？」

「そんなこといえないわよ。まだあなたの愛する街をほんの数キロしか見ていないんだから」でもわずかに目にしたものは、怖いくらいに美しかった。なにもかもが……アメリカとはまるで違う。奇妙な形の塔のある建物は、目が覚めるほど鮮やかな黄色や緑、赤やターコイズブルーに彩《いろど》られている。幅の広い通りや大きな広場、緑豊かな公園がいたるところにあり、縦横に走る霧のたちこめる運河が、サンクトペテルブルクの街に神秘的な魅力を添えていた。

エキゾチックな魅力はあるけれど、どれもなじみのないものばかりで、シルヴァーは急にまったくのひとりぼっちになったような深い孤独を感じた。愛するものたちから遠く離れたこんな不慣れな土地で、わたしはいったいなにをしているの？　「ものすごく……大きな街みたいね。ニューオーリンズやセントルイスより大きいみたい」

「サンクトペテルブルクは〝雪のバビロン〟と呼ばれているんだ」おだやかな声でヴァレンティンはいった。「これほどすばらしい街は地球上のどこを探してもほかに――」背筋を伸ばして座っているシルヴァーの肩がひどくこわばっていることに気づき、彼ははっと口をつぐんだ。馬車の向かい側にいるシルヴァーのほっそりとした体から緊張が伝わってくる気がした。シルヴァーが不安でぴりぴりすることなどあるとは思わなかった。ほかの女性ならいざ知らず、シルヴァーにかぎっては。彼女はヴァレンティンが出会ったどんな女性とも違う大胆さと独立心をもちあわせているのだから。いや、不安になるのも当然かもな、彼は急に同情をおぼえた。なんといっても、シルヴァーはまだほんの十九歳で、しかもニコラスの子どもを身籠《みごも》っているのだ。いつだってシルヴァーは生気と自信にあふれているから、彼女が世間に疎《うと》い子どもだということをついつい忘れてしまう。だけどニコラスもニコラスだ！シルヴァーのことをもっと気にかけてぼくらといっしょにくるべきだったんだ。それなのに、船が港に着くやいなやミハイルを連れてどこかへ行ってしまった。

親友ニコラスのシルヴァーに対する扱いに腹が立ち、ヴァレンティンは顔をしかめた。まったく、シルヴァーはやつの妻なんだぞ。もっと夫としての義務を自覚すべき……。義務だって？　ニコラスと義務を結びつけて考えるなんて、ぼくは頭がどうかしてしまったに違いない。ニコラスとは長年のつきあいだが、彼がそんなくびきをおとなしく負うところなど見たことがない。しかたない、ニコラスが夫としての責任を果たさないなら、ぼくなりにシルヴァーをいたわってやるまでだ。「サンクトペテルブルクもほかの街と変わらないよ」つとめて明るい声を出した。「きみの故郷のニューオーリンズにもそれなりの魅力はあるさ」

シルヴァーが笑い声をたて、緊張がわずかにほぐれた。「ニューオーリンズが大嫌いだったくせに。そういったじゃない」

ヴァレンティンは眉根を寄せた。「嫌いだったのはニューオーリンズの街じゃなくて天気てさらりとしている。クリスタル・アイランドはさらにね」

「クリスタル・アイランド?」

「街に近い私有の島に邸宅を構えている貴族はごまんといるが、ニコラスもネヴァ川に浮かぶ島に城をもっているんだ。クリスタル・アイランドという名前の由来は、ニコラスの父親が花嫁を迎えるために城を全面的に改築したことにある。大きな窓をいくつも配したのでガラスがクリスタルみたいにきらきら光るんだよ、とくに船で川から眺めるとね。ニコラスから聞いていないのかい?」するとシルヴァーの顔から表情がすっと消え、ヴァレンティンは内心おのれを罵《のの》った。ニコラスがそうしたもろもろのことをシルヴァーに話していると考える理由がどこにある? ふたりの関係はどうにもよそよそしく、わだかまりがあるように見えるのに。ニューオーリンズからリヴァプールまでの長旅のあいだも、イギリスからサンクトペテルブルクへ向かう船でも、シルヴァーは個室をひとりでつかっていた。どうにも解せない。結婚してもいいと思うほどシルヴァーが欲しかったのなら、ニコラスはなぜ彼女とベッドをともにしない? シルヴァーへの欲望が消えていないのはたしかだ。それどころか欲望は燃えあがる一方だ。ここ数カ月、わが友ニコラスがやけに怒りっぽくなったことがなによりの証拠といえた。赤ん坊のことを心配しているのだろうか? でもシルヴァーはまだ妊娠してふた月というところだぞ。

「いいえ、なにも聞いていないわ」シルヴァーは窓の外を行き過ぎる堂々たる建物にじっと視線を注いでいた。「たぶん、かわいそうな合いの子を怖がらせちゃいけないと思ったんじゃない？　ほら、わたしたちアパッチインディアンは城に慣れていないから」

「そんなわけないよ」ヴァレンティンはさらりといった。「きみはその気になったらサンクトペテルブルク全体をわがものにして、皇帝《ツァーリ》の鼻をつまむことすらやってのける人だとニコラスは知っているからね。きみみたいに勇敢なアパッチにとって、ちっぽけなお城のひとつぐらいどうってことないだろう？」

「それはそう」彼女はつんとあごをそらした。「ニコラスの城も、たいそうな称号も、なんてことないわ」

「その称号はきみのものでもあるんだよ」ヴァレンティンはやんわりと思いださせた。「いまではきみはシルヴァー・サヴロン公爵夫人だ。そして生まれてくるきみの子どもにも、同じ称号が与えられることになる」

　不意に馬車の窓の外に広がる白夜にも似たやわらかな輝きがシルヴァーの表情を明るくした。まだほとんどふくらんでいないおなかに片手を当てる。「そうだったわね」囁《ささや》くようにいった。「忘れてたわ。称号はわたしの赤ちゃんを守るのに役立つわよね、ヴァレンティン？　坊やは安全でいられるわ」

「称号は強みになる、サヴロン家の富という後押しがあるかぎりは。伯爵であることで社交界の扉のいくつかはぼくに開かれたが、金がないせいでその多くは閉じられたままだからね」

「社交界なんてどうでもいい」シルヴァーの銀色の目はぎらぎらしていた。「わたしの望みは、わたしの子が辱《はずかし》めを受けずに安心して暮らせることだけ」

「子どものことはニコラスがしっかり守るよ、シルヴァー」おだやかに告げた。

「いいえ、わたしが守る」声に力がこもった。「これはわたしの闘いよ、誰にも頼るつもりはない」

「たとえ夫であろうとも?」静かな声でヴァレンティンはいった。

険しかった彼女の表情があいまいなものに変わり、痛みの色がさっとよぎった。「たとえ夫であろうとも」ためらいがちにつづけた。「わたしたちの結婚が……ふつうと違うことは、あなたも知っているでしょう」

「異例中の異例だな。だからってニコラスの本質は変わらないし、きみだってそれは同じだろう」ヴァレンティンは微笑んだ。「ぼくはたぶんおなかの子に嫉妬しているんだ、シルヴァー。きみとニコラスを親にもつんだ、その子はロシアじゅうの誰よりも大切に育《はぐく》み守られるだろうからね」

「世界じゅうの誰よりもよ」褐色の愛らしい顔が笑顔でぱっと輝いた。「わたしたちを見くびってもらっては困るわ」そこで笑みがすっとひいた。「ニコラスは本当にこの子が欲しいと思う、ヴァレンティン？　あの人、なにかいっていなかった？」

ヴァレンティンはかぶりを振った。「いや、でももちろん欲しいに決まってる。当然だろう？　男ならみな跡取りが欲しいものだからね」

「子どもは欲しいかもしれないけど、子どもの母親の素性にこだわる男もなかにはいるから」苦々しげにいった。「公爵はふつう跡取りを産ませるのに、わたしみたいな私生児の混血女を選んだりしないわ」

「なら選ぶべきだな。そうすれば、いまよりはるかに興味深い子孫を残すことができる」予想していた反応が返ってこないと、彼はやさしい声でつけたした。「いいかい、シルヴァー、もしもきみのおなかの子を認知したくなかったのなら、ニコラスはただきみに背を向けて歩き去ればそれでよかったんだ。あいにく世間ではそういうことがよくあるからね。しかし彼はきみと結婚することを選んだ」

「でもニコラスは選んだわけじゃ――」言葉を濁し、なんでもないというように笑おうとした。「あの人が子どもを望んでいようといまいと、べつにたいした問題じゃないわ。ただあなたになにか話しているのかしらと思っただけ」視線をすっと窓のほうに戻した。「あれがネヴァ川？」

シルヴァーがこの話を終わりにしたいと思っているのはあきらかだったが、ヴァレンティンは一瞬、もっと追及したいという衝動に駆られた。とはいえこの数カ月のあいだに、ヴァレンティンは、彼らの人生にいきなり飛び込んできた、このおとなと少女の顔を合わせもつ女性のことを心から好きになりはじめていたし、柄にもないことに、彼女を元気づけて安心させてやりたいと思った。そこで衝動には目をつぶることにして軽く肩をすくめた。元気づけて安心させるのはニコラスの役目とはいえ、あいつはその役目をまったく果たしていないようだし。「そう、あれがネヴァ川だ。島に渡るには船を頼むんだ。きっと楽しめると思うよ。川から見た街は最高に美しいからね」シルヴァーの硬い表情をちらりと見やると、わざと呑気な調子でいい添えた。「もっとも冬のほうがずっとスリルがあるけど。十一月には川が凍ってしまうから、橇《そり》で渡らないとならないんだ。きみも気に入るんじゃないかな」

「十一月にはここにいないかもしれない」

「この冬にニコラスと旅行に出かけようと考えているわけじゃないよね？　ぼくなら春まで待つな。サンクトペテルブルクの冬は楽しいことが山ほどあるんだ」

「ここにきたのは楽しむためじゃない」シルヴァーは疲れたように座席にもたれかかった。

「エティンを見つけだしてアメリカに連れて帰るためにきただけよ」

「そうなのかい？」あいまいな笑みを浮かべた。「あのサーカスの少女を心配するきみの気持ちは本物だと思うし、感心もしている。でもいまのきみはニコラスの妻で、じきに彼の子どもを産むんだぞ。ニコラスは自分のものをそう簡単にあきらめるような男じゃない。だから雪が降る季節になってもきみはまだここにいると思うね」

「あなたにはわからないわ」

「ああ、わからない」おもねるように微笑した。「わかるように説明してもらえないかな?」

シルヴァーはつかのま彼を見つめたあとで、ゆっくりとかぶりを振った。

ヴァレンティンはため息をついた。「だろうと思った。やれやれ、きみたちふたりのことに関しては、最初からなにがどうなっているのかさっぱりだ。たぶん、いずれはきみかニコラスがぼくの好奇心を満足させてくれるだろうけどね」

「たぶんね」シルヴァーは目を閉じ、なじみのない風景を、ヴァレンティンの気さくな好奇心を、彼女の知っている夜とはまったく違う夜を締めだした。さまざまな思いも頭から締めだせるといいのに。心の底からそう願った。ヴァレンティンのことは友達だと思っているし、できるものなら彼の質問に答えていただろう。でも自分にもわからないことをどうやって彼に理解させろというの? だってニコラスの心は謎のままなのよ。わたしが結婚を強要したあの日も、そしていまも。セントルイスからサンクトペテルブルクまでの三カ月に及ぶ船旅のあいだ、彼はずっと親切で、なにくれと世話を焼き、感じがいいとさえいえたけれど、仮面のように揺らがない表情の奥を垣間見ることはけっしてできなかった。

あの仮面の裏では激しい怒りが渦巻いているの?

結婚した晩はそうは思わなかった。わたしをやさしく寝かしつけてくれたときには。ニコラスはこのうえなくやさしかったけれど、そのしぐさのすべてに熱い欲望がたぎっているのが感じられた。〈ローズ〉号でミシシッピ川を下っているときも、海を越えているときも、彼はわたしを欲していた。そうよ、ニコラスがわたしを欲しがっているのはわかってる。なのにどうして抱こうとしないの？

だからって、彼と愛し合いたいわけじゃないわ。あわてて自分にいいきかせた。ニコラスがわたしに欲望を感じなくなったとしてもどうってことない。そうなることはわかっていたし。男はすぐに女の体に飽きるものだから。わたしの父親も、母を抱いて彼女のなかに種を蒔《ま》くが早いか、さっさと捨てたじゃないの。それにニコラスがわたしを奪ったんじゃない、わたしがこの身を捧げると決めたの。わたしもいつか彼のもとを去る。わたしの父が母を捨てたときのようになんの未練もなく。

でもいまはだめ。いまはまだ用意ができていない。もうしばらくニコラスといっしょにいても差し障りはないはず。たとえ情熱は抑え込んでいても、彼はわたしにやさしくしてくれる。彼のそばにいるのは楽しいわ、あの深みのある声に耳を傾け、天から堕ちる前のルシファーよりも美しい顔によぎる表情を見るのも。

嘘つき。シルヴァーは自分に嫌気がさした。ニコラスのそばにいるのは楽しくなんかない。彼の前に出ると、ほろ苦いような奇妙な痛みを感じるか、でなければ激しい欲望に駆られるかのどちらかなのだ。ニコラスのほうはわたしに飽きたとしても、彼へのわたしの欲望には同じことはいえないらしい。一方は飽き飽きしているのに、もう一方はまだ欲望に身を焦がしているなんて不公平だわ、シルヴァーは憤りをおぼえた。だけど不公平じゃなかったことなんて人生で一度でもあった？　この情熱はじきに冷めるわ。じきにニコラスに飽きて、彼のことなんか宮殿や皇帝といったきらびやかな世界に残していくの。そしてわたしはエティンを探しだし、あの冷酷な父親から引き離して、ふたりしてアメリカに戻るのよ。称号も、美形の公爵も、いつまでも太陽が沈まない夜もない国へ。

「シルヴァー、起きろ」

ヴァレンティンの声にわれに返り、馬車が停まっていることに気づいた。シルヴァーはぱっと目を開けた。「寝てなんかないわ。ここで船を借りるの？」

ヴァレンティンはうなずいた。「埠頭に着いた」馬車の扉を開け、玉石を敷いた通りに降り立った。「ここで待っててくれ。ナイチンゲールの声をもつ船頭を探してくる。きみはネヴァ川を初めて船で渡るんだ、生涯忘れられないものにしなくちゃいけないからね」

馬車の扉がばたんと閉まり、シルヴァーが困惑顔で見ていると、ヴァレンティンは色鮮やかなチュニックと丈夫そうな手織りのズボンといういでたちで埠頭でのらくらしている男たちのほうへきびきびした足どりで近づいていった。歌う船頭？　まあ、驚くようなことじゃないのかも。ニコラスの住むこの風変わりな世界はおかしなことだらけなのだし。

シルヴァーはふたたび座席に寄りかかり、ヴァレンティンが彼のナイチンゲールを探すのを待ちながらいらだちを静めようとした。

「料理人を起こそうか？」ミハイルは真鍮《しんちゅう》の飾り鋲《びょう》を打った背の高い扉を閉めた。「夕めしを食っていないだろう」

ニコラスは首を横に振ると、侍従に帽子と手袋を渡したあとで下がるよう手で合図した。

「もう寝るよ。腹はへっていない」

ミハイルが眉根を寄せた。「食べなきゃだめだ」

「もう寝る」ニコラスはくり返した。「母親みたいな小言は必要ない」

「ああ、だがちょっとした分別は大いに必要だ」大柄のコサックは無遠慮にいった。「じきに夜明けだが、おまえは昨日の昼からなにも食べていない。そういうのは思慮分別がないというんだ」

「ミハイル、いいかげんに――」有無をいわせぬミハイルの表情を見て、ニコラスは言葉をのみ込んだ。「朝食は腹がはちきれるほど食べると約束する。これで満足か、友人殿」

「いいや」

ニコラスはそっぽを向いた。「わからないことをいうな。シルヴァーの様子をたしかめたらおれも休むことにする。食事はそのあとだ」彼は優雅な曲線を描く大階段をあがりはじめた。「じゃ、明日また、ミハイル」

「今夜、彼女をひとりにするべきじゃなかった」

ニコラスはステップにかけた足をとめて友人を振り返った。「やむをえなかったんだ」

ミハイルはかぶりを振り、燃えるように赤い髪がクリスタルのシャンデリアのろうそくの光を受けてきらめいた。「彼女はとても淋しがっている。顔にこそ出さないが、今夜はおまえにそばにいてほしかったはずだ」

「一度にふたつの場所にはいられない。どちらかを選ばなきゃならないだろうが」

「スコルスキーに会うのは明日まで待てたはずだ」

「くそ、ミハイル、いいか――」そこまでいって、あきれたようにゆっくり首を横に振った。

「シルヴァーはおまえになにをしたんだ？」

「彼女がおまえにしたこととは違うがね」口元にうっすらと笑みを浮かべた。「だが嵐のなかを飛んでいる野鳥を見れば、安全な巣にたどり着いてほしいと思って当然だろう」

ニコラスは苦笑した。「つまりおれは嵐であって避難所ではないということか？」

「さあな。これまでのおまえは女にとって安全な存在じゃなかったが、シルヴァーはふつうの女とは違うから」

大理石の手すりにかけたニコラスの手に力がこもった。「だが彼女にも脆《もろ》いところはある、おれたちが守ってやらなければ傷つきもするし、だめになってしまうことだってある」

ミハイルの目がせばまった。「スコルスキーからなにか聞けたんだな」

「サーカスはここに、サンクトペテルブルクの郊外にいる。もう三週間以上になるそうだ。

モンティースはアントン・ペスコフ伯爵の屋敷にテントを張ったとスコルスキーはいっている。伯爵はモンティースとその一座のパトロンになっているらしい」

「それが問題なのか？」

「あるいはな。まだわからないが。ペスコフは宮廷に多大な影響力をもっている。仮にやつが例の子ども、エテインを、モンティースのいわゆる保護のもとから奪うわれわれの計画を邪魔だてする気にでもなればやっかいなことになる。そうなったら、もはや馬でサーカスに乗り込んでエテインを連れ去るだけではすまない」口元に歪んだ笑みを浮かべた。「最初に駆け引きを試みないとならないだろう」

「で、それがうまくいかなかったら？」

ニコラスの暗色の瞳が無謀な光を帯びた。「ふふん、そのときは馬でサーカスに乗り込んで子どもを連れ去るまでだ、いうまでもなく」

ミハイルの低い笑い声が響いた。「なるほど。そりゃあいい」

「だがな、血に飢えた友よ、まずは皇帝《ツァーリ》を巻き込まずに目的を達成できないかどうかやってみないと。いまのところシベリアに流刑になる気はないからな」そこでニコラスはひと息ついた。「だからといって、エテインの救出が遅れるのをシルヴァーが喜ばないのはおまえも知っているだろう。だから一日じゅう彼女についているわけにはいかないんだ。かわりにおまえがそばにいてやってくれないか？」

コサックは急にそわそわしだした。「シルヴァーがこうと決めたら、それを引き止められるかどうか保証はできないぞ。彼女は強い女性だから」

「わかってる。彼女とおなかの子どもを守ってほしいと頼んでいるだけだ。やってくれるか？」

ミハイルはうなずいた。「そのモンティースのことがえらく気になるらしいな。危険な男なのか？」

「会ったのは一度だけだが……なんでもやりかねない男だと思う」ミハイルに背を向け、また階段をあがりはじめた。「できればシルヴァーをやつに近づけないでくれ。容易じゃないのは重々承知だが」

ミハイルがうめき声ともあきらめのため息ともつかない音をたてるのが聞こえた。それから磨きあげられた寄せ木張りの床にブーツが当たるかつかつという音が響き、やがてミハイルが自室にしている厩舎に近い寝室の扉が音をたてて閉まった。

二階の廊下の細長い窓から流れ込む淡い光が、階段の上の壁に飾られたニコラスの父親の肖像画をぼんやりと照らしだしている。その肖像画の前でふっと足をとめ、ニコラスはくちびるの端をあげて自嘲ぎみに笑った。父と同じ道は絶対に歩まないと何度誓ったことか。それなのにおれはこうして絹の網に捕らわれている。わが父ディミトリ・サヴロンの息の根をとめた剣の一突きと同じたしかさで彼を死に追いやったものに。

肖像画を見つめながら、ニコラスはわずかに眉根を寄せた。しかしおれは父親とは違うし、シルヴァーも母とはまるで違う。精神的な強さをべつにすれば、ふたりの女性に似ているところはひとつもない。母は氷だがシルヴァーは炎……。

「ニコラス？」

彼はさっと頭をめぐらせ、階段の正面にある、窓のあるアルコーブにほっそりとした女性が立っているのを見て肩の力を抜いた。いまのシルヴァーは炎というより、オパール色の光がつくりだした幻のようだ。ゆったりとした白い部屋着《ローブ》姿で、背中まで届くまっすぐな黒髪がつややかに光っている。顔は陰になっていて表情は見えないが、ぴりぴりした空気が伝わってきて、ニコラスは胸がざわついた。「こんな夜中に歩きまわって、いったいなにをしているんだ？　具合でも悪いのか？　子どもが――」

「具合は悪くないわ」シルヴァーはふたたび窓のほうに向きなおり、四角く切り取られた真珠色の空に横顔がくっきりと浮かびあがった。「眠れないだけ。無事にこちらに着いてすべて順調だと後見人のパトリックに手紙を書いたあとベッドに横になっていたんだけど……。眠れなくて当然よね。ロシアがものすごく変わった国だというのは知っていたけど、ここまで妙ちきりんだとは思わなかった」いったあとであわててつづけた。「でも、きっとすぐに慣れるわ。すごく気になるってわけじゃないの。ほら、長旅のあとで、この昼間みたいに明るい夜だったものだから。二、三日もすれば――」

「しーーっ」ニコラスは長い歩幅でふたりのあいだの距離をさっと埋めると、シルヴァーを腕のなかに引き寄せた。だがすぐに間違いだったと気づいた。孤独や淋しさと闘うシルヴァーを見ているうちにせつなさがこみあげ、いたたまらなくなってついそうしてしまった。慰めてやりたいと思ったからで、誘惑する気などなかったのに、彼の肉体はその目的を完全に見失っていた。あたたかく豊かな乳房と彼女のかおりにだけ反応したのだ。痛いほどの欲望に股間がこわばり、腹筋が張りつめる。慰めるんだ、ニコラスは必死の思いで祈った。おまえが慰めを得るのではなく、彼女に慰めを与えろ。しかし慰めを与えられるのは、シルヴァーとのあいだに物理的な距離をおいているときだけだ。ニコラスは荒い息を大きく吸い込み、しぶしぶ彼女を押しやった。それから明るい調子でいった。「奇妙奇天烈《きてれつ》なわが故郷に連れてきたことを心からお詫び申しあげる。だがそのうちにきみも、この国のちょっとした特異性に目をつぶろうという気になるんじゃないかな」彼女の肩にかけた手を無理やりおろした。「サンクトペテルブルクはそうした欠点を補うだけの魅力にあふれた街だからね」

シルヴァーが笑い声をあげた。「ヴァレンティンと同じようなことをいうのね。あの人ときたら、この街のすばらしさについてひっきりなしにしゃべっていたわ。船で島に渡るのに船頭を四人も雇って歌をうたわせたほどよ。もしも音程でもはずそうものなら、このすばらしき街の名誉を汚したとばかりに川に放り投げていたでしょうね」

「ヴァレンティンはサンクトペテルブルクほどいい街はないと思っているからな。おれはそこまで入れ込んじゃいない。どんな街も慣れてしまえば魅力は薄れていくものだし、じきに飽きもする」

シルヴァーは体をこわばらせた。「じゃ、あなたはなんにでもすぐに飽きてしまうの？」

「ときにはね。誰だってそうじゃないか？」

「わたしは違う」声が急に激しさを帯びた。「退屈するのは頭の悪い人だけよ。聡明で想像力のある人なら、つねに興味をもちつづけられるはずだわ」

ニコラスはふざけ半分にお辞儀をした。「お恥ずかしいかぎりだ。こうも簡単に退屈してしまうということは、どうやらおれには聡明さと想像力のどちらか、あるいは両方が、欠けているらしい。もっとも最近はそれほど退屈してはいないが」

「そうなの？」その声は、自分の耳にもせっぱ詰まって聞こえた。

「間違いなくね。きみがおれの前に現われてからというもの、おれは頭を殴られたり、とんでもなく濁ったミシシッピ川に飛び込んで泳ぐはめになったり、船が沈没したりと――」

「どれもわたしのせいじゃないわ」シルヴァーはさえぎった。「すべての原因は、わたしの権利を無視したあなたの傲慢《ごうまん》さにあるんじゃない」

「ひょっとしたら」

「ひょっとしたら、ですって」シルヴァーは憤然といい、目が怒りに燃えた。「あなたはわたしをさらったのよ」

そこにはニコラスを苛《さいな》んでいた弱々しさはすでになく、彼女の一番の特徴である激情がよみがえっていた。もう一押しすれば、とニコラスは思った。完全にいつものシルヴァーに戻るはずだ。彼はまぶたを伏せて目を隠した。「やむをえなかったんだ。きみがドミニク・デイレイニィの居場所をいおうとしなかったから。きみはとんでもなく強情な女だったし」

「強情？　尊大な大ばか野郎から自分を守ることが強情だというの？」

煽るのはこのぐらいでいいだろう。子どもにするように抱いて揺すってやりたいと思わせたはかなさは、もう微塵《みじん》も感じられない。これでシルヴァーは大丈夫だ。「それが夫に向かっていう言葉だとはね」ニコラスは物憂げにいった。「大ばか野郎、人さらい。ああ、じつにショックだ」

「夫」シルヴァーは早口でまくし立てた。「いいえ、あなたは――」そこで言葉を切り、不安げに眉根を寄せた。「わたしをばかにしているのね」

ニコラスはかぶりを振った。「まさか。冗談をいっただけだ」彼はぱちんと指を鳴らした。「忘れてた、きみはそのふたつの区別がつかないんだったな。なんとかしないと」考えるふりをする。「よし、こうしよう。今後は冗談をいうときは左の耳たぶを引っぱることにする。それを見たら、きみは妻にふさわしい笑顔でおもしろがればいいんだ」だがすぐにむずかしい顔で首を横に振った。「待てよ、やっぱりだめだ。おれはウィットに富んだ男だからな。耳たぶを引っぱりすぎて年末までには肩についてしまうかもしれない」

シルヴァーが声をあげて笑い、ニコラスはうれしさがどっとこみあげるのを感じた。彼女のくちびるにひとさし指をそっと当てる。「こんなつまらないジョークに笑ってはだめだよ、ダーリン。どうやら耳たぶが伸びる危険覚悟で、きみに上質の笑いを教えないとならないようだな」

「おかしいと思ったんだもの」シルヴァーは彼の目をまっすぐに見つめた。「おもしろいときには笑うわ」

「たぶんおれの低俗さを笑ったんだろうさ」ニコラスは彼女から目が離せなかった。シルヴァーの髪のかおり、彼女の体から立ちのぼるにおいに、五感が激しく反応する。彼女のこめかみのきめこまやかな褐色の肌が心臓の鼓動に合わせて脈打っているのが見えた。これほど感じやすい女性をニコラスはほかに知らない……そう、彼女の体はいまこのおれに反応している。麝香《じゃこう》のような彼女のかおりが濃厚になり、薄い木綿のローブの下で胸が激しく上下し、目が光を帯びる。本人も気づかないうちに彼女の体はおれを受け入れるための用意を整えている、そう思うとたまらなくそそられた。そして彼自身もまた準備万端整っていた。自分の肉体をこれほどまでに意識したのは初めてだ、まるで獣のように発情している。心臓が胸壁に当たるほど激しく打ち、硬くそそり立った欲望の証《あかし》がズボンの生地を危険なほどに押しあげている。

こんなふうに禁欲するなんてばかげている。おれは昔から紳士というよりコサック戦士だった。それならなぜ欲しいものを奪わないんだ。自問しつつも答えはわかっていた——あの夜、〈ミシシッピ・ローズ〉号の船上で頭に浮かんだのと同じ答え。この二カ月間、死ぬほどの苦しみを味わってきたのはあのせいなのだ。

ちくしょう、シルヴァーから離れたくない。それでもニコラスはのろのろとうしろに下がった。

記憶が一気によみがえり、股間がねじれるほどにうずく。シルヴァーが困惑した顔でこちらを見つめている。欲情にかすんだ頭でどれくらい突っ立っていたのだろう？　長すぎるぐらいだ。終わらせなければ。さもないとどうにかなってしまう。

ニコラスはさらに一歩うしろに下がった。「とっくにベッドに入っていないといけない時間だ。じきに夜が明ける」

「どうしてわかるの？」

「とにかくわかるんだ。ヴァレンティンはきみにどの部屋を用意したんだ？」

シルヴァーは廊下の奥の羽目板張りの扉をぼんやりと示した。「すごく広い部屋よ。川船と同じくらい大きいベッドのある」

主寝室をあてがわれたのか、とニコラスは思った。彼がシルヴァーとベッドをともにしていないことをヴァレンティンは重々承知している。そのシルヴァーにニコラスの寝室をあてがったのはヴァレンティンのいたずら心か、さもなければ召使いたちの噂話からシルヴァーを守るためだろう。いまとなっては動機はさほど重要じゃない。すでになされてしまったのだから。

「少なくともあのベッドは陸地にしっかり固定されている。その点はここ数週間きみがつかっていた寝台とは違うはずだよ」ニコラスは彼女の手をつかんで廊下の奥へと急きたてた。「おいで。〝妙ちきりん〟なわれわれロシア人がこの白夜にどう対処しているか教えよう」ドアをさっと押し開け、主寝室の中央におかれた金色の天蓋《てんがい》つきの巨大なベッドのほうへシルヴァーを引っぱっていった。「ああ、やっぱりそうか。召使いを呼んでカーテンを引かせなかったんだな。おれが閉めるからベッドに入るんだ」そういうと、北側の壁一面に並んだ、床から天井まで届くほど大きな窓のほうに向かいかけた。

「カーテンは引かないで」ローブを脱いでベッドに入り、深紅のビロードの上掛けを引きあげながらシルヴァーはいった。「息ができない……」

ニコラスは足をとめてシルヴァーを振り返った。息ができない。そうか、そうだった、不意に彼女の気持ちが痛いほどにわかった。シルヴァーは空気を求めるように自由を必要としている。豪華な調度品と伝統が詰め込まれたこの部屋にいると息苦しく感じるのだろう。かわいそうな火の鳥。

「それなら開けておこう。おれもカーテンを引くのは好きじゃない。ときどき悪い夢を見て夜中に目が覚めたときは、部屋に明かりが射し込んでいるのを見てほっとするんだ。息が詰まるほどの暗闇を忘れて、また眠りにつくことができる」

「悪夢を忘れる？」

ニコラスは肩をすくめた。「それに、遠い昔にあったことも」部屋を横切り、ベッドの端に腰をおろした。「だがカーテンを開けておくなら明るさへの対処法をおぼえないと」

シルヴァーは目を閉じた。「気になるのは明るいことじゃないの。どうしてこんなに落ち着かないのか自分でもわからなくて」

「そうなのかい？」彼女を悩ませているものの正体ならよく知っていた。クバンを離れてからの最初の数週間にニコラス自身が経験した孤独感だ。「たぶん友達のエテインのことが心配なんだよ。彼女の居所がわかったといったら少しは気が楽になるんじゃないかな」

シルヴァーがぱっと目を開けた。「わかったの？　どうやって？　エテインはどこにいるの？」

「今夜イワン・スコルスキーという名の紳士を訪ねた。スコルスキーは皇帝のとりまきのひとりで、この街で起きているすべてのことに通じていることで有名な男だ。もちろん例のサーカス団が興行している正確な場所を教えてくれたよ」

シルヴァーはびっくりしてニコラスを見つめた。「なんだかあっけないのね。あちこち探しまわらないといけないかと思っていたのに」

「おれのような男を夫にもつとどんなに便利か、これでわかっただろう」

「でも港からすぐにスコルスキーのところに行ったのはなぜ？」

ニコラスはシルヴァーの視線を避けるように彼女の肩口を上掛けできっちりくるんだ。

「そのほうがきみが安心できると思ったんだ」

「そうね」ためらいがちにいった。「ありがとう」

「感謝するのは、きみのエテインをやさしいパパの鼻先から救いだしたあとにしてくれ。こちらは彼女を見つけるようには簡単にいかないと思う」

「どういう意味？」

ニコラスはベッドから腰をあげた。「あとは明日だ。それでなくても、今夜のきみには考えなきゃいけないことがありすぎるからね。これでまた眠れなくなってしまったかもしれないな。明日の朝まで待つべきだったのだろうが、エテインが近くにいることを教えたくてね」

「眠れなくたってかまわない。ニコラス、お願い教えて――」

「つづきは明日だ」彼はドアのほうに向かいかけた。

「あなたってほんと頭にくる。わたし、どんなことも待つのはいやなの。待ちたくないの」

それはおれも同じだ。もうすでに長すぎるほど待っているのだ。ニコラスはドアを開けた。

「じらされるのは極上のソースだと聞いたことがある」

「その極上のソースは、わたしのおなかを痛くするわ」シルヴァーは嫌味を返した。「ニコラス、教えてったら——」

「だめだ」彼女に向きなおり、きっぱりと告げた。

シルヴァーはふっと押し黙り、ニコラスは彼女が怒りを爆発させるものと待ちかまえた。ところが、彼女は不意に表情を変えた。「あなたは変わった」

「どんなふうに？」

「わからない」彼女の目がニコラスの顔をじっとうかがう。「だけど船の上にいたときとは態度が違う」

ニコラスは力なく微笑んだ。「たぶん極上のソースを長いこと舐めすぎたんだろう。残念ながらおれは宮廷に出入りする連中とは味の好みが違うらしい。コサックは味わわずにむさぼり食うからね」

彼はドアを閉めて出ていった。

そのうしろ姿をばかみたいに口をあけて見つめたくなるのをシルヴァーはじっとこらえた。ニコラスは親切でやさしかった、まるで兄のように。わたしと同じように欲望に飢えているようなそぶりはほとんど見えなかった。ふたりのあいだの空気がパチパチと音をたてていた気がしたのは、たぶんわたしの気のせいなのよ。

シルヴァーはやわらかなビロードの上掛けの端をいらだたしげに握り締めた。あれは気のせいなんかじゃない。あの癪《しゃく》にさわる男はわたしを求めていた。わたしにはわかる。ここに横になって彼を見あげていたのだから。淡い光を受けて黄金色の髪がきらめくのを、悪魔とも天使ともつかない美しい顔立ちを。わたしにふれてと願いながら。

それなのに彼は出ていった。わたしが欲しいくせに出ていったのだ。

ああもう、ニコラス・サヴロンはいったいどういう男なの？

それから一時間ほどしてようやく浅い眠りについたときも、その問いの答えは出ないままだった。


「辛抱したまえ」簡易ベッドで眠っている子どもを見おろすポール・モンティースの形のいいくちびるに、やさしいとさえいえる笑みが浮かんだ。「ほんの数週間待つだけのことじゃないか、ペスコフ。わたしは十年の長きに渡って見守ってきたのだ。もうじきだよ」

「痺れを切らしているのはわたしだけじゃないんだ」伯爵はぼやいた。「みんなに約束したんだよ。彼らをいつまでも待たせるわけにはいかない。約束したのはきみだぞ、モンティース」

「約束は守るとも」モンティースはくるりと向きを変え、優雅な足どりでテントの入口へと向かった。「時期がきたらね。花が咲かなければリンゴの実はもげないのだよ」戸口を抜けて外へ出ると、ひんやりとした空気を吸い込んだ。朝霧がサーカスのテントを包み、野営地の北の樺の木立の向こうに堂々たる領主館がかすかに見える。「家へ戻れ」年長の男にそういい、脇へ寄って彼を通した。「そしてみんなに伝えるんだ、時期はわたしが決める、でなければすべてはなしにすると。急《せ》かしても無駄だ」

「本当にうまくいくんだろうな。もしも彼女がふさわしくなかったら……」ペスコフは口ごもりながらいったが、モンティースと目が合うと言葉を切った。おどおどと下くちびるを嚙む。「もちろんきみを疑っているわけじゃない。ちょっと考えただけで——」

「それならもう考えないことだ。わたしが彼女を試し、真の存在であることが立証されたのだよ」モンティースの低い声は確信に満ちていた。「その場に立ち会うことを許そうというのだから、きみとお仲間は幸運だと思ってもらわないと」

「それはわかっている」おもねるような口調でいった。「サンクトペテルブルクに着いてすぐにわたしたちに連絡してくれたことは光栄に思っている」

モンティースは肩をすくめた。「そういう習わしだからな」

「そのうえ、貢ぎ物の子どもまで」ペスコフは頬をゆるめた。「感謝の言葉もない」

「あれは貢ぎ物ではない。つけあがるな」モンティースの声がいらだった。「きみたちに許したのはエキスを吸うことだけだ」

「ほかにも問題があるんだ」ペスコフはためらった。「仲間から、きみに懸念を伝えてほしいといわれてね」

「懸念？」

「子どもがけがをするんじゃないかと心配しているんだよ」モンティースの顔にはなんの表情も浮かんでいなかったが、ペスコフはわれ知らず早口になった。「きみは毎晩あの子を三頭のライオンと同じ檻《おり》に入れるだろう。あれは危険すぎる」

「そうかな?」モンティースの声は絹のようになめらかだった。「エテインは五歳のときからあのショーをやっているんだ。あれは動物の扱いがうまくてね。彼女があの猛獣どものあいだにひざまずくのをきみも見ただろう、まるで一角獣に寄り添う乙女のように。どうだ、ライオンが鋭い鉤爪《かぎづめ》をひと振りするだけであの子が死ぬかもしれないと考えると興奮するんじゃないか?」モンティースはうっすらと笑った。「ああ、どうやら図星らしい。わたしもだよ。これだけ長くやっていてもね」

「しかし、そのひと振りできみの計画もだめになるんだぞ」ペスコフは思いださせた。

モンティースはかぶりを振った。「磨きあげられるまでは、あの娘にはなんの価値もない。檻に入るたびに研ぎ澄まされ磨きがかかるんだ。いまあの子を亡くしたところで失うものはなにもない」

「そうはいっても――」

「わたしにこの街から出ていってほしいのかな?」モンティースは静かな声でさえぎった。

「ほかのメンバーのところへエテインを連れていくべきだと?」

「そうはいってない」ペスコフはあわてた。「彼女の準備に関しては、当然ながらきみの判断にまかせる。わたしたちは提案をしているまでだ」

「それなら、わたしはそれを無視するまでだ」モンティースの笑みは冷ややかで蔑みに満ちていた。「おやすみ、ペスコフ。今夜のサーカスでまたお会いできるかな?」

「もちろんだとも」ペスコフはもごもごといった。「気を悪くしていないといいんだが、ポール」

モンティースは返事をしなかった。

伯爵はしぶしぶ背を向けた。「おやすみ」そういうと、樺の木立を抜けて屋敷へと通じる小道のほうへ足早に向かった。

ポール・モンティースは口元にかすかな笑みをたたえたまま、伯爵が視界から消えるまでじっと見送った。なんとも愚かな男だ。ペスコフはどうがんばってもまぬけな侍者どまりだ。あの伯爵にそこまでの気概があるはずもないが。やつは立派な屋敷と、厩舎と、宮廷での地位が大事でたまらないのだ。至高の体験を追い求めるときにそうした財力の象徴など取るに足らないことだというのがわかっていない。屋敷に泊まってほしいという彼の申し出を断りモンティースがテントに残ったときも、ペスコフは心底驚いていた。やつが珍重しているものを手に入れることなどわたしには造作もないというのが、あの尊大なばか者にはわからないのだ。拝金主義は理解できるし、金が目的だというふりをするほうが都合がいいと思ったこともあったが、しかしペスコフは富や財産を権力と同じものと見なしている。権力のことならモンティースは知っている。権力は金持ちを引き寄せるが、ほかにももっと……。

彼は虹色に輝く地平線に目をやった。白夜は気に入っているが、これももうあとわずかだと思うとうれしかった。ふつうと違うものは昔から好きだし、白夜もそうだったが、いいかげん飽きてきたし、そろそろ変化が欲しい。だがそうだ、変化は近づいてきている。目が眩《くら》むほどのすばらしい変化が。この地に降り立った瞬間にそれがわかった。あらゆる直感が確信にわないた。十年待ったが、じきにすべてが定めどおりに動きだすのを見る喜びを知ることができる。

自分のテントの垂れ幕をあげてなかに入るあいだも、モンティースはまだ満ち足りた笑みを浮かべていた。そうとも、エテインをロシアに連れてくることにして本当によかった。

2

大階段のてっぺんでシルヴァーはひるんだ。嘘でしょう、ゆうべここに着いたときは疲れきっていて、このお城の玄関の間がこんなに広いだなんてちっとも気づかなかった。彼女は肩をそびやかし、堂々とした足どりで階段をおりていった。「ニコラス、ミハイル、ヴァレンティン」あえて高慢な口調で名前を呼ぶと、見あげるほどに高いアーチ型の天井に声が当たってこだまが返った。「どこなの?」

階段のカーブのところに深緑色のお仕着せを着た執事が姿を現わした。「恐れながら申しあげます、奥様、ご主人様とクズディフ様は街へ出かけられました。わたくしはロゴフと申します。なにかご用がおありでございますか?」

シルヴァーは階段の下から三段目で足をとめた。「マリノフ伯爵は?」

「朝食の間においでです」

「じゃ、そこへ連れていって」

ロゴフのあとについて玄関広間から磨きあげられた長い廊下を進むと、つややかな寄せ木張りの床にシルヴァーの靴音が高らかに響いた。直立不動の姿勢で立っているべつの従僕ふたりの横を通りすぎ、見事な彫刻をほどこしたマホガニーの扉の前でロゴフは足をとめた。そしていささか大げさなしぐさで扉をさっと開けて大声で告げた。「サヴロン公爵夫人のおなりでございます」

紫檀《したん》のテーブルについていたヴァレンティンが、錦織りのクッションのついた椅子を押し下げてあわてて立ちあがった。「驚いたな、シルヴァー、まだしばらくは起きてこないと思っていたよ。夜中に廊下をうろついているところを見つけたとニコラスがいっていたから」

「睡眠ならたっぷりとったわ」シルヴァーは執事のほうに不安そうな視線を投げた。ロゴフは廊下で見かけたふたりと同じように、石と化したようにぴくりとも動かずに立っている。

「この人、どこかおかしいの?」

ヴァレンティンの目がおかしそうに輝いた。「いいや、執事らしくふるまっているだけだ。きみもそのうち慣れるよ」

「どうかしら。わたしにはものすごくだらないことに思えるけど」彼女はヴァレンティンの前のテーブルにおかれた、半分空いた皿をちらりと見やった。「おなかがすいた」

「だろうと思った」彼は蓋《ふた》つきの銀の大皿がいくつも並んだ壁際の長いサイドボードを手で示した。「勝手ながら、イギリス式とロシア式、両方の朝食を取り混ぜて用意させておいたよ、きみが好きに選べるようにね」

「うれしいわ」シルヴァーは部屋を横切り、サイドボードから陶製の皿を取った。「それと、わたしが選んでいるあいだに、執事らしくふるまうのはどこかほかでやってとロゴフにいってもらえる?」

ヴァレンティンはくっくと笑うと、下がるようロゴフに合図した。「きみはやつの感情を傷つけたと思うぞ、シルヴァー」執事が堂々と部屋から出ていくとヴァレンティンはいった。

「わたしが部屋に入るたびに大声で名前を叫ぶのを今後もつづけるようなら、傷つくのは彼の感情だけじゃないと思うけど」シルヴァーは蓋のひとつをあげた。「この黒いつぶつぶはなあに?」

「キャビアだ。魚の卵だよ」

シルヴァーは肩をすくめ、スプーンで少しだけ皿にのせると次の料理に移った。「ニコラスはどこへ出かけたの?」

「ミハイルを連れて宮廷にあがっている」

シルヴァーは問いかけるような目で彼を見た。

「皇帝《ツァーリ》の夏の宮殿だよ。そこならペスコフ伯爵に会えるんじゃないかといってね」

「ペスコフ伯爵って?」

「われらがモンティース氏のサーカス団のパトロンだ。アントン・ペスコフは皇帝の寵臣《ちょうしん》のひとりでね、ニッキーは、ぼくらがエテインを父親のもとから連れ去る際に伯爵がうるさいことをいいださないかどうかたしかめにいったんだよ」

「そう」シルヴァーは眉根を寄せ、機械的に横に移動しながら卵料理とハムを皿にたっぷり盛った。「その伯爵が文句をいうとなにか問題なの？」

「いや、問題ないよ、ニッキーがサンクトペテルブルクを追われて、お世辞にも楽しいとはいえない北の地へ送られるのを見てもかまわなければね」皮肉っぽくいった。「それでなくてもニッキーはときどき口がすぎると皇帝に思われているんだ。寛大なるアレクサンドル皇帝が大衆の解放に積極的だといっても、貴族はしっかりと自分の支配下においているからね」

「ニコラスはよくそんな抑圧に耐えていられるわね」

「皇帝主催の舞踏会にはゲストが二千人から五千人は招かれるから、陛下の目に留まらないようにするのはふつうはいとも簡単なんだ」

「一度のパーティーで？」シルヴァーはヴァレンティンの向かい側の席についた。「全員分の食事をどうやって用意するのかしら」

ヴァレンティンは愉快そうにシルヴァーの皿に視線を落とした。「ゲストがみんなきみみたいに食べなくてよかったよ、でなきゃこの国の財源は深刻な危機に陥ってしまうからね」

シルヴァーはにっこりした。「当然の報いよ。一度に五千人も招くなんて非常識な無駄遣いだもの。わたしたちの政府はそんなこと絶対に許さない」

「わたしたち?」ヴァレンティンは片方の眉をあげた。「どうやらアメリカ合衆国のことをいっているらしいけど。ニッキーと結婚すればロシアもまたきみの国になるってこと考えなかったのかい?」

そのことに思い至って、シルヴァーは目を丸くした。「考えなかったわ。アリゾナはまだ州になっていないけど、わたしはずっと自分のことをアメリカ人だと考えてきた。アメリカ以外のどこかになじめるとはとても思えない」

「努力してみたほうがいいんじゃないかな」ヴァレンティンは故意につけたした。「公爵夫人」

シルヴァーが不安げに彼を見た。「なにもかもわからないことだらけなのよ、ヴァレンティン。とまどうことばかりなの。お城、彫像のように動かない使用人たち、皇帝……」彼女は肩をすくめた。「ニコラスは公爵でいることが好きなのかしら?」

「そんなことは考えたことがないんじゃないかな。彼はそういう家系に生まれたんだ、ちょうどきみが——」ヴァレンティンは言葉に詰まり、こういい終えた。「ディレイニィ家の人間に生まれたように」

シルヴァーは口元を歪めた。「混血の私生児といいたかったんでしょう。ニコラスとわたしに共通点なんかありはしないのよ」

「でもニッキーは、その共通点を見つけたんじゃないかな。なにしろきみと結婚したわけだし」

シルヴァーは自分の皿に目を落とした。「そんなのなんの意味もないわ。ニコラスはしかたなしに――」そこで言葉を切り、フォークを取りあげた。「わたしたちのは便宜上の結婚みたいなものだから」

「ふーむ」ヴァレンティンは椅子の背にもたれ、考え込むような表情を彼女に向けた。「じつはずっと不思議に思っていたんだ。ニッキーの衝動的なふるまいには慣れっこだが、あの晩〈ローズ〉号に戻ってきみたちふたりが結婚したと聞いたときはちょっとばかり驚いた」

彼は渋面をつくった。「それで図々しくもどういうことかとニコラスに尋ねたんだが、冷ややかな視線を返されただけだったよ。たぶんきみにきいても教えてはくれない――」

「ええ」シルヴァーはばっさりと切り捨てた。それから話題を変えた。「この魚の卵は悪くないわね」

「ロシアにもきみに気に入ってもらえるものがあってよかったよ」

するとシルヴァーが不意に輝くばかりの笑顔を見せ、テーブルごしに手を伸ばしてヴァレンティンの手に重ねた。「ロシアにも大好きなものが少なくとも三つはあるわ。あなたとミハイルと……」フォークをふたたび口に運んだ。「それにキャビア」

「おれは数に入らないわけか。なんとも自尊心を打ち砕かれる話だな」ニコラスが顔にかすかな笑みを浮かべて戸口に立っていた。「おはよう、シルヴァー」彼女のほうにゆっくりと歩を進める。「どうやら食欲旺盛らしいな」

シルヴァーはヴァレンティンの手に重ねていた手を引っ込めると、ニコラスをちらりと見たあとで自分の皿に視線を落とした。「あら、ニコラス」

ニコラスのダークブルーのジャケットと揃いのズボンは、すらりとしたたくましい体に優雅にもぴったりと合っていて、その姿はスマートであるばかりか自信にも満ちていた。朝食の間の窓から射し込むまばゆい陽光までが彼の一部になったかのようで、あたかも愛する人にするように彼の金色の髪に指をからめ、褐色に焼けた肌を愛撫している。ニコラスはこの立派な城にいかにもふさわしい、そう気づいてシルヴァーは胸が痛くなった。わたしはこんなにも場違いだというのに。彼女は卵料理を食べはじめた。「宮廷でなにかわかった?」

「こちらに有利と思えるようなものはなにも。ペスコフは新しいおもちゃをひどく大事にしているらしい。どうやら宮廷ではいまサーカスが大流行のようで、少なくとも週に一度はみなペスコフの領地にショーを見にいっているそうだ」ニコラスの口元がきゅっと結ばれた。「ペスコフは注目が集まることをあきらかに楽しんでいるようだし、邪魔が入るのを喜ばないだろう」

「まずいわね」皿の上の厚いハムを小さく切り分けながらシルヴァーは眉をひそめた。「エテインを取り戻せるのはいつになりそう?」

「すぐだ。だがその前にべつの方面も当たっておきたい」

ヴァレンティンがニコラスのほうにさっと目をやった。「ナターリヤか？」

ニコラスはうなずいた。「この午後に少しだけ話をした。おれが花嫁を連れ帰ったことは、すでに耳に入っていたよ」

ヴァレンティンがしかめ面をした。「どうしてこんなに早くわかったんだ？　まだ戻ったばかりだっていうのに」

「忘れたのか、親愛なるわが母君にはできないことなどないんだよ」ニコラスはくちびるを歪めた。「シルヴァーに会いたいといわれた」

ヴァレンティンの視線がシルヴァーに飛んだ。「それは賢明なことかな」

「宮廷での影響力は、彼女のほうがペスコフより上だ。エテインを連れ去ることにペスコフが文句をいうようならとりなしてほしいと説得できるかもしれない」

「説得できる公算は？」

ニコラスは肩をすくめた。「たぶん低いだろう」

シルヴァーはフォークを下においた。「あなたのお母さんはあなたの頼みごとを聞いてくれないの？」

「母とおれは、あまり親密とはいえなくてね」

シルヴァーはニコラスの顔をじっとうかがった。ニコラスが母親に頼みごとをしたくないと思っているのはあきらかだ。なのに彼はそのいやなことをしようとしている、エテインを助けるとわたしに約束したから。「わたしが彼女と会うことが役に立つの？」

「あるいは」ふたりの視線が合った。「だが、いっておくがおれの母親は……」ニコラスはいいよどんだ。「きみにとっては愉快な面会にはならないぞ」

「へっちゃらよ。わたしたちの仕事が楽になる可能性が少しでもあるんなら彼女に会うわ。だいたい、彼女がわたしになにをするっていうの？」シルヴァーはテーブルにナプキンをおいて立ちあがった。「さあ、いいわ。出かけましょう」

ニコラスが喉の奥で笑い、目が急にあたたかな表情をたたえた。「急ぐ必要はないよ。母はきみを宮廷に連れてきてはどうかといっていた。今夜、舞踏会が開かれるんだ」

「わたしはいますぐ終えてしまいたい」

ニコラスが渋い顔をした。「おれだってそうだ。ところが麗しの母上《ママン》にはべつの考えがあってね。それにこの午後きみにはほかにやらなきゃならないことがある」

「なんなの？」

「今朝、街へ出たのはほかにも用事があったからなんだ。きみを診察してもらうために医者を連れてきた」

「どうして？　わたしは元気よ」

「妊娠して以来、一度も医者に診てもらっていないだろう。おれはただきみが健康だとたしかめたいんだ」

「わたしなら野生馬と同じくらい健康よ」

ニコラスは思わず引き込まれるような甘い笑みを浮かべた。「頼むよ」

シルヴァーは不意に息ができなくなり、彼の笑顔に体がかっと熱くなったことを気づかれないよう目を伏せた。「わかった」

「ドクターはもうきみの部屋に案内させてある。レリングズ医師は英国人で、宮廷のレディたちのあいだでとても評判がいいらしい。きみにはロシア人の医者よりそのほうがいいだろうと思ったんだ」

「そうね。だけど、ここの人も波止場で会った人も、みんな英語を話していたようだけど」

「サンクトペテルブルクには英国人の家族が大勢住んでいるんだ」ヴァレンティンが答えた。

「宮廷での公用語はフランス語だけど、たいていの貴族は多少なりとも英語を話すよ」

「フランス語？」シルヴァーは用心深くくり返した。「あなたのお母さんが英語を話せるといいんだけど。ライジング・スターがフランス語を教えようとしたんだけど、わたしはあまりいい生徒じゃなかったから」

ニコラスの顔から笑みがひいた。「母は自分の考えをきわめて明確に伝えられる人だ、言葉を使おうと使うまいとね」そういうと、いきなり背中を向けた。「シルヴァーを彼女の部屋へ送り届けて、ドクター・レリングズに紹介してもらえるか、ヴァレンティン。おれはマダム・レメノフのところへ誰かをやって、シルヴァーに合うドレスをもってこさせるよう手配する」

「だけど、ニューオーリンズで買ってもらったドレスがたくさんあるじゃないの」シルヴァーは不満の声をあげた。

ニコラスが肩ごしにちらりと振り返った。「あのドレスを着たきみもとても魅力的だが、今夜のきみには特別なものが必要だ」

「鎧《よろい》がね」ヴァレンティンが小声でいった。

ニコラスはぶっきらぼうにうなずいた。「鎧だ」彼は足早に部屋をあとにした。

ヴァレンティンが椅子から腰をあげた。「では、行こうか」

シルヴァーはうわの空でうなずくとドアのほうへ向かった。「ニコラスの父親は妻のためにこのお城を改築したといったわよね。なのに、彼女はなぜここに住んでいないの?」

「彼女は宮廷での生活のほうを選んだんだ」ヴァレンティンはシルヴァーと歩調を合わせながらむずかしい顔をした。「ナターリヤについて知っておいてほしいことがある、シルヴァー。彼女は野心のかたまりなんだ。ニコラスの父親と結婚した瞬間から、彼女の考えることも、行動も、その目的はただひとつ——自分が農奴の娘に生まれたことを、彼女が重きをおく者全員に忘れさせることだ。その記憶を消して宮廷でのしあがるために、彼女は三十年を費やしたんだ」

シルヴァーは物珍しそうな視線をちらりと向けた。「もしかして、わたしに警告してるの?」

「ああ」ヴァレンティンは重々しくいった。「だと思う」

「ありがと、でも心配はいらないわ。彼女のことなんか怖くないもの」

「わかってる、でも怖がったほうがいいのかもしれない」

シルヴァーはなにかを考えるように彼を見た。「ニコラスは彼女を愛していない。なぜなの?」

「ニコラスの父親は彼女の名誉を守るための決闘で命を落としたんだ。もっとも、その決闘が起きたときまでに守るべき名誉が彼女にあったとは思えないけどね。なにしろナターリヤは問題の紳士だけでなく宮廷の貴族の半数と寝ているという評判だったから」

全身を揺さぶられるような衝撃とともに、シルヴァーはようやく理解しはじめた。女性を信頼することはほとんどないとニコラスはいっていたけれど、それも当然だわ。自分の母親が娼婦同然のふるまいをしていたのなら。「ニコラスがなぜ彼女に頼みごとをしたくないのか、それでわかったわ」

「いいや、わかっちゃいないよ」ヴァレンティンは彼女のほうを見なかった。「父親の死ははじまりにすぎない。ナターリヤはそれ以外にも口ではいえないようなひどいことをニコラスにしているんだ」

「なんなの?」

ヴァレンティンは首を横に振った。「これ以上は話せない。ニコラスは過去を蒸し返されるのを喜ばないだろうからね。とにかく、ナターリヤには用心するんだ」

「わかった」沈黙が落ち、ふたりは黙ったまま階段をあがりはじめた。不安を感じる理由などないわ、シルヴァーは自分にいいきかせた。その女性になにができるというの？　わたしは若くて元気だけれど、ナターリヤ・サヴロンはじきにおばあちゃんになるのよ。

そうよ、ニコラスの母親に会うことを恐れる理由などなにもない。

舞踏室に足を踏み入れたとたんにニコラスに駆け寄った女性は、絶対に彼の母親ではなかった。

「ニコラス、またお会いできてこれほどうれしいことはなくってよ」小柄な赤毛の女性はサテンのドレスに包まれた胸がニコラスの袖にふれるほどそばに近づくと、いかにも親密そうに微笑んだ。「淋しかったわ」

いいえ、この女性がニコラスにいだいているのは母親らしい感情じゃない。シルヴァーは苦々しげに思った。もうそれほど若くないのに、彼女の態度には好色さばかりか独占欲までが表われている。

ニコラスは慇懃《いんぎん》にお辞儀をした。「カーチャ。妻のシルヴァーを紹介します。シルヴァー、こちらは古い友人のカーチャ・ラズコルスキー伯爵夫人だ」

伯爵夫人はシルヴァーをちらりと見たあとで、すぐにまたニコラスに向きなおった。「あなたが結婚したことはナターリヤからうかがっているわ。話を聞いて、わたくしもうれしかったのよ。結婚していたほうがなにかと便利だし」彼女は手袋に包まれた手を伸ばし、ニコラスの頬をやさしく撫でた。「近いうちにぜひ訪ねていらして」そういうと、大勢のゲストのなかに姿を消した。

「古い友人？」シルヴァーはつぶやいた。「かなり古いみたいね。目尻にカラスの足跡があったもの」

「なんとも手厳しいな」ニコラスは部屋を見まわした。その体が不意にこわばる。「母だ」

ナターリヤ・サヴロンの美貌は、息子のニコラスと同じで光り輝くばかりだった。金色の髪は息子のそれより少し明るく、目は茶色のビロードを思わせたが、ニコラスの瞳はもっと深い漆黒だ。襟ぐりの深いサファイア色のドレスがいまだ張りを保った肉感的な体にぴたりと張りつき、シルヴァーとニコラスが立っている舞踏室の入口から見るかぎりでは、ナターリヤは三十歳を一日もすぎていないように思えた。彼女が話しかけている黒髪の若者も、うっとりと見とれている。

「すごく美しい人ね」シルヴァーはニコラスに囁いた。そんな言葉ではとてもいい足りないのはわかっていた。ナターリヤ・サヴロンはただ美しいだけではなかった。ニコラスと同じ官能的な魅力をもっていた。

「ああ」ニコラスの声にはなんの感情も表われていなかった。彼はシルヴァーの肘に手を添え、人ごみをかきわけるようにして母親のほうへ向かいはじめた。「だが、美しいのはきみも同じだ。そのドレス、最高に似合っているよ」

シルヴァーはこのうえなく美しい薔薇色のシルクのドレスにちらりと目を落とした。ヴァレンティンが〝鎧〟という言葉を使った理由を、彼女は初めて理解しはじめていた。ニコラスはこの見事なドレスばかりか、歳若いメイドまで用意していて、メイドはシルヴァーの髪にカールをつくり櫛を入れて、宮廷の最新流行だという高いシニヨンに結いあげていた。そしていまわたしの腕には保護者然としたニコラスの手がおかれている。すべては彼女に会うため。耳元で熱心になにかを囁く青年から視線をはずし、舞踏室を横切って自分のほうに歩いてくるふたりを見つめる美しい女性に会うためのこと。

ナターリヤ・サヴロンは輝くばかりの微笑を浮かべた。けれど、そのまぶしい笑みにはあたたかさも、なんの感情も感じられず、不意に子どものころの記憶がよみがえってシルヴァーは身震いした。出っ歯ばばあだ。

「ニコラス」ナターリヤは手袋に包まれた手を物憂げに差しだした。「きてくれればいいと思っていたところよ」彼女は横にいる若者を手ぶりで示した。「デニス・ステファン伯爵は知っているわね」

ニコラスは母親の手におざなりにふれてから、横にいる男性にうなずいた。「ステファン。

こちらは妻のシルヴァーだ」

若い伯爵はもごもごと挨拶の言葉を述べながらも、人目もはばからずにうっとりとシルヴァーに見入っていた。

「ああ、そうそう、シルヴァーね……」ナターリヤの声はニワトコ酒のような甘さと酸味があった。彼女はシルヴァーの顔を長々と見つめたあとでニコラスに視線を戻した。「ステファン伯爵とふたりでパンチの味をみてきてはどうかしら、あなた《シェリ》。あたくし、あなたのかわいい花嫁とお近づきになりたいの」

「喉は渇いていませんよ」シルヴァーの肘においたニコラスの手に力がこもった。

「ニコラス、頭を下げないといけないのかしら?」ナターリヤは若い伯爵に顔を向けた。「この子ったら聞きわけがなくて。ニコラスを連れていっていただける、デニス?」

ニコラスを意に沿わない場所に連れていくことを考えて、伯爵は怖じ気づいているようだった。「息子さんはきっと喜んであなたの願いを聞き入れますよ」

「いや、あいにく彼にその気はない」ニコラスはにべもなかった。

「行って、ニコラス」シルヴァーは彼の母親に目を据えたまままいった。「それから、戻ってこなくていいから。あなたのお母さまとの話がすんだら、わたしのほうで探すわ」

ニコラスが眉根を寄せた。「なにいってるんだ、シルヴァー、おれは――」

「いいから行って。あなたにそばをうろうろされたら、できる話もできない」

ニコラスはどうしたものか迷っていたが、結局お辞儀をした。「仰せのままに、愛しい人。もしおれに〝うろうろ〟してほしくなったら呼んでくれ」

ニコラスとステファン伯爵が舞踏室の反対側へ向かうのを見届けると、シルヴァーはナターリヤ・サヴロンに向きなおった。「これで邪魔者はいなくなったわ。はじめましょう」

すると、目の前の女性の顔に驚きの表情がさっとよぎった。「ニコラスをずいぶん邪険に扱うのね。殿方をこちらの思うとおりにさせるときは、それとなくそう仕向けなくては」

「嘘や策略を用いて？」シルヴァーはかぶりを振った。「それはわたしの流儀じゃない」彼女はナターリヤとまともに目を合わせた。「でも、あなたはそうなのかも。ただし、わたしにその手は通用しないから」

「そうなの？」ナターリヤは薄笑いを浮かべた。「ずいぶんと自信がおありのようね」

「あなたみたいな女性は前にもいたわ。わたしたちの村に、囚人に拷問を加えるのがとんでもなくうまい老婆がいたの。出っ歯ばばあと呼ばれてたわ。彼女の笑顔も――」思いだすように言葉を切った。「――ちょうどあなたみたいだった。やさしい微笑み。だから杭に縛られた男は、この老婆が自分を傷つけるはずがないと思う。すると彼女は男の手の爪の下に焼けた棘《とげ》の最初の一本を突き刺すのよ」

ナターリヤは驚きに目を瞠《みは》った。「このあたくしが野蛮人と同じだと？　あたくしは老婆などではなくてよ、かわいいシルヴァー」白く輝く歯をちらりとのぞかせて微笑んだ。「それに薄汚いアパッチインディアンの女でもね」

「わたしがアパッチだってどうして知っているの？」

「ニコラスが選んだ女性に興味をもつのは当然でしょう、それで波止場に人をやって少し調べさせたの」ナターリヤの声がいきなり尖《とが》った。「あなたときたら、ここまで乗ってきた船の船長や船員に自分の素性を隠そうともしていないじゃないの。それどころか、混血だとはっきり口にしているそうね。この機に乗じてその卑しい生まれを偽ろうとするものと思っていたのに」

「わたしは自分を恥じていませんから」シルヴァーはつんとあごをそらした。「それでわたしに会いたかったの？　合いの子は合いの子らしく隅のほうで小さくしていろといいたくて？」

「あたくしの許しがないかぎり――」

「許すとか許さないとか、わたしがそんなことを気にすると思う？」シルヴァーの目は怒りでぎらぎらしていた。

ナターリヤは大きく息を吸い込んだ。「あたくしは長年、あたくしが貴族の出ではないことを誰も思いだすことがないよう気を配ってきたの。それなのにあなたが自分の生まれを吹聴することを許して、この体に汚《けが》れた血が流れていることを世間に思いださせるようなまねをすると思うの？　ニコラスがあなたみたいな女と結婚するほど愚かだとは思わなかったわ」

シルヴァーはひるんだ。「たぶん彼はわたしが混血だろうと気にしないのよ」

ナターリヤは目を吊りあげてシルヴァーの顔をにらんだ。「気にするに決まっているじゃないの。子どものころ宮廷でどんな扱いを受けたか、あの子にきいてごらんなさい。ニコラスはあたくしと同じ恥辱を味わってきたの。愚かにもあなたを妻にしたことで、今後はさらにつらい思いをすることになるでしょうね」

胸をえぐられるような痛みを感じ、シルヴァーは懸命に無表情を装った。焼けた棘の最初の一本が突き刺され、ナターリヤはしきりに苦痛の印を探そうとしていた。

「そんなことわからないわ。ニコラスはあなたじゃないもの」

「母親ほど息子のことをよく知る人間がほかにいて?」猫なで声できいた。「ニコラスのことを思う気持ちがあるなら、あの子の前から消えることね。ニコラスもそれ相当の慰謝料を用意するはずよ。なんならアメリカまでの乗船券はあたくしが買ってさしあげてもかまわなくてよ。あなたを受け入れてくれる場所にお帰りなさい」

受け入れる? わたしを受け入れてくれた場所がこれまでにあった? シルヴァーは惨めな気持ちで思った。「帰りません。ここにいるのには理由があるのよ」

ナターリヤはくちびるの端をあげた。「そうでしょうとも。薄汚い野蛮人の小娘がいままでは公爵夫人ですもの。牧師の短い言葉で公爵夫人をインディアンにすることはできないけれど」

「嘘と欺瞞《ぎまん》の三十年にもできないことよね」

年配の女性の顔がこわばった。「二度といわない、サンクトペテルブルクから出ておいき」

シルヴァーは震えるほどの不安を押し殺し、ナターリヤの視線をしかととらえた。このガミガミ女を怖がったりしちゃだめ。出っ歯ばばあと同じで、ニコラスの母親も恐怖のにおいに目がないのだから。シルヴァーはにっこり微笑んだ。「出ていくわけにはいかないわ。だってほら、おなかに赤ちゃんがいるんですもの」

ナターリヤが鋭く息を吸い込んだ。「まさかそんな」

「でもそうなんです。わたしはとても健康だし、元気ないい赤ちゃんが生まれるだろうとドクター・レリングズはいっているわ」笑みが大きくなった。「わたしの汚れた血とあなたの名前を受け継ぐ赤ん坊を見たら、みんなあなたが良家の出でもなければ若くもないことを思いだすわね」そこで一拍おいた。「待ちきれないんじゃなくて？　おばあちゃんになるうれしい日のことが」

ナターリヤの頬が真っ赤に染まり、必死に言葉を探しているように見えた。

シルヴァーはお辞儀をしていとまを告げた。「どうやら話は終わったようね。ごきげんよう、奥様」くるりと背中を向けた。「ステファン伯爵を呼んであげるわ。そのご高齢で若い男性にちやほやされるのは、さぞかしうれしいでしょうね。楽しめるうちに楽しむことね。

時がたつのはあっという間だもの。彼だってじきに――」

「お待ちなさい」ナターリヤの声は怒りに震えていた。「その〝汚れた〟子どもをニコラスが受け入れるとなぜ思うの？」

シルヴァーはその場に凍りつき、やっとのことでヴァレンティンにいわれた言葉をくり返した。「男なら誰だって家名を継いでくれる子どもが欲しいはずよ」

ナターリヤが冷笑を浮かべた。「混血の子どもを歓迎するとニコラスはあなたにいった？」

新たな棘。痛いところを突き、鋭い苦痛を与えた。

シルヴァーは目をそらした。「そんなこと、いうまでもないわ」ナターリヤの低い笑い声を背中に聞きながら、足早に部屋の反対側に向かった。ダマスク織りのクロスをかけた長いバンケット・テーブルの前にニコラスとステファン伯爵が立っていた。

「もう彼女のところへ戻っていいわ」シルヴァーは若い伯爵にぶっきらぼうにいった。

ステファンはおずおずした笑みを浮かべると、ナターリヤ・サヴロンのほうへ急いで戻っていった。

ニコラスはパンチをなみなみと入れたクリスタルのカップを手渡しながらシルヴァーの表情をうかがった。「大丈夫かい？」

「もちろんよ」シルヴァーは無理に笑った。「あなたのおやさしいお母さまよりわたしのほうが星をたくさん稼いだと思うわ」パンチをひと口すすった。「だけど力を貸してほしいと説得できるかどうかは疑問ね。わたしの首をはねることにならば喜んで協力するだろうけど」

ニコラスは小さく微笑んだ。「いくら母でも公爵夫人を処刑するだけの力はないよ」

シルヴァーはカップをテーブルにおいた。「そう、それをきいてほっとしたわ。もう帰る？」

「皇帝《ツァーリ》がお出ましになる前に帰るのは失礼にあたるんだ。もう少し——」シルヴァーの口元に緊張によるしわがうっすらと刻まれていることに気づき、ニコラスは言葉を切った。「ああ、帰れるよ」くちびるに無鉄砲な笑みを浮かべた。「かまうものか。このおれが珍しくしきたりに従ったりしたら、かえって皇帝をがっかりさせるかもしれないし」彼はシルヴァーの腕を取ると、部屋の反対側にあるアーチ型の入口のほうへと急きたてた。

ステファン伯爵は舞踏室を横切っていくシルヴァーとニコラスを目で追った。「ご子息の奥方はとてもお美しい」

ナターリヤは口元を引き結び、宝石で飾られた扇をけだるげに前後に動かした。「そうかしら。あたくしはあまりぱっとしないと思ったけれど」

シルヴァー・サヴロンに目を奪われていたせいで、伯爵は横にいるレディの不機嫌な表情を見落とした。「なんというか彼女は……」首をかしげ、ニコラス・サヴロンの妻の荒々しい魅力をうまくいい表わす言葉を探す。「炎のようだ。きっと宮廷に嵐を起こすでしょうね」

ステファンの視線を追いながら、ナターリヤは扇をきつく握り締めた。あの生意気な小娘はたしかに美しい。それにあの図々しさも、退屈しきった貴族たちには新鮮に感じられるかもしれない。宮廷というところは異質なものをおもしろがり、夢中で飛びつくから。もしもシルヴァー・サヴロンが宮廷に嵐を起こせば、たちまち悪評がとどろき、ナターリヤがその余波を受けることは避けられない。そして社交界がこの新しいおもちゃに飽きてしまえば、シルヴァーはぽいと放りだされるだろうが、一度たってしまった悪い評判はそのまま残り、そう簡単には消えないはずだ。あのいまいましい決闘のあと、宮廷から追放されないよう、それこそ必死に闘わなければならなかった。のけ者にされるあの屈辱的な思いを二度と味わうつもりはないわ。

ナターリヤはステファンに向きなおると魅惑的な微笑を浮かべた。「お願いをきいていただける、あなた《シェリ》。このめまいがするほどの混雑のなかからペスコフ伯爵を探してきてくださらない？　皇帝がお出ましになる前に、どうしても伯爵にお話ししないといけないことがあるの」

「母はきみになにをいったんだ？」ニコラスが静かにきいた。

シルヴァーは答えなかった。聞こえるのは馬車が軋む音と、玉石を敷いた通りを馬の蹄《ひづめ》が蹴るかっかっという鋭い音だけ。

「知りたいんだ、シルヴァー」

シルヴァーは肩をすくめた。「わたしが傷つくだろうと思うことをいろいろとね。ものすごく頭の切れる人だわ、あなたの母親は」シルヴァーは窓の外に顔を向けた。「あなたのことならなんでも知っているといってたけど。それは本当?」

「きみのいうとおり、母は頭の切れる女性だ。おれたちは長い時間をかけておたがいを理解してきた」シルヴァーはニコラスの視線を感じた。「なぜそんなことをきく?」

「べつに」窓の外に目をやったままでいった。「子どものことを聞いても、あの人喜ばなかったわ」

ニコラスが短く笑った。「話したのか? どうりでいまにも爆発しそうな顔をしていたわけだ。永遠の若さこそが、美しき母上《ママン》の望みだからな」

「彼女が喜ばないのはわかってた」シルヴァーの声には挑むような響きがあった。「だから話したの。悪い?」

「こっちを見るんだ、シルヴァー」彼女がそれに従わないと、ニコラスは彼女の顔に手を伸ばして無理やりこちらを向かせた。「いいか、よくお聞き。母がどんな人間でどれほど冷酷になれるかは、このおれがいやというほど知っている。自衛のために母を攻撃したきみを責めるつもりは毛頭ない」

「彼女はあなたの母親なのよ」シルヴァーは小声でいった。「愛して……いないの?」

ニコラスはつかのま黙った。「どうかな。子どものころは愛していた。その後は憎むようになった。母とは血のつながりと、同じ経験をした者としての結びつきはあるが、愛情？」彼は肩をすくめた。「憎しみと愛情の境界線というのは、長いあいだにあいまいになっていくものなんだ」

「そうなの？　わたしは母を知らないから」

「だがライジング・スターがいたじゃないか」

「ええ、でも伯母への想いを疑ったことは一度もないもの。わたしはライジング・スターを愛していたわ」

「知ってる」ニコラスは急に人生に疲れた老人になった気がした。シルヴァーにとっては、すべてがとても単純だ。一点の曇りもない誠実な心でものごとを見ている。時間や経験に毒されることなしに。「きみらはどちらも幸運だったんだ」

シルヴァーを抱き寄せたい。情熱ではなく、彼女を愛しく思う気持ちを分かち合うために。しかし抱いてしまえば、愛しさがすぐに情熱に変わることはわかっていた。ニコラスは彼女のあごに添えていた手をおろして体を引いた。「ドクター・レリングズは気に入ったか？」

シルヴァーは大きく息を吸うと、ふたたびニコラスから顔をそむけた。「腕はいいようだけど、なにかあったときに頼りたいとは思わないわね。彼を見てると、ヘルズブラフの開業医を思いだすの。大酒飲みのへぼ医者で、暇さえあればどんちゃん騒ぎをしてた」

「レリングズが信用できないなら、べつの医者を探そう」

「誰だろうと大差ないわよ」シルヴァーは考え込むように眉間にしわを寄せた。「ひとりで出産するという手もあるわね。お産の手伝いをしたことはあるし、そうむずかしくないはずよ」

「だめだ」きっぱりといった。「ドクター・レリングズにいてもらおう。きみは不安じゃないのかもしれないが、医者がついていてくれたほうがおれはずっと安心できる」

「そうなの？」うれしさがこみあげたが、シルヴァーはそれを隠そうとした。「ならレリングズにいてもらいましょう。どちらだろうとたいした意味はないし」

「大いに意味はあると思うが」

ニコラスはわたしの体調を本気で気遣っている。でもあまり浮かれてはだめ、いい気になってはだめよ。シルヴァーは舌でくちびるを湿らせ、手袋に包まれた指でビーズ細工の小ぶりのハンドバッグをぎゅっと握り締めた。「エテインのことはどうするつもり？」

「いつそれをいいだすかと思っていたよ。ただペスコフが面倒を起こすことに決めた場合、母の助けを期待できないのはあきらかだな」

「わたしひとりでやってもいいのよ」シルヴァーはためらいがちにいった。「そもそもあなたには関係ないことだもの。エテインに約束したのはこのわたし――」

「そしてエテインをあの父親から救う役目は引き受けるときみに約束したのはこのおれだ。約束は守るよ」ニコラスは笑みを見せた。「明日の夜だ、シルヴァー」

シルヴァーは興奮に目を輝かせた。「ほんと？　どうやって？　わたしたちいっ――」

「わたしたちはなにもしない。きみはクリスタル・アイランドでおとなしくしているんだ」

シルヴァーが眉根をきっと寄せた。「わたしもいっしょに行く」

「シルヴァー、それは許すわけにはいかない」

「許す？」その声は不気味なほどおだやかだった。「あなたの母親も、わたしにその言葉を使ったわ。あなたにまでいわれたくない」

ニコラスはいらだちをおぼえながら彼女を見つめた。シルヴァーの銀色の瞳は怒りでぎらつき、一歩も引かないというようにあごにぐっと力を入れている。どうやら家にいるよう説得するのはかなり骨が折れそうだ。一瞬、〈ローズ〉号の船室で結婚式を挙げた晩の記憶が頭をかすめた。あのときおれは、おれの火の鳥を飼い慣らすのはわけもないとひとりごちた。やれやれ、どうかしていたとしか思えないな。

彼は身をのりだし、巧みな話しぶりでまくしたてはじめた。そしてシルヴァーがただぼんやりと見つめていると、いっそう激しい、有無をいわせぬ口調でこう締めくくった。「だからきみは家に残るんだ」

「それはおかしいわよ。サーカスにはわたしの友達がたくさんいるし、いざというときには助けてもらえるじゃないの。決まりね。わたしもいっしょに行くわ、ニコラス」

「決まりじゃない、シルヴァー」ニコラスは毅然といったが、気をとりなおしてふたたび説得に取りかかりながらも気分が滅入ってくるのがわかった。

3

サーカス会場のまわりでひしめく人々のあいだを器用にすり抜け、ニコラス、ミハイル、ヴァレンティンのもとへたどり着くと、シルヴァーは荒い息をついた。「彼女の居場所がわかった！　友達のナイフ投げのセバスチャンと話してきたんだけど、エティンはいま大テントでショーの最中だそうよ」彼女は人ごみに目をやり、ほっとため息をついた。「モンティースの姿は見えないわ。たぶん今日はきていない――」そのときグレーの服に身を包み、見世物小屋の舞台にぼんやりと寄りかかっているモンティースの優雅な姿が目に留まり、シルヴァーは急に話をやめた。まぎれもない恐怖に心臓が跳ねあがり、気持ちを静めるために大きく息を吸い込む。モンティースを怖がるなんてどうかしてる。ただの男じゃないの。なのに彼の前に出ると決まってこんな反応をしてしまうのはなぜなの？　「いいえ、あそこにいる。首に黄色いクラバットを巻いた小太りの男と話してるわ」

「ペスコフだ」ニコラスがぼそっといった。「となると、少々危険な状況になるかもしれない。きみは馬車に戻っていろといったところで無駄だろうな」

シルヴァーは首を大きく横に振った。「どうしてそんなに心配するのかわからない。数ではこちらが勝っているじゃない」ニコラスの両側に立つミハイルとヴァレンティンを手で示した。「エティンが檻から出てくるのを待って、堂々と連れてくればいいだけのことよ」

そう話す声に強がりが含まれていることに本人は気づいていなかったが、ニコラスはシルヴァーもまた自分と同じぬぐいがたい不安を感じているのだと察した。モンティースにはニコラスを緊張させるなにかがある、ちょうど猫が墓地でなにかの気配に背中を丸めているように……ばかな、なにをいっているんだ。おれは存在しない幽霊を前に御託を並べて時間を無駄にするような人間じゃない。ニコラスはいらだちをかろうじて抑え込んで大テントのほうへ足を向けた。「では彼女を連れに行こう」

ポール・モンティースがちらりと顔をあげてこちらを見た。一瞬、驚いたような表情を見せたが、奇妙にもすぐに心底うれしそうに微笑んだ。彼は姿勢を正し、慇懃に頭を下げた。

シルヴァーはニコラスの腕を強くつかんだ。「ええ、行きましょう」

「敵はひるんでいないようだぞ」ヴァレンティンはふたりと並んで歩きだしながらシルヴァーにいった。「きみの話から、てっきり悪魔の化身みたいな男だと思っていたのに。実際はかなりの美形じゃないか」

「美形なもんですか」嚙みつくようにいった。「腹のなかは真っ黒よ。下劣で醜悪で、それに――」

「きみのいいたいことは伝わったと思うよ」そういうと、ニコラスは大テントのなかに足を踏み入れた。おがくずと汗と香水が混じった不快なにおいに、思わず鼻にしわを寄せる。階段状の座席は雑多な人々で埋まっていた。ごわごわした毛織りの服をまとった農民がいるかと思えば、上等な服を着た紳士やサテンのドレスの女性もいる。テント内の観客にひとつだけ共通するのは、誰もが固唾をのみ、ほとんど食い入るようにして、中央の円形舞台の檻のなかで起きていることに見入っていることだった。気がつくとニコラスもまた観客と同じ恐怖に魅了されていた。「なんてことだ」彼はつぶやいた。「あれがきみのエテインなのか？」

シルヴァーはうなずいた。「ショーはもう終盤ね。最後の出し物は〝生《い》け贄《にえ》〟と呼ばれてる」息苦しさをやわらげようとつばを飲み込んだ。「ぞっとするわ。見たくない」

それでも最後まで見てしまうことはわかっていた。エテインのことを思うと吐き気をもよおすような恐怖に襲われるのに――あるいは、襲われるからかもしれないが――いつだって見ずにはいられないのだ。

「虫唾《むしず》が走る」檻のなかのエテインの小さな体を見つめながらミハイルがゆっくりと言葉を吐いた。

彼の大きな手が体の両脇で固く握り締められているのを見てシルヴァーは驚いた。めったに激することのないミハイルのその姿に、恐怖にがんじがらめになっていたシルヴァーははっとわれに返った。「ええ、そのとおりよ」

祭壇に似せた黒大理石の板の上にエテインがゆっくりと這いあがると、どぎつい明かりの下でホワイトゴールドの巻き毛がきらきらと輝いた。石板の長い辺の両側から三十センチと離れていないところに台がふたつおいてあり、短い辺の一方におかれた三つめの台は、それよりさらに近かった。

エテインが手を叩くと、二頭の雄ライオンが跳ねるように檻のなかを横切り、左右の台に飛び乗った。もう一度手を叩くと、今度は一頭の雌ライオンが残った台のほうにゆっくりと近づいた。雌ライオンは歯をむいてうなり、挑むように黄色い目をぎらつかせると、前肢を振りあげて宙をひっかいた。エテインは次に台にあがれと合図を出した。

それから少女はゆっくりと注意深く祭壇の上に仰向けに横たわった。

「嘘だろう」ヴァレンティンがいった。「ライオンとのあいだは数センチしか離れていないじゃないか」

エテインは一拍おいたあとで体を上にずらしていき、石板の端からほっそりした首を垂らした。牙をむきだした雌ライオンの真下に。

「やつら彼女を殺すぞ。なぜ止めない?」ミハイルが食いしばった歯の隙間からいった。

シルヴァーは首を横に振った。「だめよ、いまなにかすればライオンを脅かしてしまう。そうなったらエテインがコントロールできなくなる」

「いまだってコントロールできているようには見えないぞ」ニコラスの声は険しかった。

ピンクのタイツとチュチュを身につけた少女はいかにも無力で弱々しく見え、彼女は自分を取り巻く死を抱き締めるかのようにゆっくりと両手を広げた。

シルヴァーは渇いたくちびるを湿らせた。「ちゃんとコントロールしてるわ。エテインはまるで魔法みたいに動物を巧みに操るの」ニコラスと自分を安心させるようにいった。「もうすぐ終わるわ」

エテインは三十秒ほどその姿勢のままぴくりとも動かなかったが、やがて胸の前で慎重に両腕を組んで目を閉じた。シルヴァーには、ショーのこの部分がいつも最悪の瞬間だった。エテインはまるで墓石の彫像のようで、彼女がいかに死に近いところにいるかをすべての観客に思いださせる。

そしてショーは終わった。エテインが目を開け、用心しながらそろそろと起きあがると、シルヴァーは全身を震わせるようなため息をついた。エテインのやわらかな巻き毛が雌ライオンの尖った黄色い牙をかすめ、観客が一斉に息をのむ。

次の瞬間、少女は祭壇の反対側へ滑るように移動して地面に降り立ち、くるりと体をめぐらせてライオンたちと向き合った。

雌ライオンがうなり、エテインが降りたばかりの黒大理石の上にすうっと移る。

「くそっ《メルド》」ミハイルは思わず足を前に踏みだした。

しかし、雌ライオンはそれ以上動かなかった。檻の扉に向かってじりじりとあとずさるエテインを、飢えた金色の目でただじっと見ている。

「失礼」

シルヴァーが振り返ると、背後の通路にポール・モンティースが立っていた。「また会えてこれほどうれしいことはないよ、シルヴァー。話に花を咲かせたいところだが、檻の錠を開けにいかないとならないのでね。今夜のスルタナはいささか落ち着きがないとは思わないか？　エテインになにか……まずいことが起きては困るからね」

ニコラスは、円形舞台に向かって通路をゆっくりとおりていくモンティースを見つめた。

「やつはあの檻にエテインを閉じこめているのか？」

シルヴァーはうなずいた。「毎回ショーの初めにいかにも重々しく錠をおろすの。エテインが檻から出られないことを知ると観客の興奮が高まるといってね」

「あいつの骨を折ってやる」ミハイルがいった。

ニコラスは小声で毒づきはじめた。

ポール・モンティースは檻の扉の横に立ち、観客に見えるように鍵をかざした。そこで動きを止め、檻の柵をはさんでエテインとじっと目を見合わせる。少女の背後ではライオンたちが休みなく動きまわっていたが、エテインは気づいていないようだった。彼女の全神経は父親と彼の手のなかの鍵に向けられている。

モンティースは錠に鍵を差し込み、扉を開けると、エテインの手首をつかんで檻から引っぱりだした。

観客席から割れんばかりの拍手が沸き起こり、誰もが声を張りあげ、手を打ち鳴らしながら絶叫した。

ポール・モンティースは脇へ退き、観客にお辞儀をするエテインをかすかに微笑みながら見ていた。

「行くぞ」ミハイルがいった。「もう待てない」彼は大股で通路を突き進んで中央の舞台へ急ぎ、シルヴァー、ニコラス、ヴァレンティンがそのあとにつづく。

シルヴァーは呆気にとられた。ミハイルがこんなふうに仕切るところを見るのは初めて。いつもは好んで目立たない存在でいるようなのに。それがいまはみずから先頭に立ち、観客を払いのける勢いで通路を進んで舞台に降り立った。

エテインは顔をあげ、山と見まがうほどの巨漢がつかつかと舞台を渡ってくるのを見て、目に驚きの表情を浮かべた。もじゃもじゃの赤毛にカンテラの明かりが当たり、まるで燃えているみたい。

ミハイルがエテインの前にひざまずくと、客席がしんと静まり返った。彼はやさしく微笑んだ。「おれはミハイル・クズディフだ。きみを迎えにきた。おれといっしょにいればきみは安全だ。おれを信じてついてきてくれるかい?」

エテインはびっくりして彼を見つめ、それから不安げなまなざしで父親をちらりと見た。

ポール・モンティースはその場に立ったまま、おもしろがっているような笑みをくちびるにたたえてふたりを見ていた。

シルヴァーはようやく舞台にたどり着いた。「ミハイルといっしょに行って、エテイン。わたしたちもすぐに追いかけるから」

輝くばかりの笑みでエテインの顔がぱっと明るくなった。「シルヴァー、あ、あ、あなたなの！」彼女は数メートル先にいるシルヴァーに駆け寄って腕のなかに飛び込んだ。「もう二度と会えないと思ってた」

シルヴァーはエテインの華奢な体に腕をまわしてきつく抱き締めた。「あら、わたしが嘘をついたと思ったの？」からかうようにいった。「かならず連れにくると約束したはずよ」

「そうだけど、ロシアはとっても遠いから」少女はまた父親をちらりと盗み見た。

「自分のテントへ行くんだ、エテイン」モンティースがいった。「いますぐ」

エテインはびくっとしたが、そのあとで反抗的な表情で父親をにらんだ。「いや」囁くような声だったが、血の気の失せた顔で深いブルーの瞳が燃えあがっていた。「もうあなたのいいなりにはならない。これまでよ。シルヴァーといっしょに行きます」

モンティースはその場に立ちつくし、エテインの顔を観察した。「ほう？　それはじつに興味深い」平然と告げる。

ニコラスがモンティースの前に進みでた。「その子を連れて先に馬車に戻っていろ、ミハイル」彼はモンティースをにらみつけた。「止めても無駄だぞ、モンティース」

「止めようとしているように見えますかな?」モンティースは、ミハイルがエテインを抱きかかえ、ヴァレンティンを従えて足早にテントから出ていくのをじっと見ていた。「いまのところはなんの異存もありませんよ。むしろ喜ばしいぐらいだ」

シルヴァーは信じられずに息をのんだ。エテインの父親のどんな反応を期待していたかはわからないけど、これでないのはたしかだ。「あとから返してくれといってもエテインを渡すつもりはないわよ」

モンティースは目を細めてシルヴァーを見やった。「ああ、そうだろうとも。きみは昔から強情な娘だったからな。だがそんなことはたいした問題じゃない。エテインを取り戻したくなったら、そのときは奪うまでだ。それまではあの子をきみのそばにおくことを許そう。この時期のエテインにはきみが役に立つだろう」彼はやさしく微笑んだ。「なにしろ父親というのは子どものためになにが最良かをつねに考えているものだからね」

シルヴァーはなにをいえばいいのかわからなかった。混乱した表情で彼を見つめると、くるりときびすを返してそそくさと通路を戻っていった。

ニコラスは迷った。シルヴァーがとまどったわけが彼には理解できた。これではあまりに簡単すぎる。「追おうとするなよ、モンティース。でないと健康を大いに害することになるぞ」彼は相手の反応を待ったが、モンティースは例によってかすかに笑っただけだった。

ニコラスが出ていくと、テント内は急に硬いベンチに辟易《へきえき》していた観客が一斉に動きだす音で騒然となった。モンティースは舞台の中央から動かなかった。背筋を伸ばして堂々と立ち、カンテラのどぎつい明かりがその端正な顔に深い影を落としていた。


ニコラスが馬車に乗り込んでヴァレンティンの隣りに腰をおろすと、エテインは向かいの席でシルヴァーにぴたりと寄り添った。

扉が閉まるか閉まらないかのうちにミハイルは馬に鞭を入れて早足で馬車を出した。

「やれやれ、なんてことはなかったな」ヴァレンティンがいった。「正直、ちょっと拍子抜けしたよ。もっと大騒ぎになると思っていたからね」

「まだ終わっていない」ニコラスは眉間にしわを寄せてむずかしい顔をした。「モンティースはどうにもおとなしすぎた。気に入らない」

「わたしもよ」エテインの体にまわしたシルヴァーの腕に力がこもった。「あいつ、わたしたちにエテインを連れていってもらいたそうにしてたわ。それともペスコフに仲裁を頼んで娘を連れ戻すつもりかしら」

「明日になればわかるだろう」ニコラスはシルヴァーの横にいる少女に視線を移した。「まだ紹介してもらっていないぞ、シルヴァー」そういうと、心臓が止まりそうなほど魅力的な笑顔でエテインに笑いかけた。「マドモアゼル・エテイン、あなたの下僕《しもべ》のニコラス・サヴロンです。あなたの友人のシルヴァーの夫となる光栄に浴した者です」

エテインはシルヴァーの顔をさっと見あげた。「ほんとに？　あなたが婚約したことも知らなかったわ。なにも話してくれないから——」

シルヴァーは笑い声をあげてエテインをぎゅっと抱き締めた。「まともな男はわたしみたいなガミガミ女と結婚するような無茶はしないと思ってたんでしょう。たぶんニコラスはまともな男じゃないのよ」

「またこれだ。たぶんきみもいつかは、ろくでもないおれのなかにもすぐれた資質がひとつぐらいはあることに気づくだろう」彼はそうぼやきながらシルヴァーの顔を長々と見つめていたが、やがてエテインに視線を戻した。「とにかくシルヴァーを通してわれわれの運命は交わったようだから、きみとも友達になれたらと思うんだ」

エテインはしばらくのあいだ彼をじっと見つめ、その瞳が子どもに似合わない明敏な色をたたえていることにニコラスは気づいた。と、エテインがにっこりし、ニコラスはとても貴重な贈り物をもらった気がした。「あなたとお友達になれたらとてもうれしいわ……ニコラス」

「友人は守るというのがおれの習慣でね。だからきみのことも守りたいんだ、エテイン。だがそれにはきみの協力がいる。きみの父親が今夜、あれほど簡単にきみを手放した理由を知っているかい？」

エテインは首を横に振った。

「彼はひどく変わった男だ」ニコラスはつぶやいた。「どうにも理解できない」

「誰だってそうよ」エテインはさらりといった。「でも、あの人はあきらめない。絶対に」

ニコラスはやさしい笑みを浮かべた。「それはおれたちも同じだ」彼はヴァレンティンに顔を向けた。「ポール・モンティースのことをもっと知る必要がありそうだ。明日、おれの弁護士と話して、モンティースの素性を調べるよう伝えてくれないか」意味ありげな間があいた。「ドミニク・ディレイニィ探しを依頼したときより、もっと有能な探偵を雇うよう念を押すのを忘れるな」

「どこからはじめさせる？」ヴァレンティンはきいた。「セントルイスからか？」

「いや。モンティースの発音はとても歯切れがよかった、いかにも英国風だった」問いかけるようにエテインを見た。「しかし、きみの発音はそれとはまったく違う。きみはアメリカで生まれたのかい？」

「違うと思う。わたしが生まれたのはヨークシャーだと思うとカーディルはいっているけど、わたしはロンドンとリヴァプールのことしかおぼえていないの。アメリカに渡ったのは……」あいまいに手を振った。「おぼえていないわ。すごく昔だという気がするけれど」

ニコラスは少女に笑いかけた。「ヨークシャーからはじめるよう連中にいうんだ、ヴァレンティン。エテイン、きみはたぶん知識は力だという言葉を聞いたことがあるだろう。あの父親からきみを守るための武器になるその知識を、もう少し集められるかどうかやってみよう」

エテインはびっくりして彼を見つめた。「あの人のことを恐れていないのね？」

「恐れるべきかな？」

「ええ」エテインは重々しくいうと、ふたたびシルヴァーに体をすり寄せた。

馬車が埠頭へ着くまでのあいだ、ニコラスは少女の思慮深いまなざしが何度も自分に注がれるのを感じていた。


「エテインったら、あっという間に眠ってしまったわ。ひどく興奮していたからまた発作を起こすんじゃないかと心配したけど、ありがたいことに大きくなって病気が治ったみたい」

書斎の扉を閉め、開け放たれたフレンチドアのそばに立つニコラスとヴァレンティンのところへやってきたシルヴァーは、いかにもほっとした様子だった。「エテインの話だと、アメリカを発ってから発作が起きたのは一度だけだそうよ。きっとどんどん丈夫《ストロング》になっているのよ」

ニコラスは片方の眉を引きあげた。「いまでも相当気丈《ストロング》だという印象を受けたが。きみのエテインは……まれに見る子どもだ」

「生き残るためにはそうならざるをえなかったのよ」シルヴァーはくちびるをぎゅっと結ん

だ。「生まれたときから肺に病気があったうえに、モンティースのような父親をもったら……」

「彼女がどんなつらさに耐えてきたのかわかる気がする」ヴァレンティンはいった。「まだたったの十歳だろう。でもそれよりはるかに年上に見える、とてもしっかりしているようにね」

シルヴァーは大きくうなずいた。「エテインはものすごく頭がよくて、新しいことを学ぶのが大好きなの。学校に通ったことは一度もないんだけど、サーカスの団員たちがいろんなことを教えてあげているのよ。カーディルが計算を教えて、読み書きはセバスチャンから。エテインはね、フランス語とスペイン語とイタリア語を話せるの。ほかにも――」

「獰猛《どうもう》なライオンを飼い慣らすことができる」ニコラスが口をはさんだ。それからやさしく微笑んだ。「おれに向かってエテインを擁護する必要はないよ、シルヴァー。いっただろう、エテインはまれに見る子どもだと思うと」

「だけどエテインは頭がいいだけじゃないの、やさしくて、愛情に満ちていて、他人を思いやれる子よ。あの子を父親から引き離したことであなたに大変な迷惑がかかるだろうってことは知っているし、もしも皇帝《ツァーリ》があなたに腹を立てるようなことになったらすまないとも思うわ」シルヴァーはあごをあげた。「でもね、エテインは救うだけの価値のある子どもなの」

「シベリアの雪のなかをとぼとぼ歩くときはそれを思いだすようにするよ」ニコラスは皮肉

めかしていった。

シルヴァーが不安げな顔をした。「皇帝は本当にあなたをそこに送ろうとするかしら？　わたしが彼に会って説明すれば、もしかして……」

ヴァレンティンが喉の奥で笑った。「知ってのとおり、皇帝陛下と腰を落ち着けて仲よくおしゃべりするのは、ちょっとばかりむずかしいからな」

「いいえ、そんなの知らない。皇帝のこともあなたたちの習慣も、なにも知らないもの」シルヴァーはニコラスの顔をじっと見つめた。「だったら皇帝とおしゃべりはしない。あなたのかわりにわたしをシベリアに送ってほしいというだけにする」

ニコラスは黙り込んだ。「本気でいっているのか？」

シルヴァーは驚いたような目で彼を見た。「もちろんよ。あなたはわたしのためにエティンをあいつから引き離したんだもの。そのことで誰かが罰せられなきゃいけないなら、当然わたしであるべきだわ」

ニコラスは驚きとやさしさが入り混じったような奇妙な表情を浮かべ、シルヴァーに一歩近づいてその手を取った。「きみには驚かされてばかりだよ、シルヴァー」彼女の手を口元に近づけ、手のひらの真ん中にそっとくちびるを押しつけた。「正直いって、これほど正義感の強い女性を相手にすることには慣れていなくてね。胸を打たれたよ」

「わたしのことを笑っているの？」

「とんでもない」ニコラスは彼女の視線をとらえた。「笑ってなどいない。これほど笑う気になれないのは初めてのことだ」

それはわたしも同じ。それでもシルヴァーは、気がつくと引きつったような笑い声をあげていた。「わたしがかわりにシベリアに行くのは名案だと思うわ。だって、わたしは僻地での暮らしに慣れているし、あなたよりずっと不便な生活をしてきているんだから。むしろ楽しめるかもしれないわね。堅苦しいお城や従僕は好きじゃないし……」声がだんだん小さくなり、シルヴァーはただニコラスに見とれていた。ああ、彼はなんて美しいの。ニコラスの黒い瞳は千の秘密できらめき、そのくちびるはやさしい微笑みのカーブを描いて、わたしの血管という血管を熱くうずかせる。男の人がこんなにきれいだなんておかしいわ。男というのはごつごつしたいかついものと決まっていて、炎のように輝いてまわりにあるすべてのものをきらめかせたりはしないのに。

いまはその瞳までがきらきらと輝いている。「きみの口から聞くとシベリアが魅力的な場所に思えてくる」ニコラスはシルヴァーの手を裏返し、くちびるで指のつけ根を軽くなぞった。「きみにかわりに行ってもらうのが惜しくなってきた。かの地に立つのが待ち遠しいくらいに――」

「ふたりともどうかしてるぞ」ヴァレンティンは明るいブルーの目をシルヴァーからニコラスへ、そしてまたシルヴァーへとせわしく動かした。「流刑はジョークじゃない」

ニコラスの目は一瞬たりともシルヴァーから離れなかった。「シルヴァーにかぎってそんな間違いはしない。なにしろジョークというものが理解できないんだから、ヴァレンティン」彼はやさしく微笑んで彼女の手を放すとうしろに下がった。「もっとも、いまおれが教えているところだが」

「自分が急に邪魔者に思えてきたのはなぜかな？」ヴァレンティンがいった。

シルヴァーはニコラスから無理やり目をそらした。「いやだ、わたしがここにきたのは……」なんの用事だった？　エテイン。そうよ、エテインのことでは感謝しているとニコラスにいいにきたのよ。「エテインを助けてくれてありがとう、といいたかっただけよ」

「それに、おれのかわりにシベリアに流されてもいいといいにね」ニコラスはいった。「まあ、シベリアのことはそのときに考えればいいさ」そのときニコラスの目の奥をなにかがよぎった。「でもまあ、感謝しているというなら、それを利用しない手はないかもしれないな」

「どういうこと？」

「今夜の一件がどう出るかはっきりするまで、きみはおれのそばから離れないほうがいいと思う」ニコラスはからかうようにお辞儀をした。「つつましい妻らしくね」

「つつましかったことなんて一度もないわ」うわの空でそういいながら、ニコラスの表情をうかがった。「本当にわたしにここにいてほしいの？」

「どうやら、ぼくはおやすみをいって消えたほうがよさそうだ」ヴァレンティンがいった。

ニコラスはヴァレンティンの言葉を無視してシルヴァーに重々しくうなずいた。「ひょっとすると、身代わりになるというきみの申し出を受けることにするかもしれないしね。アレクサンドル皇帝は怒るとそれはもう恐ろしい――」シルヴァーの顔が不安げに歪むのを見て、ニコラスは急に話すのをやめた。それから深々とため息をつき、左の耳たぶにゆっくりと手をもっていって引っぱった。

シルヴァーが吹きだした。

ニコラスは満足げにうなずいた。「いいぞ、シルヴァー。よくできた。このぶんだと、きみを教育するのはあっという間だな」

「それはどうかしら、閣下。わたしを躾《しつ》けるのはそう簡単じゃないわよ」こみあげてきた喜びを悟られないように目を伏せた。ニコラスはわたしに*いてほしい*と思ってる。シルヴァーはどうでもいいというように肩をすくめて、くるりと向きを変えた。「でもしばらく残ってほしいというのなら、それでもべつにかまわないけど。またすぐに船に乗りたくてたまらないというわけでもないし」ドアのほうへ向かいながらいった。「ここに着くまでに、海にはほとほと退屈してしまったから」

「クリスタル・アイランドできみがそうした倦怠を感じなくてすむよう努力するよ」

シルヴァーはドアを開けた。「あら、退屈するとは思わないけど」

「ほう?」ニコラスの声は誘惑するようにやさしかった。

「だって、いまはここにエテインがいるんだもの」

ニコラスはシルヴァーが出ていったあとの扉をぽかんと見つめた。

ヴァレンティンが鼻息とも忍び笑いともつかない音をたてた。

「おかしくなんかないぞ」ニコラスはふてくされた声を出した。

「ならどうしてこんなに楽しいのかな？」

「知るか」

「シルヴァーがとても新鮮に感じられるからかもな」

「でなきゃ、おれの自尊心がこなごなにされるのを見て楽しんでいるか」

ヴァレンティンはにやりとした。「そうなのか？　ちっとも気づかなかったよ」

ヴァレンティンのやつ、おれがシルヴァーにこきおろされるのを大いに楽しんでいるな、とニコラスは思った。まあいい、笑わせておけ。シルヴァーはここにとどまることを承知した。ほんの小さな譲歩だとしても、いまのところはそれでじゅうぶんだ。

火の鳥が譲歩することなどめったにないのだから。

「やつらは彼女を連れ去った」アントン・ペスコフはモンティースのテントに怒鳴り込み、怒りに声を震わせた。「きみは黙ってそれを見ていた」

モンティースはうなずいた。「それが最善の策だと思ったのでね」

「よくもそんなことがいえるな？　やつらは彼女を奪ったんだぞ」ペスコフはポケットから上等なリネンのハンカチーフを引っぱりだして首の汗をぬぐった。「きみは落ち着いていられるかもしれないが、わたしはなんと説明すれば——」

「わたしはそれなりの理由があって彼女をサヴロンに渡すことにしたのだといえばいい」モンティースは微笑した。「心配するな。こうすることで、思ったより早くエテインをわたしの望むレベルへ引きあげられるかもしれない。あの猫たちと同じで、シルヴァー・ディレイニィにもわたしの愛娘を磨きあげてくれる力がありそうだからな。今夜のエテインのあの反抗的な態度がなによりの証拠だ」

「なんのことだか皆目わからない」ペスコフが癇癪を起こした。

「そうだろうな」モンティースはばかにしたようにいっそう笑みを大きくした。「わからなくてけっこう。きみはサヴロンと彼の愛人を確実にロシアにとどめておくことだけを考えればいい。あのディレイニィ家の女がエテインを連れてアメリカに戻ろうと思い立ちさえしなければすべてうまくいく」

「彼女は愛人じゃない。ニコラス・サヴロンの妻だ」

　モンティースが片眉をあげた。「サヴロンはあの女と結婚したのか？　それならなんの問題もないはずだ」

「ナターリヤにいわせればきわめて深刻な問題だそうだ」ペスコフは鼻の下に浮かんだ汗を

ぬぐった。「彼女があれほど荒れ狂うのを見たのは初めてだよ。なにか手を打ってくれといわれた。このわたしになにができるというんだ？」不意にペスコフの黒い目が狡猾《こうかつ》そうに光った。「だがサヴロンの妻はどうやらきみの計画で重要な役割を担っているらしいし、おそらくきみなら、きみ自身とナターリヤの望みを同時に叶えられる方法を考えつくのではないかな」

「おそらく」モンティースは目をせばめてペスコフの顔を見た。「美しいナターリヤの望みとやらをきみが話してくれれば」

4

「お茶をもってきたわ」エテインは顔をしかめた。「ひどいにおいがするけど、ニコラスが一滴残らず飲むようにって」繊細な磁器のカップ・アンド・ソーサーをシルヴァーに手渡し、大理石のベンチの隣りにすとんと腰をおろすと、エテインは満ち足りたため息を洩らした。「この庭が大好き。バビロンの空中庭園もこれほど美しくなかったと思うわ」

シルヴァーはサッサフラスのお茶をゆっくりすすりながら、エテインの視線を追って緑の灌木《かんぼく》と花々、そして庭園のまさに中央に配された壮麗な噴水へと目をやった。「たしかにとても美しいわね」そう認めた。「でも、ちょっとばかりきちんとしすぎている気がする。もっと意外性があるほうがわたしは好き」

エテインはシルヴァーに顔を向けた。「でもいまのあなたは幸せそうよ」小首をかしげ、シルヴァーの顔をじっくり見つめる。「あなた、変わったわね」

シルヴァーは首を横に振った。「わたしは昔のままよ」

「ううん、なにかが違う」ためらいがちにいった。「前より……やさしくなったわ」

「前はもっといじわるだった？」

「そうじゃないけど」エテインは眉間にしわを寄せた。「わたしがあなたを大好きなのは知っているでしょう。たとえあなたが――」そこでいうのをやめた。「ただときどき、あなたはあなたのことを知らない相手にきびしいように思えたの。自分のまわりに壁をつくって他人を寄せつけなかったでしょう」

シルヴァーは笑った。「で、いまはその壁がなくなった？」

「全部ではないけど、本来のあなたが見えるぐらいには」

「それで、本来のわたしって？」

「心のきれいな人」

シルヴァーはかぶりを振った。「それは違う、わたしの心はきれいなんかじゃない。いまでも怒りと反抗心であふれかえっているわ」そこでふっと押し黙り、エテインにいわれたことについて考えてみた。「たぶんあなたに見えているのはわたしの赤ちゃんよ。わたしの子どもがきれいなんだと思う。ライジング・スターがよくいってたわ、愛されている赤ちゃんはまわりにあるすべてのものに光を投げかけるって」シルヴァーはぼんやりと噴水を見つめた。「ライジング・スターのいうとおりだと思う、だって妊娠していたときの彼女はキララ牧場のあの暗闇をろうそくの明かりのように照らしていたから。わたしはそんなふうには絶対になれないと思っていたけど、ときどき体の内側にその明かりを感じることがあるの」微笑みが浮かんだ。「これまでずっとひとりぼっちだったけど、いまのわたしにはこの子がいる。信じられない気持ちでいっぱいよ」

沈黙が流れ、ふたりはベンチに並んで腰かけて日射しが降り注ぐ庭園を楽しんだ。静けさを破るのは、樺の木の梢を吹き抜けるそよ風が奏でる夏のハーモニーと、花から花へと飛びまわる蜂の羽音だけ。

「あなたがニコラスと結婚してくれてうれしいわ」エテインがいきなりいった。「わたし、あの人が好き。そばにいると安心するの」

不思議ね、シルヴァーは思った。人によってこうも感じかたが違うなんて。わたしは〝安心〟という言葉をニコラスに結びつけて考えることはできない。ものすごく楽しくて、死ぬほどイライラさせられて、セクシーだと思うこともあるけれど、安心できるというのはありえないわ。「ここにいればあなたは安心よ、エテイン。あなたをこの島に連れてきて四日になるけど、これまでにペスコフがなんの行動にも出ていないということは、おそらくそのつもりはないのだろうってニコラスはいってる。だとすれば皇帝《ツァーリ》の干渉を受けることもないし、なんの心配もいらないってことよ。島の警備は厳重で、よそ者の立ち入りを禁じている。あなたの父親がよほどのばかじゃないかぎり、あなたをわたしたちから奪い返そうなんてするはずないわ」

「あの人ならやるわ」エテインは静かにいった。「用意が整ったら、きっとわたしを連れにくる。わたしたちのあいだには、まだ終わっていないことがあるから」そこでにっこり笑った。「でもそれはまだ先の話。いまは真新しいきれいな服と花と太陽と、あなたやニコラスのような友達がいる――」

「その友達のひとりが、ちょうどこちらへやってくるわよ」シルヴァーはいった。「いつ現われるかと思っていたところよ。あなたがここにきてからというもの、片時も目を離そうとしないんだから」

エティンがシルヴァーの視線を追うと、赤い髪をした長身のコサックが大股でこちらに近づいてくるのが見えた。「ミハイル」少女は愛情のこもった笑みを浮かべた。「ええ、ミハイルも友達だけれど、あの人が目を離さないようにしているのはあなたよ。ただわたしがしょっちゅうあなたのそばにいるから」

とてもそうとは思えなかった。ミハイルとエティンの絆は、この四日間で着実に強くなっている。ふたりの友情は一風変わっていた。三十歳近い男性と十歳の少女のあいだに生まれたというだけでなく、その質においても。いっしょにいるときのふたりは、考えられないくらい自然体なのだ。まるで生まれ落ちた瞬間から友人だったというように。

「こっちへきていっしょに座らない、ミハイル」彼が近づいてくるとシルヴァーは声をかけた。そしてからかうような笑みを浮かべてカップを差しだした。「サッサフラスのお茶でもいかが」

「おれは妊婦じゃないからな」ミハイルは顔をしかめ、ベンチのそばの芝生に腰をおろしてあぐらをかいた。「そのお茶は体にいいかもしれないが、胆汁みたいに苦い。そいつを一日に二度も飲むなんて、きみはじつに勇敢だと思うよ」

シルヴァーは肩をすくめた。「血が強くなるからと、ドクター・レリングズがニコラスに送ってよこしたのよ。効き目があるかどうかは知らないけど、毒にもならないだろうし」歯を食いしばってもうひと口飲んだ。「わたしの気分をべつにすれば。これを二杯飲んだあとは、たいていひどく不機嫌になって誰かの頭の皮を剝ぎたくなるの」

ミハイルの目がおかしそうにきらめいた。「きみに二杯目のお茶を運ぶ役目は、間違っても引き受けないことにしよう。きみの癇癪は経験済みだからな」

「あんなのほんのかすり傷じゃないの」シルヴァーは文句をいった。「ニコラスにいいくるめられて、あんなばかなことをしたあなたがいけないのよ。わたしは自分を守らなきゃいけなかったの、そうでしょう？」

ミハイルはうなずいた。「べつに恨んではいないよ」そして眉間にしわを寄せた。「だがいったはずだぞ、ニコラスはおれを説き伏せようとはしなかったと。きみを連れてこいとはいわなかった、それを望んではいたがね」

「ニコラスが望むことならなんでもしてあげるわけ？」興味を惹かれてそう尋ねた。「あなた前にいったわよね、どんなときもニコラスに忠誠を尽くすんだと。でもなんでもするというのはおかしいわよ」

「ニコラスも、おれを助けるためになんでもしてくれたんだ」ミハイルはぽつりといった。「魂と引き換えにしてでも守りたかったはずのものをあきらめてくれたんだよ。それに報いるには、どんなことをしてでもやつの人生を耐えられるものにしてやるしかないんだ」

「女をさらってまでね。そんなことをしていると、じきにあなたの人生が耐えがたいものになるわよ」

ニコラスは微笑んだだけだった。

「ニコラスが魂と引き換えにしてでも守りたかったものってなんなの？」

「自由だ」

シルヴァーは考え込むようにしてミハイルを見つめた。その答えは彼女の予想とは違っていて、あらためて自分はニコラスのことをほとんど知らないのだと思い知らされた。「自由はすばらしい贈り物だわ」

エテインがぶるっと体を震わせた。「それ以上よ。自由は人生そのものだわ。檻の錠のなかで鍵がまわされる音を聞くたびに、もう逃げ道はないんだと――」

「そのことは考えちゃだめ」シルヴァーは少女の肩にさっと腕をまわした。

「いや、考えないといけないんだ」ミハイルはエテインの顔を見つめながらやさしくいった。「それも彼女の一部だからだ。そしてこれからも一部でありつづける。人生経験が人をつくるんだよ」

エテインは心から理解しあっている者どうしの奇妙な親近感をこめてミハイルの目を見つめ返した。「ええ、そのとおりね」

「だからといって、いまあるものを楽しんではいけない理由はない」ミハイルは厳《おごそ》かにいった。「喜びはいろいろある。太陽、花……」

それはミハイルがおしゃべりに加わる前にエテインが口にした言葉とほとんど同じだった。あらあら、このふたりは本当によく似ている。シルヴァーは急にそう実感した。どちらもすばらしく純真な心のもちぬしで、人生の一分一秒を大事にして、なるべくたくさんの喜びで満たすべきだと考えている。ふたりが会ってすぐに心の同類だとわかったのも不思議じゃない。魂の伴侶《ソウルメイト》とめぐり逢い、もう二度と孤独を感じることはないのだと知るのはどんなにすばらしいことだろう。シルヴァーはうらやましくなった。子どもが生まれて、家族ができれば、たぶんわたしもこんな瞬間を分かち合えるわ。

シルヴァーはサッサフラス茶の残りを飲み干すと、カップと受け皿をベンチの自分の横においた。それから立ちあがってドレスのスカートを手早くならした。「さてと、太陽と花はもうじゅうぶん。毎日なにもしないでぶらぶらしてると頭が変になりそうよ。図書室におもしろい本がないかどうか見にいくことにする」

ミハイルがあぐらを組んでいたたくましい脚をほどいて腰をあげた。「いっしょに行くよ」

「四六時じゅう、そばについていてもらう必要はないわ」シルヴァーは怖い顔で彼を見た。「ソファで丸まって本を読むのに付き添いはいらない」

「ニコラスがきみとすごせないときはおれがそばについていると約束したんだ」

そしてニコラスは一日の大半をわたしとすごさないことにしたわけね、そう思うと胸が張り裂けそうになった。「こなくていい。わたしならひとりで大丈夫」急に剣幕を起こした。

「誰かについていてもらわなくたって――」

「そろそろわたしも戻ろうかな」エテインがいきなり立ちあがり、シルヴァーの手にするりと手を滑り込ませた。「行きましょう、シルヴァー。図書室に皇帝《ツアーリ》に関する本はあるかしら。ミハイルがピョートル大帝のことを話してくれたの、彼がどうやって湿地帯からこの街をつくったのかを」シルヴァーの手を引いてテラスへつづく小道を足早に進みながら、陽気な声でつづける。「ピョートル大帝はね、首都をモスクワからここへ遷《うつ》して、貴族たち全員についてくるよう命令したんですって。おもしろいと思わない？」

「すごくおもしろいわ」エテインに手を引かれ、遠くに見える城のほうへ戻りながら、シルヴァーはくちびるにかすかな笑みを浮かべた。「だけど、もうわたしの気をそらそうとしなくても大丈夫よ。あなたの大事なミハイルが頭の皮を剝がれる心配はいまのところないから」

「ほっとしたよ」ミハイルがつぶやいた。「赤毛はきみたちインディアンのあいだで非常に珍重されていると聞いていたのでね」

エテインはにこっと笑って歩調をゆるめた。「ミハイルのためだけじゃないわ。イライラするのはあなたのためにもよくないから。わたしはただ――」

シルヴァーは片手をあげてエテインをさえぎると笑いだした。「あなたになにが必要かはよおくわかってるわ、エテイン。太陽と花。でしょう?」

エテインはうなずいた。「あなたとおなかの赤ちゃんの健康のためにもすごくいいのよ」

シルヴァーはいたわるようにおなかに手を当てた。赤ちゃん……わたしがイライラするとおなかの赤ちゃんにそんなによくないのかしら。でも仮にそうでも、わたしみたいな気分屋にあまりかっとしないようにするなんてできるわけがないじゃないの。子どもを身籠るって想像以上に大変なことなのね。

「あの壁の向こうはなに?」エテインは庭園の西側に伸びる高いレンガ壁をゆびさしていた。

「あなたの気をそらす、なにかべつのもの?」

シルヴァーは首を横に振った。「さあ。きいてないわ、とくに知りたいとも思わなかったし」

「そうなの? わたしはここにきてからずっと気になっていたんだけど」エテインはミハイルに顔を向けた。「あなたは知ってる? 昨日、壁の扉を試してみたんだけど、錠がおりていて開かなかったの」

「あそこはサウナ風呂のある庭園で、ニコラスだけが鍵をもってる」

「サウナ風呂？」シルヴァーが困惑顔をした。「だけど腰湯用のバスタブを毎朝部屋まで運んでもらっているわよ」

「いまは夏だからな。サウナ風呂を使うのは冬だけなんだ」

「でもそんなのおかしいわ。聞いた話だと、ここの冬はものすごく寒いそうじゃない。なんで凍える思いをしてまで屋敷からあんなところまでわざわざ歩いていかなくちゃならない——」

痛い、痛い！

小道の真ん中でシルヴァーは急に立ちどまり、息をあえがせてよろめいた。

「シルヴァー……」シルヴァーを見あげたとたん、エテインはぎょっとして蒼白になった。

「シルヴァー、どうかしたの？　顔色が悪い——」

腹部に激痛が走り、シルヴァーの喉から悲鳴が洩れた。体を二つ折りにして、おなかをぎゅっと抱える。次々に襲いかかる痛みに目の前の庭園が揺らめく。「いや！　神様お願い、やめて！」

「手を貸そう」ミハイルは軽々とシルヴァーを抱きあげたが、こちらを見おろすいかつい顔は心配そうに張りつめていた。「大丈夫だ、シルヴァー。すぐにニコラスのところへ連れていく」

「痛い……」涙が頬を流れ落ちていることにぼんやりと気づいた。背負い袋のなかの赤ん坊みたいに泣いてばかりいないでもっとしっかりしないといけないのに、不意の痛みに面食らってしまった。そのとき激痛がまたも全身を貫き、シルヴァーはあえぎながら膝を抱えようとした。

「わかるよ」ミハイルは前方をじっと見据え、テラスに向かって突き進んだ。「きっとすぐに治まる」

ミハイルのこんなに険しい表情を見るのは初めて。シルヴァーはぼんやりと思った。「ミハイル……」そのときまた痛みの発作が起こり、彼女は彼の腕にしがみついて肉に食い込むほど強く爪を立てた。

「怖がらないで、シルヴァー」エテインの張りつめた甲高い声がした。「わたしたちがついてる」

もうだめなんだ。突然、怖いくらいにはっきりと悟った。なにもかも、もう二度とうまくいかない。この世にあるのは孤独と悲しみと痛みだけ。もっと違うなにかが待っていると思えたときもあったけど、それも消えてしまった。「ニコラス」シルヴァーは囁いた。「ニコラス、助けて！」

そして暗闇が訪れた。

「流産でした」マシュー・レリングズはいった。「奥様はとてもお若くていらっしゃるし、おそらくアメリカからの長旅がかよわいお体に障ったのでしょう」

ニコラスは体の脇で両こぶしを固めた。なんだと、この男はばかか。「妻はかよわくなどない。丈夫で、いたって健康だった、こんなことになるはずがなかったんだ。こんなことにならないようにするのがおまえの仕事だったはずだ。いったいどういう医者なんだ、おまえは？　問題があるのなら、事前に気づくはずじゃないのか」

「わたしは単なる医者で、予言者ではありませんので」ドクター・レリングズはもったいぶった口調でいった。「閣下、お気持ちはお察ししますが、道理をわきまえていただかなくては。ときとしてこうしたことは、われわれ卑小な人間には及びのつかない高次な力によって導かれるもので——」

「おれの前から消えろ」ニコラスはドクター・レリングズの言葉をさえぎってぴしゃりといい放った。「その顔は二度と見たくない」

ドクター・レリングズはあわてて書斎のドアのほうへ下がった。「なんて理不尽なお方だ」哀れっぽい声を出し、ニコラスのほうへこわごわと視線を投げたあとで、ミハイルが仁王立ちしている部屋の隅に目をやった。「奥様はわたしがこのお城の玄関に足を踏み入れる前にすでに流産なされていたのですぞ。けっしてわたしの落ち度では——」

「理不尽だろうと知ったことか」ニコラスは激昂していた。「いまのおれは誰かを絞め殺したい気分なんだ。いますぐ出ていかないと、その誰かはおまえになるかもしれないぞ」

ドクター・レリングズはドアを開けた。「お気持ちが落ち着かれれば、閣下にもこの悲劇が避けられないものであったことがおわかりになるはずです。いつでもお呼びつけください。気の毒な奥様の手当てについてはマリノフ伯爵にお話ししてありますので」医師は肩ごしに振り返り、おずおずとした笑みを浮かべた。「喜ばしいことに、赤ん坊はただの女児でございました、サヴロン公爵。お世継ぎではなく。おそらくこの次は幸運に恵まれることでございましょう。元気で立派な男の子が授かりますよう、奥様に秘薬を――」

「失せろ！」

ドクター・レリングズはあわてて部屋を飛びだし、ドアが派手な音をたてて閉まった。

「ただの女児」ニコラスは苦々しげにその言葉をくり返した。「あのばかをこの手で絞め殺すべきだった。彼女にどういえというんだ？『おれたちの子どもが死んだからってどうってことはないさ、シルヴァー、なにしろただの女だ。たいしたことじゃない』」

「おまえのいうようにあの男はばかだ」ミハイルは陰から出てデスクの横に立った。「たとえ家名を継げない娘でもおまえが大切にするだろうってことがあの男にはわからないんだ」彼は探るようにニコラスの顔を見た。「おまえはこの子どもを大事に思っていたんだよな？」

ニコラスはミハイルのほうにさっと顔を向けた。「もちろん大事に思っていた。なぜそんなことをきく？」

ミハイルは疲れきったような表情を見せた。「きかないとわからないこともあるからな。シルヴァーのところへ行くつもりか？」

ニコラスはぐいとうなずくと、長い脚でドアに向かった。「シルヴァーが目を覚ましたときにそばにいてやりたい。もっとも、子どものことをどう切りだせばいいかは見当もつかないが」

ニコラスはドアの外に消えた。

ミハイルはその姿を見送りながら、しばらくなにかを考え込むように広い額にしわを寄せていた。それからくるりと向きを変え、テラスに通じるフレンチドアのほうへゆっくりと歩いていった。

「もういいぞ、ヴァレンティン。おれがついているから」

ニコラスはベッドに近づき、すっかりやつれたシルヴァーの顔を見おろした。ああ、ろうそくの明かりに照らされたその顔はなんと弱々しく無力に見えることか。あるいはレリングズは思ったほど無能ではないのかもしれない。もしかするとシルヴァーは考えていたほど丈夫じゃなく、妊娠してはいけない体だったのだろうか。いまのシルヴァーはまるで子どものように幼く見える。おれはそんな彼女の体をおのれの快楽のために奪ったんだ。「シルヴァーはどれくらい眠るだろうとレリングズはいっていた？」

「鎮痛剤のアヘンチンキを与えたそうだ」ヴァレンティンはベッド脇の椅子から立ちあがった。「朝まで眠りつづけるかもしれないといっていたよ」ナイトテーブルの上の小壜にあごをしゃくった。「念のために、とアヘンチンキをもうひと壜おいていったよ」そこで口ごもり、ニコラスのげっそりした顔を見つめた。「いっしょにいようか?」

ニコラスはかぶりを振ると、いままでヴァレンティンが座っていた椅子に腰をおろした。

「もう寝ろ。彼女についていてくれてありがとう」

「シルヴァーは大事な友人だ」ヴァレンティンは疲れた笑みを見せた。「それに、きみがレリングズをばらばらにするのを誰かが止めないとならなかったし。子どもが流れたとやつにいわれたときのきみは狂人さながらだったから」

「やつは赤ん坊を救わないといけなかったんだ」ニコラスの両手は錦織りの椅子の肘掛けを固く握り締めていた。「しかもシルヴァーは泣いていたんだぞ、こんちくしょう。そのへんの女と違って彼女が絶対に泣かないのはおまえも知っているだろう。それなのにあのやぶ医者レリングズは、でくの坊みたいに突っ立って、殊勝ぶった顔で首を振るばかりだった。彼女を泣きやませるためにもなにかすべきだったのに」

「手は尽くしていたように思えたが」

「あるいはな」ニコラスはシルヴァーの顔をじっと見つめた。「だとしても、あの能なしの顔は二度と見たくない。シルヴァーにはべつの医者を探してくれ」

ヴァレンティンはうなずいた。「朝一番で手配する。必要なときは声をかけてくれ」

ニコラスはシルヴァーをしげしげと見つめた。彼女はなぜ目を覚まさない？　一晩じゅうこうして座って、子どもはだめだったと告げたらシルヴァーはどんな顔をするだろうと案じていたくはなかった。考えただけで体じゅうに痛みが走った。とにかく終わらせたかった。どうやらおれはシルヴァーの枕元で寝ずの番をする運命にあるらしい。おれの身勝手が原因で苦しんでいる彼女を、なすすべもなく見つめていることが。こうしていると、ベイシンガーがシルヴァーに容赦なく鞭《むち》をふるったあとの〈ミシシッピ・ローズ〉号での一夜のことをいやでも思いだしてしまう。そして今度は〈メアリ・L〉号の甲板で彼女が耐えた鞭打ちよりもはるかに大きな痛みをどうすれば癒《いや》してやれるかと思い悩んでいる。

くそ、これほどやましい気持ちになるのは生まれて初めてだ。シルヴァーが苦しんでいるのは、彼女と出会った瞬間からニコラスの自制心がまるできかなくなったせいなのだ。彼女の近くにいると、さかりのついた獣同然になってしまう。この世は女性に不公平にできている。神ですら平等を欠いているように思える。

ニコラスはくちびるを歪めて苦笑いした。やれやれ、シルヴァーがおれの人生に飛び込んできてからというもの、おれはすっかり変わってしまった。女性との関係においては、最終的な犠牲者は男だとつねづね思ってきたし、ニコラスの女性に対する不信感と警戒心は社交界の語り草になっていた。だからこそ知り合って間もないころは、シルヴァーのようにわがままで気の強い女がどうして彼の信用を勝ち取ることができたのか不思議でならなかった。しかし、いまならわかる。なぜならシルヴァーの強さは彼女自身のものであって、誰かを食い物にして手に入れたものではないからだ。そしてニコラスはシルヴァーの美しさと色香と同じだけ、彼女の正直さと人生への熱意も高く評価していた。

ニコラスは身をのりだし、上掛けをそっと引っぱってシルヴァーの肩をくるんだ。彼女への愛情が全身を満たし、喉にこみあげた熱いものを唾といっしょに飲み込まないとならなかった。わが子の誕生という経験を共有することで、シルヴァーの警戒心が少しでもほぐれればと思っていたが、それももう叶わない。そのうちに彼女の信頼を得るべつの方法を見つけなくては。だがいまはシルヴァーが目覚めるのを待って、これから味わうことになる苦しみを乗り越える支えにならないといけない。ああ神よ、シルヴァーになんといえばいいんです?

シルヴァーが目を開けると、枕元の椅子にニコラスが座っていた。疲れた顔をしてる、うつらうつらしながら思った。それにものすごく悲しそう。かわいそうなニコラス、なにがそんなに悲しいの？　彼を慰めてあげたくて思わず手を差し伸べようとしたが、体が重くて動かなかった。変ね、頭も重い気がする。わたし、きっと病気なんだわ。シルヴァーはすぐさまその考えを退けた。ばかね、病気になんかなるはずないじゃないの。だけど、それならなぜベッドに横になって……。

赤ちゃん！

「ニコラス。赤ちゃんは。わたしの子どもは無事なの？」舌がもつれて、うまく言葉にならない。

ニコラスは手を伸ばして彼女の手を包み込むと、ゆっくりと首を左右に振った。「いや」静かに告げた。「おれたちの娘は死んでしまったんだ、シルヴァー」

空っぽだわ。またひとりぼっちになってしまったことは、なぜだかわかっていた。これまでもずっとひとりぼっちだったけど、こんなふうじゃなかった。心をむなしく風が吹き抜けるような、こんな底なしの絶望を感じたことはなかった。「女の子だったの？」

「ああ」ニコラスは彼女の手をきつく握った。「医者の話だと、きみは数週間もすれば元気になるそうだよ」

その医者は間違ってる。世界が氷に変わってしまったのに、どうして元気になれるの？「なぜ？」シルヴァーは囁いた。「なぜわたしの娘は死なないといけなかったの？　どうしてわたしは流産なんかしたの？」

痛みの表情がニコラスの顔をよぎった。「ちくしょう、おれにもわからないんだ、シルヴァー。医者は神の思し召しだといってる」

「でもどうして？」その声は、まるで子どもが不思議がっているようだった。「わたしは一度も自分の家族をもったことがないのよ。なのに神様はなぜ赤ちゃんまでわたしから取りあげるの？　そんなの不公平よ、ニコラス」

「ああ、不公平だ」しゃがれ声でいった。「でも、子どもならまたできるよ」

孤独と淋しさしか残っていない世界で、どうしたら子どもができるというの？　シルヴァーはのろのろと首を振ると目を閉じた。闇。闇のなかにいるほうがいい、そこならニコラスの顔を見ないですむから。子どもを望んでいなかったニコラスが、その子を亡くしたわたしにやさしくしようとしている、慰めようとしてくれている。感謝しなくちゃいけないと頭の端っこではわかっていた。けれど彼のやさしさは痛みを思いださせるだけ。あの痛みを思いだしてはだめ。このまま闇と氷の世界にとどまって、すべての記憶と淋しさを締めだすの。

「シルヴァー……」ニコラスの声はせつないほどの思いやりをたたえていた。返事をしなくちゃ。でも声を出したら氷が溶けてしまいそうで、とてもできなかった。

シルヴァーは握られていた手を引き抜き、あえてニコラスに背を向けた。手が妙な感じだった。ニコラスから、人生から切り離されて。すぐに慣れるわ、自分にそういいきかせる。わたしは強い女だし、ぶ厚い氷の壁が苦しみも孤独もみんな締めだしてくれるから。

「シルヴァー、頼む、おれに手助けをさせてくれ」

「出ていって、ニコラス」

「いやだ。きみがひとりで苦しむのを放ってはおけない」

だけど、わたしはずっとひとりだったわ。ニコラスはそれを知らないの？　彼が出ていかないなら、わたしが彼のもとを去らなければ。むずかしくはないはずよ。いまだってこうして高い氷の壁を築いているのだから。

シルヴァーは目をきつく閉じたままでいた。「それならいればいい」そうつぶやいた。「どうでもいいわ」

受け皿つきのカップは、シルヴァーがおいたベンチにそのまま残っていた。

ミハイルはそのカップを見おろし、月明かりを受けたその顔は妙に険しかった。ゆっくり身をかがめ、カップを手に取る。ミハイルの大きな手でもつと、その磁器は卵の殻のように脆く見え、彼は用心しながら慎重にカップを鼻先に近づけた。カップの底にはお茶がわずかに残っていて、サッサフラスのきついにおいが鼻孔を刺した。ミハイルは深々と息を吸い、目を閉じると、意識を集中してそのきついかおりを嗅ぎ分けようとした。あれからもうずいぶんになる。

だがはるか昔というわけでもない、と冷ややかに思った。クバンのあの夜と、それにまつわることはみな、いまでもおぼえている。すべての記憶がいま、怖いくらい鮮やかによみがえった。なんてこった、間違いであればいいと思っていたが、このにおいはまぎれもなく——。

「ミハイル」

あやうくカップを落としそうになりながら、彼は名前を呼ぶ声にさっと振り返った。

白の寝間着にローブを羽織ったエテインが、幽霊のように背後の小道に立っていた。ホワイトゴールドの短い巻き毛が、あたかも月明かりでできているかのように輝いている。

ニコラスは肩の力を抜くと、さりげなくカップをベンチに戻した。「驚いたよ。ベッドに入っていないとだめじゃないか、エテイン。子どもが庭を走りまわるには遅すぎる時間だぞ」

「眠れなくて」エテインはミハイルに近づいた。「シルヴァーのことが心配で窓のところに立っていたら、あなたが庭を歩いているのが見えたから」ベンチの上のカップに目をやった。「使用人の誰かがこれを下げなかったなんてびっくりね。きっとシルヴァーの具合が悪くなったことでばたばたしていたのね」

ミハイルは無言のままうなずいた。

エテインの顔が悲しげになった。「なにもかもがあっという間に変わってしまった。わたしがこのお茶をもっていったときシルヴァーはとても幸せそうにしていたのに、あのあと――」

「このお茶はきみがもってきたのか？」

口調の鋭さにぎょっとして、エテインは彼を見た。「ええ、そうよ。ニコラスに頼まれたの。どっちみちシルヴァーのところに行くつもりだったし。べつにたいしたことじゃないでしょう。でも、それももうどうでもいいことね。シルヴァーは流産してしまったんでしょう、ミハイル？」

「ああ。誰もきみに話さなかったのか？」

「ニコラスがヴァレンティンをよこしてシルヴァーはよくなるって伝えてくれたけど、子どもに赤ちゃんの話をする人はいないから」エテインは鼻の頭にしわを寄せた。「きっと子どもにはどぎついとか思っているのよ」

「それは知らなかった」ミハイルは眉をひそめた。「おれたちコサックはそういうことはしない。子どもだろうと、上品なこともどぎついことも見せて当然だと思っているから」ミハイルの目が探るようにエテインを見た。「だがきみはまったくの子どもというわけじゃない。多くのことを知りすぎているし、いやというほど苦労してきた」

エテインはうっすらと微笑んだ。「ええ、わたしは子どもじゃない。わかってくれてうれしいわ、ミハイル」

ミハイルはベンチに腰をおろし、深刻な顔つきで庭園の先に目をやった。「自分にはなにも見えていないんじゃないかと思うこともあれば、見すぎていると感じることもある。見たくないものを見るというのは、あまり気持ちのいいものじゃない」膝においた自分の大きな手に視線を落とした。「きみとシルヴァーは長いつきあいだ。なあ、彼女の心の内がきみにはわかるか？」

「シルヴァーを知るのは簡単よ。彼女はなにも隠そうとしないもの」

「同感だ」彼はエテインのほうを見なかった。「彼女は子どもについてきみになにかいったか？」

「ええ」

「彼女は、その、子どもを欲しがっていただろうか？」

「そりゃあもう」エテインは静かにいった。「シルヴァーはずっとひとりぼっちだった。子どもが生まれたら幸せになれるはずだったのに」

「シルヴァーがそういったのか？」

「ええ、いったわ。なぜそんなことをきくの？」

「とくに理由はない」ミハイルのたくましい肩が、まるで重荷をおろしたようにふっとあがった。「ちょっと思いついたまでだ。子どもを欲しがらない女もいるから。昔、そういう女をひとり知っていた」

エテインは彼に鋭い視線を向けた。「理由は<ruby>あるけど、それを話すつもりはないわけね」

ミハイルはエテインに向きなおった。「そういうことだ」

エテインはため息をついた。「あなたたちコサックは子どもに隠しごとをしない方針だと思っていたけど」

ミハイルの顔にゆっくりと笑みが広がった。「たぶんクバンを離れて時間がたちすぎたんだろう。自分でも確信がもてないことできみを悩ませたくはないんだ」笑顔がすっと引っ込んだ。「だが、じきにはっきりするはずだ。方法はかならずある……」声がしだいに小さくなり、またしても考えに沈んだ。

エテインはもどかしそうに彼のチュニックの袖を引っぱった。「はっきりするって、なにが？」

ミハイルはいきなり立ちあがった。「いまひとつだけはっきりしているのは、きみはベッドに入らなきゃいけないってことだ」そういうと、エテインを軽々と抱きあげて歩きだした。「明日目が覚めたら、シルヴァーはきみに会いたがるだろう。ベッドでナメクジみたいに伸びているところを見られたくはないだろう？」

「ミハイル、どうしても教えないつもり？」

「ああ」

「あなたって、歯が痛いときのスルタナ、わたしの雌ライオンみたいにわからず屋なのね」

エテインはミハイルに向かってしかめ面をしたあとで、信頼しきったようにコサックの広い肩に細い腕をまわした。「せめてあなたを悩ませていることがはっきりしたらわたしに教えると約束して」

「きみもいつかは知るようになると約束するよ」

ミハイルから聞きだせる答えはせいぜいそれくらいで、いまのところはそれで満足するしかないとエテインは思った。いいわ、待つのは得意だから。辛抱することも、変えられないことを受け入れることも、人生から教わった。自分のなかに反抗心の最初のきざしを感じはじめたのはつい最近のことだ。だけど、シルヴァーや彼女の友達がいるここでは反抗心は必要ない。ミハイルの前ではなおさらのこと。友情をくれただけでなく、ほかの誰よりも深くわたしを理解してくれた人なのだから。そうよ、もう一度我慢してみせるわ。

それでも、ミハイルの言葉が気になってしようがなかった。

5

「どこへ行くんだ、シルヴァー?」ニコラスはやさしく声をかけた。急いで客間を横切り、フレンチドアの前にいる彼女の横に立つ。「雪が降りだしたよ、それに風も強い。今日は庭に出るのはよしたほうがいい」

シルヴァーはうつろな表情でニコラスに向きなおった。「マントがあるわ」彼女は黒のマントを縁取る貂《テン》の毛皮にふれた。「長くはかからないから」

ニコラスはかぶりを振った。「午後の散歩は、今日のところはしないでおくのが賢明だと思うよ。昨日だってきみは時間を忘れて、エテインが見つけたときにはすっかり凍えていたじゃないか。明日まで待ったらどうだ」

シルヴァーは一瞬ニコラスを見つめたが、その目はフレンチドアの向こうに見える鉛色の空と同じくらい寒々としてよそよそしかった。「明日にはもっと荒れ模様になりそうだけど」それから顔をそむけ、廊下に通じる扉のほうへ向かった。「べつにかまわないわ、どうでもいいことだし」無関心そのものの声だった。「自分の部屋に戻るわ」

「おい、おれはなにも――」ニコラスの声がやんだ。シルヴァーの姿はすでになく、まるで幽霊のようにふっと消えてしまった。ニコラスは体の脇でゆっくりと両こぶしを握り締めた。

「くそ、ミハイル、もうこんなことには耐えられない。なにかをぶち壊したい気分だ」

「シルヴァーをか？」ミハイルは大理石のマントルピースに片肘をつき、ニコラスの顔を冷静に見つめた。「彼女に腹を立てたのか？」

ニコラスの苦悩の表情がどうしようもないいらだちに取って代わり、やがて疲労の色だけが残った。「いや、シルヴァーをぶち壊したいわけがないだろう。もっとも、そうするのはいたって簡単だろうがね。まるで氷の彫像のように脆いから」荒ぶる気持ちをかろうじて抑え、くるりと向きを変えてフレンチドアの前から離れた。「いまの彼女を見たか？おれに楯突こうともしなかったんだぞ。おれの言葉に従ったんだ」ニコラスはその場を行ったり来たりしはじめた。「しかも、このところの彼女は食事もろくに摂《と》ってない」

この最後のひとつが、ニコラスの目にはシルヴァーの状態が深刻であることの最大の証拠と映るのだと気づいて、ミハイルのくちびるの両端が一瞬ひくひくと動いた。それでも笑うところまではいかなかった。ニコラスの表情はひどく苦しげで、とてもそんな軽率なことはできなかった。「たしかに彼女らしくないな」同意していった。「たぶん、もう少し時間がたてば――」

「時間だと？」ニコラスはばっさりと切って捨てた。「どれだけの時間が必要だというんだ？　あれからもう三月半もたつんだぞ。シルヴァーが流産したのが七月。いまは十一月だ」

「シルヴァーは悲嘆に暮れているんだ」

「おれにそれがわからないとでも？」ニコラスの顔はこわばり、黒い瞳がぎらついた。「盲《めしい》でも彼女が悲しんでいるのはわかる。手を貸してやりたいが、彼女がそれを許さないんだ。あのうつろな目でおれを見つめて——」

「悲痛をやわらげてやりたくても、シルヴァーは誰もそばに近づけようとしないからな」ミハイルはおだやかにいった。「彼女のことではエテインも心を痛めているが、あの子ですら手を差し伸べられずにいる」

「それでも誰かが助けてやらないと。いつまでもこんな状態でいいわけない。いまのシルヴァーはまるで夢遊病者だ」ニコラスは暖炉のそばの背もたれの高い椅子に身を投げだした。「彼女の目を覚まさせる方法を見つけないと。シルヴァーがこんなふうになるなんて思ってもみなかったよ。彼女のことだから——」もどかしそうに指で髪をかきあげた。「とにかく、ここまでふさぎ込むとは思わなかった」

「シルヴァーは、おれたちが初めて会ったころの気の荒い子どもとは違う」ミハイルはゆっくりといった。「あれからいろいろとつらい経験をしたんだ、変わって当然だよ」

ニコラスはひるんだ。「おれが彼女にちょっかいを出したせいで、といいたいんだろう。

彼女をアメリカに帰してやるべきだと思っているんだろうな」

「あるいは。そうするのか？」

「いや」ニコラスは考え込むように暖炉の火を見つめた。「シルヴァーを手放すつもりはない。とはいえ、こんな彼女を見ているのも耐えられない。彼女をあのろくでもないトランス状態から目覚めさせる方法を探さないと。日を追うごとにますますひどくなっているし、じきに声すら届かなくなってしまうだろう」

「おまえのいうとおり、シルヴァーは一向によくなっていない。時間をかければと思ってはいたが――」ミハイルはためらった。

ニコラスは彼にさっと目をやった。「それならなぜぐずぐずしてる？」

「それは、よい方法かどうか確信がもてないからだ。シルヴァーはもともとおだやかな気質じゃないし、ひょっとすると……」ミハイルは肩をすくめた。「だが、少なくとも夢遊病者のようではなくなるはずだ」

「いったいなんの話だ？」

「それはいえない。おれが直接シルヴァーに話す。ただし、その内容をおまえに明かすつもりはない」

ニコラスは驚いて目を丸くした。「おいおい、ミハイル、おれたちのあいだに隠しごとはいっさいなかったはずだぞ」

「いままではな」ミハイルは悲しげにいった。「すまない、ニコラス。だがこうするよりほかにないんだ」

「なんだと、どういうつもり――」ミハイルの顔に浮かんだ決然たる表情を見て、怒りに声が途切れた。「くそっ《メルド》、ミハイル、いまは意地を張っている場合じゃないんだぞ」

ミハイルは答えなかった。

ニコラスはコサックの男をじっと見据えた。「もとのシルヴァーに戻すことができると、本当に思うんだな?」

「ああ」

「なら、やるんだ」

「たしかか?」

「たしかなのは、シルヴァーをいま閉じこもっているあの恐ろしい監獄から解放してやらなければならないってことだけだ」ニコラスは疲れたように首を振った。「そうするしかないというなら、隠しごとでもなんでもしろ。だが頼むから彼女を助けてやってくれ」

ミハイルはマントルピースにあずけていた腕をおろし、ゆっくりと背筋を伸ばした。「いますぐ?」

「早ければ早いほどいい」

ミハイルはうなずき、くるりと向きを変えると、ほんの数歩で部屋を横切った。そして静かにドアを閉めて出ていった。

ニコラスは炎の中心をじっとのぞきこんだ。ミハイルはなぜ奥歯にもののはさまったようないいかたをするんだ？　やつとは長いつきあいだが、いつだってざっくばらんに話してくれたものを。シルヴァーだ。この数カ月のあいだにニコラス自身と彼の周囲に起きたすべての変化はシルヴァーに答えがある。しかしだ、なぜシルヴァーを助けるのがおれじゃなくミハイルなんだ？

ちくしょう、ミハイルへの嫉妬で実際どうにかなりそうだ。大事なのはシルヴァーがもとのシルヴァーに戻る手助けをすることだけなのに、おれはなんてさもしい男なんだ。ミハイルはシルヴァーのことを気の荒い子どもと呼んだが、その呼び名がふさわしいのは自分かもしれない。なにしろいまのおれは猛烈に荒れているから。失望といらだちで荒れ狂い、不安と欲望で荒れ狂っている。

欲望だと？　シルヴァーが欲しくてたまらないことを自分自身に認めることさえ慎重に避けているというのに、なぜそんな言葉が意識に割り込んできた？

おれはなんて身勝手な下司野郎《げす》なんだ、ニコラスは嫌悪感をおぼえた。シルヴァーはほんの三カ月前に子どもを亡くしたばかりなんだぞ。もっと洗練された男なら彼女への欲望を否定することができただろうに。シルヴァーを見るたびに掻き立てられる肉欲を払いのけることはニコラスの能力を超えていたが、せめて隠しおおせていますようにと神に祈った。それでなくてもシルヴァーはじゅうぶんすぎるほどの重荷を抱えているのだ、このうえ彼女の服を剝ぎ取って脚のあいだの熱くなめらかな場所にこの身を埋《うず》めたいと思っている男を受け入れてくれと強いるのは酷というものだ。

考えただけで腹筋がこわばり、股間がなじみの反応を示しはじめたのがわかった。よせ、欲情している場合か……。

椅子の背にもたれかかり、無理にでもリラックスしようとした。目を閉じて、シルヴァーに対する痛いほどの哀れみとやさしさに割り込んでくる淫らな考えも頭から締めだそうとした。

情欲のことは忘れなければ。たぶんかなり長いあいだ。ミハイルがシルヴァーの目を覚まさせて、いくらかでも正気に戻すことができなければ、あるいは永遠に。

いや、ミハイルにかぎってしくじるはずがない。そうとも、やつなら彼女の目を覚まさせてくれる。

いったいぜんたいミハイルは彼女になにをいうつもりなんだ？

「どうぞ」

ミハイルのノックに答えたシルヴァーの声は弱々しく、生気がまったく感じられなかった。

彼が部屋に入っていってもシルヴァーは振り返ることもなく、窓辺に立ってゆっくりと舞い落ちる雪を眺めていた。

　ニコラスのいうとおりだ、シルヴァーはこの数カ月で体重が減った。ミハイルは気の毒になった。緑色のウールのハイネックのドレスを着たシルヴァーはいかにも脆く見えるが、彼女を表現するのに〝脆い〟という言葉を使うことになるとは思ってもみなかった。

　ミハイルはうしろ手でドアを閉めた。「話がある」

「そう？」興味の感じられない声だった。「話したいならどうぞ」

「話したいわけじゃない」ミハイルは渋面をつくった。「あまり害にならないことを祈るばかりだ。こちらを向いてくれないか、シルヴァー」

　彼女は素直にミハイルのほうに向きなおった。その顔にはなんの感情も浮かんでいなかった。「いいわよ。ニコラスの気が変わって、庭に出てもいいことになったのかしら」

「そうじゃない」ミハイルはためらい、どう切りだしたものか考えた。彼女はきっとショックを受ける……。しかし、シルヴァーが心のまわりに張りめぐらした壁を突き崩すには、そのショックが必要なのだ。「きみに話したいことがある」

　シルヴァーはうつろな目で彼を見つめた。

　ミハイルは大きく息を吸い込んだ。「きみの子どもは殺されたのだと思う」

　彼女の目の奥をなにかがよぎった。「なんですって？」

「殺されたんだ」ずばりといった。「あの日の午後にきみが飲んだサッサフラスのお茶には流産を引き起こすあるものが混ぜられていた。ライグラスからつくられた毒だ」

シルヴァーは信じられないという表情で彼を見た。「そんなことありえない。いったい誰がわたしの子どもが死ぬことを望むの？」

「わからない。それを見つけるのはきみだ。もしもそうすることをきみが選ぶなら」

「もしもわたしが選ぶなら――」話すのをやめ、ふたたび窓のほうに向きなおった。「それが事実だとどうしてわかるの？」

「あの毒薬のにおいならよく知っている。きみが流産したあとで庭に戻ってみたんだが、サッサフラスでごまかしてはいてもカップにはまだそのにおいが残っていた。あれほど急に痛みが起こるのはおかしいと思ったんだ。前にも経験しているんでね。おれの妻があの毒のことを知っている村の老婆を探しだして、分けてくれるよう頼んだんだ。妻は薬草や薬に疎《うと》くて、多く飲みすぎてしまった。子どもを堕すつもりが自分まで死んでしまったんだ。おれが見つけたときはもう手遅れで、出血多量で死んだよ」彼はもう一度いった。「あのにおいはよく知ってる。忘れられない」

「奥さんはどうして――」シルヴァーは途中でやめた。ミハイルを襲った悲劇にショックを受け、同情すべきだというのはわかっていた。心の深いところでは同情を感じていたものの、自分自身の悲しみの驚くべき事実を退けることはできそうになかった。慎重に積みあげ、ずっと保ってきた氷の壁が溶けだして、ぎざぎざに尖った破片で心が絶え間なく鮮血を流している気がする。「わたしがその毒を盛られたというのはたしかなの、ミハイル？」

「たしかだ」

「でも誰が？　そんな恐ろしいことをしたがる人間に心当たりはないわ。誰かの恨みを買うようなおぼえはないし。この屋敷に住んでいる人たちを除けば、サンクトペテルブルクに知り合いすらいないのよ」

「ほかにも何人かと会っているだろう。モンティース、ドクター・レリングズ……。きみが流産したあの週に宮廷に出向いて、二、三きいてまわったんだが」彼は肩をすくめた。「わかったのはごくわずかだった。おれは彼らの世界に属していないんだ、召使いでも主人でもないからな。それでも、あのイギリス人の医者が宮廷の既婚女性たちに大いに気に入られているという噂は耳にした。彼女たちの軽率なお遊びが招いたやっかいな結果を、ご親切にも取り除いてくれるんだそうだ。あの医者がニコラスにお茶を渡したときにはすでに毒が混ぜられていた可能性もある」

「なぜあの人がそんなことをするの？」

「ルーブルだ。人は金の力になびくものだ」

シルヴァーは冷たい窓ガラスに指をふれ、それから手のひらを押しつけた。この冷たさが、いまは必要だった。氷はすっかり溶けて、あとには灼熱の乾いた砂漠だけが残った。「あの医者がそんな恐ろしいことをわたしの子どもにしたと思うの？」

「ひとつの可能性だ。あるいは、この屋敷でお茶を煎じたときに混ぜられたのかもしれない。使用人はみなニコラスに忠実だが、そうはいっても――」

「ルーブルね」あとを引き取って苦々しげにいった。「そこまで誰かに憎まれるなんて信じられない。わたしの赤ちゃんを殺して……」窓ガラスに押しつけていた手が、ゆっくりとこぶしを固めた。「嘘はついていないと誓う、ミハイル？」

「誓うよ、シルヴァー。赤ん坊はきみから奪われたんだ」

「惨たらしく殺された」囁くようにいった。目を閉じて、窓に頭をもたせかけた。「わたしのかわいい娘。ひどすぎる」

「ああ」ミハイルは静かにいった。

部屋のなかはしんとしていたが、それでもミハイルは窓辺に立つ女性が放つ怒りと悲しみが鳴りわたっているのを感じた。と、シルヴァーがゆっくり体を起こしてこちらに顔を向けた。その目は乾き、薄暗い部屋のなかでクリスタルの輝きを帯びていた。

「なぜニコラスが話しにこなかったの？」

ミハイルは躊躇した。

「なぜ？」その問いが、ふたりのあいだで鞭のように鳴った。

「きみのお茶に毒が入っていたことは、ニコラスには話していない」

「どうして？」

「そのほうがいいと思ったからだ」ミハイルは彼女から目をそらし、ガラス窓の向こうで降りつづける雪を見やった。「ニコラスが知れば――」それ以上はいわずに彼女に背中を向けた。「こうしてきみに話したんだからそれでじゅうぶんだろう。おれは下の書斎にいるから、用があったらいってくれ」

「待って、ミハイル。答えて」

「これ以上話すことはない」

「ドクター・レリングズに話を聞いたのかどうかだけでも教えて」

「ドクター・レリングズはもう宮廷にいない。きみが流産した二日後に、イギリスに戻る旨をしたためたメモが下宿の部屋で見つかったそうだ」

失望と怒りが激流のように押し寄せた。「宮廷でほかになにかわからなかったの？　犯人に関する手がかりはないの？」

ミハイルの広い背中の筋肉が、不意に緊張でこわばるのがわかった。シルヴァーのほうは見ずにドアを開けた。「いっただろう、誰もおれには話そうとしないと」ミハイルは部屋を出ていった。

シルヴァーは部屋の真ん中に立ちつくした。体じゅうの筋肉という筋肉がこわばり、手のひらに爪が食い込む。じゅうぶんなもんですか。ミハイルはいま話してくれたこと以外にもなにか知っているか、あるいは疑いをもっている。わたしにはわかる。だけどなにかわけがあって、探りだしたことのすべては明かさないことにした。いいわ、それなら自分で調べるまでよ。何者かがわたしの子どもを殺した。なんとしてでも復讐してみせる。まずはニコラスに話して……。

ニコラス。

サッサフラスのお茶をエテインに渡して、一滴残らずわたしに飲ませるようにといったのはニコラスだ。

ニコラスの母親は、ニコラスはシルヴァーの血を引く子どもを嫌うだろうといっていた。現に彼は一度として子どもが欲しいとはいっていない。

なぜニコラスがわたしや、わたしの子どもを欲しがらなきゃいけないの？　わたしは彼に銃を向けて結婚を迫ったわけだし、彼はあのときからずっとわたしと寝ることを避けている。

「まさか」彼女は小さな声でつぶやいた。ニコラスが犯人のわけがない。この数カ月で彼についていろいろ知るようになったけれど、いくらわたしの子どもが欲しくないからといってここまで恐ろしいことをするような人じゃないわ。きっとべつの誰かのしわざよ。でも、誰が？　ニコラスの母親はわたしの妊娠を喜んでいなかったけど、まともな女なら合いの子の血を引いているというだけで子どもを殺したりしない。絶対に。

それにミハイルはニコラスにこの話をしなかった。もしかしたらそれは友人のニコラスが毒のことをすでに知っているとわかっているからなのでは？

だめ、ニコラスにはやっぱり話せない。その前に彼を信用していいのかどうかたしかめなくては。いまは信頼する気になれない。

誰ひとり。

考えるのよ。ミハイルは答えを探すために宮廷に行ったのだから、真実はそこにあるはず。自分は社交界に属していないから、宮廷の貴族たちは話を渋ると彼はいっていた。でも、わたしも社交界の一員じゃない。宮廷のことも、お上品な貴族やレディたちのこともなにも知らない。だったら学べばいいわ。そうして貴族のしきたりを身につけたあとで、彼らの口から必要な情報をききだせばいい。わたしの赤ちゃんを殺した犯人をかならず見つけだしてやる。

そして、その人殺しの邪悪な心臓にナイフを突き立てるのだ。

「ヴァレンティンに話があるの」書斎の戸口に立ってシルヴァーは告げた。「今朝、彼を見かけた、ミハイル？」

ミハイルはうなずいた。「ここへおりてくるときにニコラスのいる客間に入っていくのを見た」

「よかった」シルヴァーはくるりと向きを変えた。「ニコラスとも話したかったから」彼女はきびきびした足どりで書斎を離れると玄関広間を抜けて客間へ向かい、寄せ木張りの床にヒールの音が響きわたった。

　ミハイルはどうしたものか迷ったが、やがて椅子からゆっくりと立ちあがって彼女のあとを追った。追いついたとき、シルヴァーはちょうど客間のドアを勢いよく押し開けて、大草原《ステップ》に吹く烈風よろしく部屋に入っていくところだった。

　暖炉のそばに座っていたヴァレンティンとニコラスは、シルヴァーがつかつかと部屋を横切って前に立つと驚いて目をあげた。

「宮廷にあがることにしたわ」きっぱりといった。「あなたがたの助けがいるの。手を貸してもらえる？」

　ニコラスは彼女を見つめ、輝くばかりの笑顔が驚きの表情に取って代わった。彼はゆっくり立ちあがった。「シルヴァー……」薔薇色に上気した彼女の頰に見とれ、全身から燃え立つ生命力を見て取った。「元気そうじゃないか」

「元気そうで当然よ」彼女は肩をすくめた。「長患いをしていたわけじゃないもの。知ってるでしょう、ニコラス」

「おれが？」笑顔にとまどいの表情がわずかに混じった。「あ、ああ、どうやら忘れていたようだ」

　シルヴァーはヴァレンティンのほうを向いたが、彼もニコラスと同じような困惑の表情を浮かべていた。「考えたんだけど、手ほどきはあなたに頼んだほうがいいと思うの、ヴァレンティン。ニコラスは宮廷の人たちを嫌っているし、理解もしていないようだけど、あなたならきっとあの人たちの——」言葉を切り、いいたいことをどうにか伝えようとじれったそうに片手をひらひらさせた。「言葉にならないサインみたいなものを読めるわ」

「サインなら、ニコラスも読めるよ」ヴァレンティンはいった。「むしろ彼らの反応を予測することにかけてはニコラスのほうが何枚も上手だ」そこでいったん間をおいた。「ぼくになにをしろっていうんだ、シルヴァー？」

「ニコラスの母親に会いにいったときに見かけた人たち全員に、わたしを受け入れてもらいたいの。わたしも彼らの一員だと思ってほしいのよ。それにはどうすればいいのか教えてもらえないかしら」

ヴァレンティンは落ち着きのない視線をちらりとニコラスに向けた。「どうかな」

「なぜだ？」ニコラスの顔からはすでに笑みが消え、まったくの無表情になっていた。「なぜそんなことをする必要がある？」

「それは、わたしがそうしたいからよ」シルヴァーは挑むようにニコラスの目を見返した。「それとも混血の女が、あなたの上品なお友達と同じくらい洗練されているところを見せたいと思うのはおかしなこと？」

「いや、ちっともおかしくないさ」ニコラスは苦笑いを浮かべた。「親愛なる母上《ママン》がまさにその野望に取り憑かれているのを、おれは生まれたときからいやというほど見てきたからな」

「わたしはあなたの母親とは違う」嚙みつくようにいった。「彼女のことなんか――」そこでふっと黙った。

ニコラスは目を細めて彼女の顔を見つめた。「母がどうかしたのか?」

「べつに」シルヴァーはふたたびヴァレンティンに向きなおった。「手を貸してくれる?」

ヴァレンティンは肩をすくめた。「でもむずかしいぞ。サンクトペテルブルクの社交界はそう簡単に新参者を受け入れないから、彼らを惹きつける方法を見つけないと。きみを……個性的な存在に見せる必要がある」

「シルヴァーなら、もうじゅうぶん個性的だよ」ニコラスの口調はすげなかった。「あとはその事実を彼らに気づかせてやればいい」

興味を惹かれたように、ヴァレンティンはぱっと顔を輝かせた。「つまり雌ブタの耳で絹の財布をつくるわけか（人の本性は変えられない、という意味のことわざをもじったもの）、そいつはかなりの難題だな」そこで急にばつが悪そうな顔をした。「しまった《メルド》、ごめんよ、シルヴァー。べつにきみが雌ブタの耳だという意味じゃなくて。ただ――」

「頼みを聞いてくれるんなら、なんと呼ばれようとかまわないわ。で、どこからはじめる?」

「まずはルーブルとセンスと大胆さが必要だ」ヴァレンティンは答えた。「それもたっぷりとね。あとのふたつはどうとでもなると思うけど」問いかけるような目でニコラスを見た。「金はどうする、ニコラス？」

ニコラスはすぐには返事をせずに、しばらくシルヴァーの顔に視線を注いでいた。「シルヴァーに必要なものはすべてそろえるよう資産管理人に伝えよう」

シルヴァーが彼のほうを見た。褐色の頬が鮮やかな朱色に染まっている。「ありが……とう」切れ切れにいった。「すべての片がついたら、お金はきちんと返します」

「片がつく？　なんだか妙ないいかただな」ゆったりとした口調でいった。「どういうことか説明してもらえるかな」

シルヴァーは思わず一歩前に出た。「ニコラス、あなたにききたいことが――」そこではたと止まり、用心深さが熱意に取って代わった。「あとでいいわ」

ニコラスはシルヴァーからミハイルに視線を移した。コサックの男は部屋の反対側の戸口のすぐそばに立っていた。「ずいぶんともったいぶるんだな。どうやらおれは忍耐力を身につける必要があるようだ」ヴァレンティンに目を向けた。「彼女をしっかり守ってやれ。冬の宮殿の庭には鋭い牙をもつ狼どもがうようよいるからな」

「きみもきてくれなくちゃ。さもないと連中は彼女を受け入れない」

「もちろんお供するとも」ニコラスは歪んだ笑みを見せた。「シルヴァーがあのくそ溜めみたいな宮廷の頂点を極めるところを見逃すわけにはいかないからな。とはいえ、いまのところおれの出番はなさそうだ。そうだろう、シルヴァー？」

シルヴァーの目は暖炉の火明かりを映して光っていたが、こちらを見たとき奇妙なことにその目に一瞬苦悩の色が宿った。「いまはヴァレンティンのほうが役に立つと思う。あなたは必要ないわ」

「だがおれの金は必要だというわけだ。きみが欲しがるものをおれがもっていたとはうれしいかぎりだ」ニコラスは彼女に背を向け、暖炉の火に目を落とした。「さてと、なにをぐずぐずしているんだ、ヴァレンティン。シルヴァーはすぐにでもはじめたくてうずうずしているぞ。さっさと計画を練ったらどうだ」

ヴァレンティンが心配そうに眉間にしわを寄せた。「ニコラス、本当にこれでいいのか？」

ニコラスは答えなかった。

やがてヴァレンティンは肩をすくめシルヴァーに向きなおった。「ニコラスのいうとおりだ。やらなきゃならないことが山ほどあるぞ。街一番のお針子のところへ行って、宮廷にいる連中の目をくらませるようなドレスをそろえないと。ダンスはできる？」

「女学院でワルツを習ったけど、先生の話をちゃんと聞いていなくて。あんな役に立たないものをおぼえてもしかたがないと思ったから」

ヴァレンティンはかぶりを振った。「そいつはただちに改めないと。舞踏室へ行ってレッスン開始だ」シルヴァーの肘をつかんでドアのほうへ急きたてた。「もちろん最初におぼえてもらうのはポロネーズだ。これはダンスというより行進の儀式みたいなものだ、メヌエットによく似てる。皇帝《ツァーリ》主催の舞踏会は、かならずポロネーズで幕を開けるんだ」

「ならそれをおぼえるわ」シルヴァーはいった。「たぶん問題ないはずよ。子どものころに村でおぼえた部族の踊りによく似ているみたいだから」

ヴァレンティンがくっくと笑った。「そういわれて、誉れ高き皇帝が喜ぶかどうかはわからないけどね。万が一、陛下と言葉を交わすようなことになっても、ぼくならいわないでおくね」

「皇帝と気さくに話をするのは禁じられているといったと思ったけど」

「ああ、でもすべてのルールには例外があって、皇帝がきみを気に入った場合は大義名分が立つんだよ」

「そんなことがあるの？」

「大いにね。アレクサンドルはつねに魅力的な女性に目を向けているから」

ニコラスは向こうを向いたままぴしゃりといった。「おまえの役目はシルヴァーを皇帝の舞踏室に受け入れられるようにすることで、彼の寝室じゃないというのをおぼえておいたほうがいいぞ、ヴァレンティン。おれは妻を寝取られた夫を演じるつもりはないからな」

ヴァレンティンは肩ごしにちらりとうしろを見た。「アレクサンドルは軽くいちゃつくことはあってもけっして一線を越えないことは、きみも知っているだろう。ずっとエカテリーナひと筋じゃないか」

「シルヴァーがその例外であるのを証明する気は毛頭ない」

シルヴァーは戸口の前で振り返り、真剣な面もちでニコラスを見つめた。「あなたのお金を使いながらあなたの名を汚すようなことはしない。そういうのはわたしの流儀じゃない」

「そいつは大いに慰められるね」皮肉たっぷりにいった。「ほら、さっさと彼女を連れていけよ、ヴァレンティン」

シルヴァーはまだ踏ん切りがつかず、緊張で張りつめたニコラスの背中を苦しげな表情で見つめていた。だがすぐに向きを変え、ヴァレンティンにやさしく促されるままに急いで部屋を出ていった。

客間がしんとなり、火床で薪《まき》がぱちぱちとはぜる音だけが聞こえた。

「妻が急に宮廷に参内《さんだい》したいといいだしたわけを知っているんだろう？」ニコラスはミハイルのほうを見ないでいった。

「ああ」ミハイルは答えた。

「だがおれに話すつもりはない」

「そうだ」ミハイルはためらった。「しかし、おまえの母親をつき動かしている欲望とは違うものだ」

「だったらなんだと――」そこで急に口をつぐみ、しばらく黙ったままでいた。「どうやらつらい思いをすることになりそうだな。おれは辛抱強いたちじゃないんだ」

「知ってる」

ニコラスは手を伸ばし、大理石のマントルピースの端を両手でつかんだ。「シルヴァーはおれをひどく警戒していた。子どもを亡くす前よりひどいくらいだ」

「容易に人を信用しないんだよ」

「それは知っているが……」彼は言葉尻を浮かせた。「たぶんおれはもっと違うことを期待していたんだ」

「シルヴァーはもう無気力じゃなくなった。それがおまえの望みだったはずだ」

「ああ」肩ごしにミハイルを振り返り、弱々しい笑みを浮かべた。「彼女が眠りから覚めたことは神に感謝してる。神とおまえにね、ミハイル。この先なにが起ころうと、以前のようなシルヴァーをそばで見ているよりはましだ」

「この先なにが起こるかはおれにもわからない」

ニコラスの目が鋭くなった。「まだ心配なことがあるのか?」

「ああ、しかしもうあとには引けない」

「あとに引けないって、なにが――」ニコラスはそこではっとし、いらだたしげに悪態をついた。「わかったわかった、なにもきかないよ」マントルピースにおいた手に力をこめた。

「いまのところは。とはいえ、おまえとシルヴァーがおれにやらせたがっている、この従順な男の役まわりを、いつまで演じていられるか知らないぞ」

「従順だって？」ミハイルはくちびるを引きつらせながらニコラスを見た。ニコラスを知るようになってこのかた、彼が従順だったためしは一度としてない。子どものころは手に負えないきかん坊で、おとなになってからはさらに放埒で無謀になった。そのニコラスがシルヴァーのために無謀をひかえるというのだからたいしたものだ。「おまえに従順さを期待するほどおれはばかじゃないぞ」

「残念ながらわが妻はおれの性格をそこまで理解していないらしい」ニコラスはぐるりと向きを変えて暖炉のそばを離れ、大股で部屋を横切った。「出かけるぞ」ドアの前で、肩ごしに尋ねた。「おまえもくるか？」

「どこへ行くんだ」

「シルヴァーの話を聞いていなかったのか？　いまのおれは必要でもなければ求められてもいないんだ。たぶんアポセカリー島に行って、うまいウォッカを飲みながらジプシーたちの歌でも聴くさ」ニコラスは廊下に立っている従僕に手をあげた。「おれたちのマントを頼む、それからボートの用意をするよう伝えろ」彼はぎらついた漆黒の目でミハイルを振り向いた。「それにたぶん従順さも我慢も要求しない女を見つける。このふたつにはほとほとうんざりしているんだ」

「たぶん」ミハイルはおだやかにいった。「今夜出かけるようなやつはまぬけだということは、おまえにはどうでもいいんだろうな。雪はますますひどくなっているし、冷えてもきている。川が凍るかもしれないぞ」

「いいじゃないか」ニコラスは肩をすぼめるようにして、従僕が広げたキツネの毛皮で裏打ちされたマントをまとった。「その氷で頭を冷やすとするよ」マントを翻《ひるがえ》しドアのほうへ向かう。「ついてくるか?」

「ああ」ミハイルは従僕からマントを受け取った。「おれがおまえについていかなかったことがあるか?」

答えは返ってこなかった。ニコラスはすでに大股で城の玄関を抜け、凍てつく吹雪のなかに出ていった。

自由の民のあいだに
不和の種を蒔かぬため。
ヴォルガ、ヴォルガ、母なる川よ、
美しい姫を受け取るがいい!

悲しげながらもどこか挑むように、大声で歌詞を怒鳴っているそのバリトンは、まぎれもなくニコラスのものだった。

「静かにしろ」ミハイルの抑えた声がした。「屋敷じゅうの人間を起こしてしまうぞ」

シルヴァーはベッドから跳ね起きると、ローブをひっつかんで広い部屋を駆け足で横切った。そしていまからたっぷり六時間前に床につこうと部屋に下がったときに半開きにしておいたドアをさっと押し開けた。

ドアの外の廊下にニコラスが立っていた、いいえ、左右にふらふら揺れている。ミハイルが半ば支えるようにしてその肩に腕をまわしていた。ニコラスの金髪には星の形をした雪の結晶がびっしり張りつき、そのうえ彼はあきらかに泥酔していた。「なんとわが愛しの妻じゃないか。吹雪のなかに出ていった夫を出迎えるために起きて待っているとは、ずいぶんとやさしいんだな」

「べつに待ってなどいないわ。どうしてそんなつまらないことをしなきゃならないの？　こんな氷と雪のなかを出ていくようなばかな人がたとえ凍傷にかかろうと――」

「おれのことが心配だったくせに」ニコラスのくちびるにうれしそうな笑みが浮かんだ。

「心配なんかしてません」シルヴァーは目を吊りあげて否定した。「どこへ行くのかヴァレンティンかわたしにいっていかないのは失礼だと思っただけよ」

ニコラスは恭《うやうや》しく頭を下げ、バランスを崩して倒れそうになったところをミハイルがつかまえた。「申し訳ない。アポセカリー島の〈タニアの店〉に行っていたんだ、ジプシーたちが曲を奏で、ウォッカがふるまわれて……。いっしょにどうかと誘ってもよかったんだが、きみは忙しかったからな」彼は手をなんとなく振った。「ポロネーズは教わったか？」

「ええ」

「きっとうまく踊るんだろう。きみには才能が――」

「もう寝たら。スカンクみたいにべろんべろんじゃない」

ニコラスが傷ついた顔をした。「きみはじつに表現力が豊かだな。それはそうと、いまので興味深い疑問がひとつ浮かんだ。スカンクはべろんべろんに酔うと思うか、ミハイル？」

「一度も見たことはないな。ほら、こいよ、ニコラス。もう遅いし、おまえは疲れているんだ」

「疲れてなんかいないぞ」ニコラスはまた歌いだした。

「しーーっ」シルヴァーは廊下に出た。「そんなさかりのついた猫みたいな声を出されたらエテインが起きてしまうじゃないの」

「おれはさかっているんじゃない、歌っているんだ」ニコラスはいばっていった。「これはステンカ・ラージンという男のことを歌った美しいコサック民謡だ。この聡明な男は、仲間の反感を買わないように花嫁をヴォルガ川に投げ捨てたんだ。その娘がステンカ・ラージンの分別を奪ったと、仲間がそう考えたからだ」

「あなたと同じで、その男にも失うだけの分別があったとはとても思えないけど」ニコラスがまたしても大声で歌いだし、シルヴァーはたじろいだ。「静かに。まるで腹痛を起こしたコヨーテね。エテインが目を覚ます――」

「エテインには聞こえないよ。あの子は部屋のドアを閉めて寝るからね。部屋に閉じこめられるのに耐えられず、毎晩ドアを半開きにしておくのは、おれの火の鳥だけだ。知ってるか、その開いたままの扉の前を通りかかって、おれが何度……」声が尻すぼみになり、ニコラスは頭をはっきりさせようと首を振った。「なんの話をしていたんだったかな?」

「疲れたからもう寝たいって話だ」ミハイルは彼にいった。「ほら、おまえの部屋に連れていくよ」

「手伝ってもらわなくてけっこう」ニコラスはしゃんと背筋を伸ばし、体をよじってミハイルの腕を振り払った。「サヴロン家の人間は、誰よりも酒が強いんだ。ウォッカなんかで酔うわけない……」足元がふらつき、シルヴァーは支えようと思わず足を踏みだした。

ニコラスは新鮮な空気と、たばこと、ほかにもなにか、そう、なにかひどく甘ったるいにおいがした。

シルヴァーはいきなり彼の胸を手で突き飛ばし、あまりの勢いにニコラスはよろめいて、ミハイルが受け止めなければ倒れていたところだった。「あなた、女物の香水のにおいがぷんぷんする」

「そうか? おぼえていないな。きっとかわいいジプシー娘のタニアだな」ニコラスは鼻をくんくんさせたあとで重々しくうなずいた。「たしかににおうな。たっぷりと。たっぷりした乳房……たっぷりした太腿……たっぷりした香水」

「寝るんだ」ミハイルはあわてていった。それから行儀の悪い子どもにでもするようにニコラスを抱えあげて廊下の先に向かった。「彼の部屋のドアを開けてくれ、シルヴァー」

「やめろ、おろせ」ニコラスがわめいた。「おれは赤ん坊じゃないんだ、自分で歩ける——」そこで急に笑いだした。「ミハイル、この図体のでかいまぬけめ、おぼえておけ……」声が途切れ、ニコラスはまた歌いはじめた。

ミハイルはニコラスの部屋の前で足を止め、肩ごしにシルヴァーを振り返ったが、彼女はさっきと同じ場所から動いていなかった。「ドアを開けてもらえるかな？」

シルヴァーはしぶしぶ廊下を進み、ニコラスの部屋のドアを押し開けた。「そんな人、雪のなかに放りだして頭を冷やさせればいいのに」彼女はさもいやそうに鼻の頭にしわを寄せた。「そうすればそのひどいにおいも少しは消えるってもんよ」

「香水のにおいはそれほどしないよ」部屋を横切りニコラスをベッドにおろすと、ミハイルは上着のボタンをはずしはじめた。

「ぷんぷんにおうわよ」シルヴァーは戸口に立ってふたりをにらみつけた。「そばに近づきたくないくらい」

「だったらもう寝ろ。ここはおれひとりで大丈夫だから」

「ええ」それでも彼女は戸口に立ったまま、ミハイルがニコラスの上着を脱がせてベッドの足元の長椅子に放るのを見ていた。「水桶で水をがぶ飲みしたブタみたいにふるまう男に手を貸す気はさらさらないし」

ニコラスが歌うのをやめた。「今度は水をがぶ飲みしたブタか。これほど妻らしい、やさしい言葉を聞いたことがあるか、ミハイル？」

「ないな」ミハイルはニコラスのシャツを脱がせ、ベッド脇の床に落とした。

「彼女は火の鳥なんだよ」打ち明け話をするようにミハイルに囁いた。「空高く舞いあがることもできれば、その鉤爪で男を八つ裂きにすることもできる。おまえはどっちが……」ニコラスは目を閉じた。「彼女は火の鳥なんだ」

「おとぎ話よ」シルヴァーはベッドに近づきニコラスを見おろした。「わたしにはおもしろい話ができるよくまわる舌はないかもしれないけど、わけがわからなくなるまでお酒を飲んだり、いやなにおいのする娼婦とやったりはしない――」そこではたと口をつぐみ、震える息を吸い込んだ。これほどむかっ腹が立ったのは生まれて初めて。裏切られたように感じて胸が張り裂けそうになるなんてどうかしてるわ。ニコラスはわたしのものじゃない。彼のところにいるのは、わたしの赤ちゃんを殺した犯人をつきとめるまでのことだし、いまはそのことだけに注意を向けるべきなのよ。ニコラスが誰と寝ようとどうでもいいじゃないの。

そのときニコラスが目を開け、漆黒の瞳の奥には、なぜか物悲しげな表情が浮かんでいた。

「やる、ね。なんとも上品な言葉だな」ニコラスは彼女の目を見つめた。「今夜、おれはやりたかったんだ」

鞭で打たれたような痛みがシルヴァーの全身を貫いた。そんな話は聞きたくない。だから話がはじまる前に思考を閉ざし、くるりと向きを変えてドアのほうへ駆けだそうとした。

「それなのに、できなかった……」それはほとんど聞き取れない息だけの声だったけれど、シルヴァーの耳には巨大な鐘の音のように鳴り響いた。彼女は動きを止め、ベッドのほうにさっと顔を向けた。

ニコラスはまた目を閉じていて、最初は眠ってしまったのかと思った。そのとき彼が寝返りを打ち、その引き締まったたくましい体は、くつろいでいるときも油断なく構えているときも、しなやかで優美だった。「これは呪いだ。火の鳥にふれられてしまったら、もう……」そこで眠ってしまった。

ミハイルは厚いビロードの上掛けをニコラスにかけ、くちびるにやさしい笑みをたたえて友を見おろした。「朝になったら、頭が湯沸しのサモワールみたいに大きくなった気分を味わうぞ」

「自業自得ね」その声は妙に浮わついていた。安堵で胸が沸き立ち、なんだか頭がくらくらする。ニコラスはたっぷりした乳房と太腿をした、その誰だか知らないジプシー女と寝ていなかった。「こんなにお酒を飲むからいけないのよ」

「男には深酒をしたくなるわけがときにはあるものなんだ」

体の脇に垂らしたシルヴァーの両手が、ゆっくりとこぶしに握られた。罪悪感？　ああどうか、そうではありませんように。わたしの赤ちゃんの命を奪った犯人はニコラスではありませんように。「ええ、ときにはね」

ミハイルはニコラスに目をやったまま、いった。「きみが深く傷ついているのは知っているが、そのせいで心の目を曇らせてはいけないよ、シルヴァー」

「どういう意味？」

「悲しみを癒すんだ。傷口をこじ開けるようなまねはするな」

「悲しみは癒えるわ」シルヴァーは体の向きを変えた。「やるべきことをやり終えたときに。おやすみ、ミハイル」

6

「よろしければいますぐ奥様のお部屋にお越しいただきたいと、マリノフ伯爵が申されておいでてございます」ロゴフは戸口に立ち、まっすぐに前を見つめて告げた。「公爵閣下」

「おれがよろしいかどうかなんて、あいつはこれっぽっちも気にしていないと思うがね」ニコラスは鏡を見ながらブラックタイを整えた。ヴァレンティンのやつ、いざ自由にやっていいとなったら、この一週間はそれこそめまぐるしい活躍ぶりだったな。ニコラスは意地の悪い思いをいだいた。シルヴァーは、やれダンスのレッスンだ、目もくらむほど豪華なドレスの仮縫い、宮廷での礼儀作法の特訓だと、朝から晩まで引っぱりまわされていた。彼女は驚くほど根気強く、そのすべてをこなしていった。おれにも同じことがいえればよかったのだが。このところ旧知の友のようになった癇癪玉が破裂しない日はほとんどなかった。ニコラスは鏡から顔をそむけた。「すぐに行くとマリノフ伯爵に伝えてくれ」

ロゴフはうなずき、お辞儀をすると、いつものように堂々とした物腰でニコラスの部屋を出ていった。

まあこれもそう長くはつづかないだろう。執事がテーブルの上に用意しておいた白い手袋を取りあげながらニコラスは思った。屈辱と辛苦に満ちた日々のあとでシルヴァーが宮廷の華やかな生活を楽しみたいと思うのは、あるいは当然なのかもしれない。とはいえ、一度味わってみれば、きっと口に合わないことがわかるはずだ。あれほど自由を愛するシルヴァーのことだ、上品ぶった皇帝《ツァーリ》のとりまきどもに我慢できるわけがない。

シルヴァーはおれの母とは違う。

頼むから違ってくれ、ニコラスは願った。長年ナターリヤを駆り立ててきた渇望と同じものをシルヴァーのなかに見てしまったら耐えられるとは思えなかった。

ニコラスはくちびるに歪んだ笑みを浮かべ、大股でドアのほうへ歩いていった。だがおれは父とは違う。シルヴァーがナターリヤのような娼婦になるのを黙って見ているつもりはない。シルヴァーがそちらの方向に一歩でも近づいたら即座に対処する。

ニコラスがシルヴァーの寝室に入っていくと、ヴァレンティンは金箔を張った床まで届く楕円形の鏡から目をはずしてふくれ面をした。「ずいぶん遅かったじゃないか」彼はシルヴァーのそばを離れ、彼女の髪にあれこれ手を入れていたぽっちゃりとしたメイドを手を振って下がらせた。「手伝ってくれなきゃ困るよ。今夜がとても重要なんだ、ポロネーズに遅れるわけにはいかないんだぞ」

「だからこうしてきたじゃないか」ニコラスはシルヴァーに目を向けた。こちらに背を向けて鏡のなかの自分を見ている。彼の声を聞いてその背中が、あたかも危険を察知した動物のように緊張するのがわかった。突然、痛みといらだちが、ナイフのようにニコラスの心を切り裂いた。なぜなんだ。シルヴァーの警戒心と不信感はいずれは消えると自分にいいきかせてきたが、どうやらそれは間違いだったようだ。むしろいまの彼女は前にも増しておれを警戒している。

彼はシルヴァーの全身に目を走らせた。ヴァレンティンはいい選択をしたな。シルヴァーが着ているのは淡いグレーのサテンのガウン(床まで届く正装用のドレス)で、やわらかなその色合いは、ろうそくのほのかな光を受けて月光のようにきらめいて見えた。褐色の肌と黒髪がその淡い色を官能的なものに変え、クリスタルの輝きを帯びた明るい色の瞳によく合っていた。急に股間がこわばり、欲望で男性自身が大きくなるのを感じた。彼はシルヴァーから視線を剝がしてヴァレンティンのほうを向いた。「なぜおれを呼んだ? とくに問題があるようには見えないが。いいできばえだ」

「ちっともよくないわ」シルヴァーはびっくりするほど深くくれたスクエアカットのネックラインからのぞく、絹のようになめらかな肌をじろじろ見ながら、きっぱりいいきった。ガウンの下につけたコルセットでもちあげられた胸のふくらみが大きく前に突きだし、豊満な美しさを巧妙に見せつけ、その下のぴったりとしたボディス(婦人用の胴着)が細いウエストを際立たせている。肘の上まで届くグレーのサテンの長手袋がろうそくの光を受けて輝き、手袋の端からのぞく素肌をより肉感的に見せていた。「なぜ顔にこんなものを塗らないといけないの？　わたしを娼婦のように見せたいなら、このガウンだけでじゅうぶんのはずよ」

「とんでもない。宮廷の女性はみんな紅をつけているんだ」ヴァレンティンがすかさずいった。「それに、そのガウンは最新のスタイルなんだぞ」そこで急にむずかしい顔になった。「やっぱりバッスル（スカートをふくらませるための腰当て）のことで折れたのは間違いだったかな。舞踏会でバッスルをつけていない女性はいないと、マダム・レメノフもいっていたし」

シルヴァーは肩をすくめた。「みんなと同じじゃだめだといったのはあなたよ、それにバッスルは嫌いなの。見当違いの場所にこぶがあるラクダみたいな気分になるから」

ヴァレンティンが含み笑いをした。「たしかにそういう印象は与えたくないな」シルヴァーの胸元にちらりと視線をやった。「でもきみのこぶはどれも、どんぴしゃりの場所にあるように見えるけどね」彼はニコラスに顔を向けた。「どう思う、ニコラス？　ドレスの裾を長くひいているからバッスルはいらないかな？」

ニコラスは一瞬答えることができなかった。視線がシルヴァーの胸元に釘づけになる。ゆっくりと視線をあげると、鏡のなかでシルヴァーと目が合った。

シルヴァーは肺の空気がすべて押しだされてしまった気がした。美しい。ニコラスのすべてが美しかった。黒と白の夜会服に身を包んだ彼はたまらなくセクシーだった。きらきらと輝く魅力的な黒い目も同じくらいセクシーで、一瞬にしてシルヴァーの心を奪った。

「ニコラス?」ヴァレンティンがシルヴァーのドレスの裾を整えながらもう一度きいた。

ニコラスは無理やり視線を剝がした。「ガウンはいいと思う」かすれた声でいった。

「そうじゃなくて。バッスルは?」

「うるさいな、どんな違いがあるっていうんだ?」いらだたしげにいった。「彼女のバストがいまにもこぼれ落ちそうになっているときに、誰がヒップなんか気にする?」

「大変な違いだよ」ヴァレンティンは食い下がった。「いい印象を与えないといけないんだ。個性的でいながら流行もはずしていないように見えないと」

「バッスルはしない」シルヴァーはいい張った。「このコルセットだけでもうんざりなのに。鞘《さや》つきのナイフを入れる場所がないから、太腿に結わえないとならなかったのよ。コルセットをつけたらバッスルのことはとやかくいわないといったじゃないの。ラクダみたいに見えるのはいや——」

「ナイフを身につけているって?」ヴァレンティンはびっくりして尋ねた。それからかぶりを振った。「シルヴァー、皇帝の舞踏会にナイフをもっていくことはできない」

「ナイフをもっていくか、わたしが行かないかよ」

「あきらめろ、ヴァレンティン」ニコラスがそっけなくいった。「もっていかせてやれ。それとバッスルをつけないのがそんなに気になるなら、そこに目がいかないようになにかほかのものを用意してやればいい」

「たとえば？」

「サヴロン家のルビーだ」

ヴァレンティンがくちびるを尖らせて低く口笛を吹いた。「ナターリヤは喜ばないだろうな」

「そいつは残念だ。すぐに戻る」ニコラスはくるりと向きを変え寝室から出ていった。

「サヴロン家のルビー？」シルヴァーがきいた。

「サヴロン一族に伝わる宝石の一部だ。サヴロン家の財産の大部分は、ウラル地方で掘りだされた宝石によってもたらされたものなんだが、一族の私的なコレクションは父から息子へ受け継がれることになっているんだ。成年に達してそのコレクションを相続すると、ニコラスはルビーを母親から取りあげて、返すことを拒んだ」ヴァレンティンはかぶりを振った。

「信じられないほど見事なものだよ。きみがそれをつけているのを見たら、ナターリヤはきみの首を掻っ切りたいと思うだろうな」顔がぱっと輝いた。「でもぼくが考えていた真珠より注目を集めることは確実だ」

「はるかにね」ニコラスは目に無謀な光を宿しながら、大きな革のボックスをふたつもって部屋に入ってきた。彼は小さいほうの箱をヴァレンティンに押しつけた。「もっててくれ」

それからもうひとつの箱を開けて、指が焼けそうな、少なくとも赤く染まってしまいそうに見えるネックレスを取りだした。シルヴァーのうしろにまわり、ネックレスを首にそっとかける。鏡のなかでふたりの目が合ったが、いまの彼の目はセクシーどころか、シニカルな表情だけが浮かんでいた。「よく似合うよ。母がつけるより、はるかに美しく見える」ニコラスは留め金を留めた。「おや、なにもいうことはないのかい？　さすがのきみも圧倒されたのかな？」

スクエアカットの大粒のルビーのあいだをダイヤモンドで埋めた幅広のネックレスは、女帝も圧倒されるほど見事なものだった。シルヴァーはそろそろと喉元に手を伸ばし、指先でネックレスにふれた。そしてその冷たさに驚いた。褐色の肌の上でダイヤモンドとルビーが燃え立つように明るくきらめき、まるで生きているかのように見えた。「とても……いいわね」

ニコラスの目からシニカルな色がふっと消え、笑みで顔が輝いた。「皇帝の宮殿ほどの価値があるネックレスを〝いい〟と表現するのは、たぶんきみだけだな」彼は横を向いて手を差しだした。「ティアラだ、ヴァレンティン」流行のスタイルにまとめた髪に宝石をちりばめた宝冠を慎重にのせると、ニコラスは箱を閉じてベッドの上に無造作に放った。「ブレスレットとイヤリングはいらないだろう。バングルをつけたジプシーみたいに見られたくはないからな」

シルヴァーが体を硬くした。「ジプシー？　ああ、そうよね、ジプシーのバングルについてはくわしいはずだものね」

ニコラスがぽかんとした顔になった。「なんだって？」

「行きましょう」シルヴァーはくるりと向きを変えて鏡の前から離れた。「もうあちこちいじられるのはたくさん。まずまず見られるようになったわ」

「まずまず？」ニコラスはのろのろとくり返した。

まずまずどころか、彼女は光り輝いていた。月明かりのように、炎のように。その官能的な美しさに、冬の宮殿じゅうの男たちは飢えた狼よろしく息をあえがせるだろう。今夜をかぎりにシルヴァーはニコラスひとりのものではなくなり、皇帝のまわりにヒルのようにたかるおべっか使いどもと共有することになるのだ。思わず頭に血がのぼり、一瞬行くなといいたくなった。シルヴァーを屋敷に閉じこめ、きみはおれのものだ、誰にも渡さないといいたい——。彼は突然の激しい思いを断ち切り、深呼吸をして気を静めた。ほんのしばらくの辛抱だ。きらびやかな宮廷にシルヴァーがうんざりするまでの。椅子の背にかけてあった黒貂《テン》のマントを取りあげ、彼女の肩にかけた。「ああ、じゅうぶんまずまずだ。さあ、この茶番を終わらせてしまおう」

「きみはシルヴァーを連れてきてくれ。ぼくは先にニコライの間に行ってるから」ヴァレンティンはお仕着せを着た侍従のひとりにマントを放ると、すぐに急いで大階段をあがりはじめた。「今夜誰が招待されているのか探りを入れたいんでね」

そしてあっという間に、踊り場に集まる大勢の客のあいだに消えた。

「ニコライの間？」シルヴァーは侍従に自分のマントを渡しながらきいた。

「冬の宮殿で開かれる舞踏会では、たいていニコライの間が使われるんだ」ニコラスは歪んだ笑みを浮かべた。「もちろんおれの名をとって命名するほどのセンスは彼らにはないから、ロシア皇帝ニコライ一世にちなんだものだ」彼はシルヴァーの腕を取り、イタリアはカラーラ産の白大理石の階段へ促した。「この宮殿には百十七もの階段があってね、いまおれたちがあがっているのがヨルダン階段だ。世界でもっとも美しい階段といわれている。どうだ、シルヴァー、感銘を受けたんじゃないか？」

　その嘲るような口調のおかげで、感銘を受けたばかりか、その広々とした階段と、どっしりとした大理石の円柱や金箔の装飾をほどこした破風《ペディメント》に少しばかり怖じ気づいてしまったことを認めずにすんだ。階段の一段一段に騎士団の兵士が立ち、銀製の胸当てと兜には双頭の鷲《わし》の紋章が輝いていた。その横に緋色のチュニック姿の衛兵がもうひとり立っている。

「階段は階段よ」シルヴァーはようやくいった。「ひとつの階からべつの階へ行くためのものにすぎないわ。あの緋色の制服、ミハイルが着ているものとちょっと似ているわね。あの人たちもコサックなの？」

「コサック近衛騎兵だ」ニコラスはくちびるを引き結んだ。「アレクサンドルは、飼い慣らされたコサックを少しばかりそばにおいておくのが好きなんだよ、おれたちのような野蛮なコサックにさんざん手を焼かされているから」

　制服を着ているのは衛兵ばかりじゃないことにシルヴァーは気づいた。男性客の大半も制服に身を包んでいる。モンゴル人やチェルケス人の士官たちが飾らない優雅さで上品に着こなしているエキゾチックな制服は、緋色と青のチュニックにヘラジカの革の細身の半ズボンという、騎兵たちの伝統的なスタイルとは対照的だった。「あなたも陸軍の将校だったことがあるとヴァレンティンがいっていたけど。どうして制服を着ていないの？」

「陸軍に入隊したのは、クバンを離れたあとで退屈していたからだ。将校を辞したあと、自分は皇帝陛下のおもちゃの兵隊のひとりなのだと考えるのをやめたんだ。おれはコサック戦士だからな」

「どう違うの？」

　ニコラスは茶化すような視線を投げた。「アパッチの戦士と合衆国騎兵隊ほども違う。天と地ほどの開きがあるんだ、シルヴァー」

「ふうん」ふたりはいま長い廊下を進んでいた。かたわらをさまざまな制服を着た従者たちが行き過ぎていく――純白のゲートルに黒のフロックコートの従僕。縁にカタジロワシの羽飾りがついた華美なケープを羽織り、大きな赤いダチョウの羽を帽子に差した御者。ポーランド風のサーコート（袖なしの外衣）を着て、頭に巻いた赤いスカーフを銀のブローチで留めた下男。

「まだつかないの？　どうしてこんな場所に住みたいと思うのかわからないわ、どこへ行くにも時間がかかってしようがないじゃない」

「もうすぐだ」ニコラスは数メートル先に見える扉にうなずいてみせた。すべてのゲストがその扉を目指して進んでいく。「きみの反応が楽しみだよ」

シルヴァーは戸口から舞踏室を見つめ、彼らの名前を告げる侍従長の大きな声もほとんど耳に入らなかった。ニコライの間は、少なく見積もっても縦六十メートル、横十八メートルはあり、輝きを放つ床が、壁の張りだし燭台や、高い天井から吊るされた星のごときらめくシャンデリアに立てられた何千本ものキャンドルの明かりを映していた。大きな磁器のストーブから芳しい木のにおいが立ちのぼり、それに混じるお香のかおりは、数人の下男が銀の香炉を揺らして部屋を香らせようとしているためだ。いたるところに蘭やクチナシ、ヒヤシンスをあふれんばかりに活けた銀や磁器の花器が飾られていた。

シルヴァーは、ニコラスが目をせばめてこちらをじっと見ていることに気づいた。「で、ご期待に添えたかな？」

「とくになんの期待もしていなかったけど」どうでもいいというように肩をすくめようとした。「ものすごく広いのね。でもそれをいうなら〈ミシシッピ・ローズ〉号の大広間も広かったわ」

「よくきたわね、ニコラス」

ふたりは同時にナターリヤを振り向いた。シルヴァーは反射的に肩の筋肉が緊張するのを感じた。

「ようやくシルヴァーを文明人に引き合わせる気になってくれてとてもうれしいわ」ナターリヤはシルヴァーの首にまわされたルビーのネックレスを穴が開くほど見つめた。「あなたのかわいい花嫁をサヴロン家の宝石で飾ることにしたわけね。あつらえ向きじゃないの。野蛮人というのはみな赤い色を好むそうだし」

「ええ」シルヴァーは平然と答えた。「赤は血の色ですから。わたしたち、血にも目がないんですよ。おぼえておくとよろしいですわよ、奥様」

ナターリヤは音をたてて扇子を閉じた。「あたくし、おぼえたいと思うことだけおぼえておくことにしているの。たとえば、たしかあなた子どもができたといっていたわね」シルヴァーの細い腰をじろじろと見た。「流産だなんて残念ねえ。それとも残念じゃないのかしら? 結婚したてのころは、子どもは歓迎されないこともあるし」ニコラスを見あげ、絹のようになめらかな猫なで声でいった。「ときには、いつ生まれても歓迎されない子どもも」

「その一方で、いつ生まれても歓迎される子どももいる」ニコラスの手が、かばうようにシルヴァーの肘をつかんだ。「失礼します、あちらでヴァレンティンが待っていますので」

「どうぞ。よくわかりますよ」ナターリヤはふたたび扇子を広げて、けだるげに前後に動かしはじめた。「わからないのは、それほど子どもが待ち遠しいあなたが、なぜ愛らしい妻のベッドにまったく近づかないのかということね」彼女は満足した猫のように目を細め、シルヴァーの顔をよぎる驚きや痛みの色をあまさず飲み干した。「よかったら説明してくださる、シルヴァー?」

「あなたに説明する必要はない」ニコラスの口調は尖り、彼は急かすようにシルヴァーを前に促した。「今夜はシルヴァーに近づかないほうが身のためだぞ」

「考えておきましょう」ナターリヤはつぶやいた。

舞踏室のなかほどまできたところで、シルヴァーが言葉に詰まりながらいった。「なぜ彼女が、わたしたちがいっしょに寝ていないことを知っているの? あなたがしゃべったの?」

「おれは寝室での営みを誰かに話したりしない」ニコラスはいった。「というより、母には天気の話よりも私的なことはめったに話さない」

「だったらなぜ知っていたのよ?」シルヴァーは激しい口調でいった。

「おそらくクリスタル・アイランドの使用人の誰かを買収したんだろう」ニコラスは苦笑した。「母はなんでも知りたがる人でね。『知識は力』という格言を信じているんだ」

「誰? どの使用人?」

「さあな。なにをそんなにかっかしてるんだ? 情報やゴシップを買うのは、きみが見習いたいと思っているこの愛想のいい連中のあいだではごくふつうのことなのに」ニコラスは横目でちらりと彼女を見た。「嫌気がさしたのなら、いつだって考えなおしていいんだぞ。このまま帰ってもかまわないんだ」

「いいえ」さっきはナターリヤに棘を突き刺されてしまったけれど、もう二度とあんなことはさせない。ナターリヤとの火花を散らすやりとりで自信が揺らぎ、おぞましい疑惑のせいでまともにものが考えられない。クリスタル・アイランドの使用人が買収されているかもしれない。その人物から買ったのは情報だけ、それともほかにもなにかあるの？　ひょっとして、サッサフラスのお茶に毒を落とすこと？　激しい怒りで頬が赤く輝いた。「いいえ、残りたい。あなたの友達にもそのうち慣れるわ」

「おれが恐れているのはそれだよ」歪んだ笑みを浮かべながら彼はいった。「もっとも、ここに友人はいないがね」

「嘘ばっかり」冷ややかにいった。「わたしの目は節穴じゃないのよ。あなたのことを好色そうな目で見ている女の人たちがちゃんと見えているの。あの人たちの何人かと寝たんでしょう」

ニコラスはうなずいた。「大勢とね。気になるか、シルヴァー？」

肌に押しつけられた熱い焼印と同じ程度に。「まさか」あごをつんとあげた。「気がついたというだけ。どうでもいいことよ」彼女は足を速めた。早くヴァレンティンと合流して計画に取りかからないと。宮廷のレディたちやジプシーの女とベッドに入っているニコラスのことは考えちゃだめ。ヴァレンティンの前で足を止めると、シルヴァーは安堵の笑みを浮かべた。「さあきたわよ。いつはじめる？」

「もうはじまっているよ」ヴァレンティンはいった。「部屋じゅうの男たちがきみに見とれ、女性たちはきみに好奇の目か羨望のまなざしを注いでいる。悪くない出だしだ。あとはきみが皇帝《ツァーリ》の興味を刺激できるかどうかだな」

オーケストラの演奏がはじまり、期待にあたりがさざめいた。「いよいよ皇帝のお出ました」ヴァレンティンは大広間の向こう側の扉に視線を向けた。「ポロネーズのステップをおぼえているだろうね。ニコラス、ダンスが終わったときに皇帝の近くにいるよう、計算しながら動いてくれよ。そうすればシルヴァーを紹介できるからな。しきたりにははずれるけど、こまかい違反はこの際無視して——」ファンファーレとともに扉がさっと開かれ皇帝と側近が舞踏室に入ってくると、ヴァレンティンは口をつぐんだ。

「なぜあんなおかしな帽子をかぶっているの？」シルヴァーは尋ねた。

「皇帝が？」ヴァレンティンはぎょっとした。「帽子って？」

「シルヴァーがいっているのは皇帝の侍衛のことだと思う」シルヴァーの視線を追って行列の先頭を行く巨漢のヌビア人に目をやり、ニコラスはわずかに頬をゆるめた。「それを聞いて皇帝が喜ぶかどうかは疑問だな。あれはアフメドといって、モロッコのとある首領からの贈り物なんだ。彼が着ているのはモロッコの官服で、頭に巻いているのはターバンと呼ばれるものだ。彼ほどやっかいな贈り物はないんじゃないかな。というのも、アレクサンドルは農奴を解放する書類にサインしたばかりなんだよ。当然ながら、アフメドのこともただちに解放しようとしたが、当のアフメドがそれを拒んだんだ。皇帝陛下はアフメドのすぐうしろだ、ペスコフと並んで歩いている」

「変なの」シルヴァーは深紅のパンタロンとベストというでたちのヌビア人の大男から、彼のすぐうしろにいる男性へと目をやった。色鮮やかな服をまとった巨漢の侍衛を見たあとだけに、勲章で飾り立てたダークブルーの制服を着てカールした口ひげをたくわえた小柄なアレクサンドル二世は期待はずれもいいところだった。「なんだか……弱々しい感じね」

「ヌビア人とくらべて？」ニコラスの目がおかしそうにきらめいた。「陛下はスポーツマンというより学者なんだよ」

「皇后はどこ？」

「今夜はおみえにならないそうだ」ヴァレンティンがいった。「少々気分がすぐれないとかでね」

「よかった」シルヴァーは満足げにいった。「それなら彼女に邪魔される心配はないわね」

ヴァレンティンが急に不安そうな顔になった。「邪魔って？」

シルヴァーは威勢よくうなずいた。「皇帝の興味を惹きたいというわりに、あなたの計画は地味すぎると思うの」

ヴァレンティンの不安が恐怖に変わった。「シルヴァー、なにをするつもり——」

「心配しないで。あなたに迷惑はかけないから」そういうと、彼女は前に歩きだした。

「心配しないで？」ヴァレンティンはおうむ返しにくり返すと、いきなり振り返ってニコラスをにらんだ。「笑うな。シルヴァーのせいで、練りに練ったぼくの計画がだいなしだ。彼女はいったいなにをするつもりだ？」

「見当もつかないな」ニコラスの顔はまだ笑っていた。「あとを追って見届けようじゃないか」

「嘘だろう、彼女、まっすぐに皇帝のところへ向かってる」ヴァレンティンは囁いた。「あのヌビア人に三日月刀《シミタール》で首をはねられなかったら運がいいってもんだ」

ニコラスのくちびるから不意に笑みが消えた。「まさか」アフメドの顔に目を向けたまま足を速めた。「おれたちも行くぞ」

シルヴァーは、恭しくお辞儀をする大勢のゲストのあいだを急ぎ足で抜けた。驚きの叫び声や囁きが聞こえてきたけれど、すべて無視して皇帝だけに注意を向けた。アレクサンドルはまだ彼女に気づいていないようで、顔を寄せて囁くペスコフの言葉に耳を傾けていた。けれどもヌビア人の黒い目はシルヴァーをひたとにらみつけていて、彼女はほんの一瞬ためらった。けれどすぐに大きく息を吸うと、皇帝と彼女を取り囲む側近の一団と彼女を隔てる最後の数メートルを埋めた。陛下に二メートルのところまで近づいたときヌビア人がシミタールを抜いた。

刀が革製の鞘をこするシュッという音を聞いて皇帝は会話をさえぎり、こちらに近づいてくる女性をじろじろと見た。

「刀をしまうよう彼にいって」シルヴァーはいい、皇帝と目を合わせた。「誰も傷つけるつもりはありません。あなたに自己紹介したいだけです」

アレクサンドルが目を見開いた。「自己紹介だって？　お嬢さん、ここにはそんな——」

「しきたりはない」シルヴァーはそう締めくくると、じれったそうに手を振った。「わかってます、だけどそんなのばかげてるわ。わたしにはそんなしきたり理解できない。アメリカではそんなにまどろっこしいことはしないわ」

声の届く範囲にいる男女のあいだから怒りのざわめきが起きたが、おもしろそうな表情が一瞬アレクサンドルの顔に表われた。「ほう？　それなら愚かにもまどろっこしいことをしているわれわれのような人間のなかにあなたはなぜいるのかな」

ヌビア人が威嚇《いかく》するように一歩足を踏みだすと、シルヴァーはそちらにさっと顔を向けて目をぎらぎらさせた。「あと一歩でも近づいたら、わたしのナイフでその心臓をえぐりだしてやるから」

衝撃に舞踏室が静まり返った。そのときアレクサンドルが忍び笑いを洩らした。「刀を納めろ、アフメド。おまえがこのレディに痛めつけられるのを見たくはないからな」

かたわらにいたペスコフが声をあげた。「陛下、これはきわめて無礼なふるまいです。この女は罰しなければいけません」

「たぶんな」アレクサンドルのくちびるに奇妙な笑みが浮かんだ。「しかし、このレディはじつに愉快だ」彼はシルヴァーを手招いた。「それで、きみはどなたかな、お嬢ちゃん」

「わたしは子どもじゃありません」シルヴァーはヌビア人に油断のない目を向けたまま二歩前に出ると、腰を深く曲げて皇帝にお辞儀をした。「シルヴァー・ディレ――サヴロンです、お目にかかれて光栄です。わたしとポロネーズを踊っていただけますか？」

アレクサンドルがまばたきをした。「わたしと踊りたいと？」

「ええ、とても」きびきびした口調でいった。「あなたにおもしろいと思ってもらう必要があるとヴァレンティンがいっているんです」シルヴァーはまっすぐに立った。「わたしのこと、おもしろいとお思いになりました？」

「大いにね」アレクサンドルは目をせばめて彼女の顔を見つめた。「きみはニコラス・サヴロンの花嫁だな。きみの噂は聞いている」

「わたしがアパッチとの合いの子で私生児だと？　そのとおりです」彼女は誇らしげにあごをあげた。「だとしても、あなたと踊りたいんです。足は踏まないって約束します。いまではかなり上達したとヴァレンティンもいってくれます。お相手をしていただけますか？」

皇帝はなにかを考えるようにしばらく彼女を見つめていたが、やがて心を決めた。「喜んで」彼が片手を差しだすと、オーケストラがポロネーズ用の舞曲を奏ではじめた。皇帝は前に出てシルヴァーの手を取った。「もしもわたしの心臓をえぐりだしたりしないと約束してくれるなら。本当に武器をもっているのかね」

シルヴァーはほっとして微笑した。「ええ。わたしには大きな刀で守ってくれるヌビア人はいませんから。自分で面倒をみないといけないんです」

ふたりの背後に紳士淑女のペアが列をつくると、皇帝はシルヴァーをリードしてフロアに出ていった。


「うわあ、彼女やったぞ」ヴァレンティンは、見事にそろったシルヴァーとアレクサンドルのステップを目で追った。「まいったな、皇帝の顔を見ろよ。彼がここまで興味を示すなんて、ここ十年なかったことだ。シルヴァーはいったいなにをいったんだろうな」

「いいたいことをいったんだろう」ニコラスはシャンパンのグラスに口をつけた。「ただしおまえが教えた、この場にふさわしい礼儀にかなった話題は、たぶんひとつも入っていないだろうが」

「なにをいったにせよ、うまくいってる。うん、こんなにうまくいくとは思わなかったよ」

ニコラスは長いバンケットテーブルにグラスをおいた。「少々うまくいきすぎかもな。そろそろダンスが終わる。行くぞ」

「どこへ行くんだ?」ヴァレンティンはニコラスのあとについてフロアを横切った。

「妻を取り戻しにだ」ぞっとするような声でいった。「それに、彼女に興味をもっていいのはこの舞踏室のなかだけだということを、皇帝陛下がわきまえているかどうかもたしかめないと」

「でも、こんなにうまくいっているのに」ヴァレンティンは文句をいった。「馴れ馴れしいふるまいは絶対に許さないっていてシルヴァーもいっていたじゃないか。ここは彼女にまかせて——」ニコラスの身も凍るような視線に気づいて、言葉を飲みこんだ。「わかったよ。一晩でこれだけの勝利を収められればじゅうぶんだ」

「なにが勝利かは、とらえかたによるかもしれないがね」音楽がやんだ。ニコラスは三歩でシルヴァーとアレクサンドルの横に立った。そして皇帝にお辞儀をした。「陛下」

ニコラスを見てアレクサンドルの顔から笑みが消えていった。「なにか用かな、ニコラス?」

「妻を取り戻しにきただけです、陛下。シルヴァーはまだダンスに慣れていないもので。疲れたのではないかと思ったものですから」

アレクサンドルの視線がシルヴァーに向いた。「気づかなかったぞ。わたしには元気いっぱいに見えるがね」

「きっとそう見えるだけでしょう」腕を伸ばし、アレクサンドルの手からシルヴァーの手をゆっくり引き抜いた。「人生のさまざまな局面がそうであるように。そうではありませんか、陛下？」

皇帝は急に疲れたような顔になった。「たしかにそうだな。なにが真実でなにが嘘か、確信がもてたためしはない」

「それなら嘘つきをまわりに近づけないよう気をつけるべきだわ」シルヴァーがいった。

ヴァレンティンが鋭い音をさせて息を吸い、半歩前に出た。

アレクサンドルの表情が曇った。「このわたしが愚かだといっているのか？」

「信用できない人たちをまわりにおいておくような人は賢いとはいえないでしょう」彼女は皇帝の目をまっすぐに見た。「なぜ追い払わないの？」

皇帝の顔にゆっくりと笑みが広がった。「きみにかかると、ひどく簡単に聞こえるな。嘘と真実を、不名誉と名誉を取り替える。まずはきみからはじめるべきかもしれないな。シルヴァー・サヴロン、きみはわたしに嘘をつくか？」

シルヴァーは首を左右に振った。「嘘は大嫌いよ」

「わたしもだ」アレクサンドルはニコラスに顔を向けた。「すばらしい妻を娶《めと》ったな。彼女は並はずれた女性だ」

「そう聞いても驚きませんね」ニコラスは見せつけるようにシルヴァーの手を強く握った。

「シルヴァーが非凡な才能に恵まれていることは、目の見えない男にでもわかりますから」

皇帝のくちびるが真一文字になった。「変わらないな、ニコラス。あいかわらず無礼な男だ」そこでシルヴァーに目を戻し、表情をやわらげた。「だが今回は許してやろう。きみの花嫁ほど美しい装飾品が、わたしの宮廷にもたらされることはめったにないからな」

「わたしの妻が飾るのは宮廷であって、陛下ではないことをお忘れなきように」ニコラスは無遠慮にいった。

ヴァレンティンが口のなかでもごもごとなにかつぶやいた。

アレクサンドルの口元がこわばった。「言葉がすぎるぞ。おまえは――」

「嘘はいわない」シルヴァーはすかさずいった。「正直だわ」

「傲慢だ」アレクサンドルはつけ加えた。それからしぶしぶ笑顔になった。「しかしそうだな、欠点の多い男ではあるが、きみの夫は一度としてわたしに対して気持ちを偽ったことがない。とはいえ、美しいご婦人の口から語られる真実のほうがずっと受け入れやすいがね」

皇帝は軽く頭を下げてお辞儀をした。「宮廷のすべての社交行事でお目にかかれることを期待していますよ、サヴロン公爵夫人」

「ではわたしの頼みをきいてくださるの？」シルヴァーはいった。

「先ほどの話のことか？　むしろこちらからお願いしたいくらいだよ」皇帝は目を輝かせた。

「このシーズンはきわめて興味深いものになりそうだ」くるりと向きを変え、大股でその場を離れると、たちまちとりまきたちに囲まれた。

ヴァレンティンが盛大に息を吐いた。「やれやれ。終わってほっとした。きみたちのどちらか、あるいはふたりまとめて、いまにも一番深い地下牢に放り込まれるんじゃないかとひやひやしたよ」染みひとつない真っ白なハンカチーフを取りだし、額に浮かんだ玉の汗をぬぐった。「これ以上関わりあうのはごめんだな。心臓に悪い」

「ばかね」シルヴァーはいった。「すごくうまくいったじゃないの。でも皇后の名前はマリアだということは教えておいてほしかったわね」

「なんでだ?」ヴァレンティンは警戒するような口調でいった。「きみは知っていると思っていたけど」

「誰も教えてくれないのにどうしてわかるの?」もっともな質問をした。「皇帝は妻に驚くほど忠実だとあなたがいっていたと話したら、彼、ものすごくびっくりしたのよ」

ニコラスが目を細め、探るようにシルヴァーを見た。「どういう話の流れでその発言になったのか、ぜひ知りたいもんだな」

「ぜひ宮廷のなかを全部案内してほしいと頼んだら、皇帝が、それはつまり自分と――」

「流れなんかどうでもいい」ヴァレンティンが話をさえぎった。「シルヴァーはアレクサンドルに愛人のことを話したんだぞ、くそ」

「だって、エカテリーナというのが彼の愛人だなんて知らなかったんだもの。陛下がきちんと説明してくれるまでは、てっきり皇后だと思っていたのよ。あなたがはっきりさせないから悪いのよ、ヴァレンティン」

ニコラスは急にくちびるをひくひくさせた。「そうだ、ヴァレンティン、おまえが悪い」

「なんてこった」ヴァレンティンはうめいた。「皇帝に地下牢に放り込まれるのはこのぼくだな」

「ばかなこといわないで」シルヴァーがいらだたしげな声をあげた。「妻に忠実な男なんてめったにいないし、あなたもふつうの男と同じだってわたしが話したら、皇帝はちっとも怒らなかったわ」

「ロシア皇帝がふつうの男と同じ」ヴァレンティンは呆然とくり返した。

「でもそうでしょう？」シルヴァーは眉根を寄せた。「皇帝はそんなに悪い人には見えなかったわ。わたしを見ていると、その昔学校まで会いにいっていたころのエカテリーナを思いだすんですって」

「そいつは……すばらしい」ヴァレンティンの声は弱々しかった。

「なぜそんなおかしな顔をするのかわからない。計画どおりにうまくいったっていうのに」

「ぼくの計画とは違うけどね」ヴァレンティンはまたハンカチーフで額をぬぐった。「もっと無難に、段階を踏むはずだったのに」

「あなたのやりかたでいくわけにはいかなかったのよ」シルヴァーは困った顔をした。「わからない？　小細工をして彼に近づいたりすれば、わたしも彼が話していたとりまきたちと同じになってしまう。でもわたしはあのひとたちとは違う。彼に頼みたいことがあっても、そのために嘘をつくのはいやなの」

「ああ、よくわかる」シルヴァーを見つめるニコラスの顔からはきびしい表情がすっかり消えていた。「もっと前に気づくべきだったよ」

シルヴァーはニコラスを振り向き、ふたりの目が合った。「わかってくれるの?」

「ああ」

「ふん、ぼくはそこまで理想主義者じゃないね」ヴァレンティンはいった。「それに、こんな危険な橋を渡るのは愚の骨頂だと――」そこではたと口を閉じた。シルヴァーもニコラスも、あきらかに聞いていなかった。ただたがいに見つめ合い、ふたりだけの世界で、複雑にからみあう熱い思いを交わしていた。「ニコラス、きみはそろそろ消える時間だ」

「それがどうした」ニコラスは静かにいい、その目はまだシルヴァーの目を見つめていた。

「妻とダンスをする時間だ」

ヴァレンティンは顔をしかめた。「それはまずいんじゃないかな。もうすでに皇帝を相手に野暮な独占欲を発揮しているんだ。次はシルヴァーにダンスを申し込んでも、剣やピストルをもったきみと決闘に及ぶ心配はないということを宮廷の紳士諸君に示さないと。もしもそんなふうに思われたら、いままでの努力が水の泡だ」

「それでもべつにかまわないじゃないか」ニコラスの声はやさしくなだめすかすようで、あきらかにシルヴァーだけに話しかけていた。「きみがしたいのはそんなことじゃないだろう」

それから彼女の手を口元にもっていって、手のひらにくちびるを押しつけた。彼女の手首の血管が激しく脈打っているのが見えたとたん、強烈な欲望が彼の体を揺さぶった。「もう帰ろう。きみが望んでいるものはここにはないよ」

シルヴァーの頬が赤らみ、クリスタルのような瞳がゆらめいた。「ニコラス、そんなことわからない――」

「おれにはわかる。さあ、おれといっしょに行こう」

まるで見えない糸に引かれるように、彼女はニコラスのほうに足を一歩踏みだした。

ヴァレンティンがため息をついた。「きみを宮廷の人気者にする計画もこれでおしまいだな」そういうと、向こうに行きかけた。「馬車をまわすよう従僕にいってくる」

「いいえ」シルヴァーの声は、囁きとほとんど変わらなかった。彼女は十分の一秒ほど目を閉じていたが、まぶたをあげたときにはやわらいだ表情はすっかり消えて苦悩の色だけが残っていた。「いいえ、わたしは残る。あなたの思い違いよ、わたしの欲しいものはここにあるし、それをこの手にするまでは誰もわたしを止められない」彼女はニコラスに握られていた手をほどいてうしろに下がった。「ヴァレンティンがしてはいけないと思うなら、あなたとは踊らない。それに帰るつもりもない。でもあなたはヴァレンティンのいうように帰ったほうがいいと思う」

ニコラスはじっと押し黙り、その緊張と怒りは手を伸ばせばふれられそうだった。「わかった」そういうとくるりと向きを変え、混みあったフロアからつかつかと歩き去った。

　ニコラスのうしろ姿を見つめながら、シルヴァーはぶるっと身震いした。シャンデリアに立てたキャンドルの明かりが、ニコラスの髪を黄金色の炎に変える。彼が激怒しているのがわかった。いまにも稲妻を投げつけようとしているゼウスのように。でもほんの一瞬前は太陽に照らされたアポロンだった。あたたかくて、やさしさに満ちていて、その輝きのなかに引き込まれそうになるのをこらえるのはほとんど不可能に思えた。それでもこらえつづけなければ。ニコラスのことをもう少し知るまでは、彼を信じることはできない。

「なんなら考えなおしてもいいんだよ」彼女の視線を追いながらヴァレンティンがやさしい声でいった。「ニコラスは機嫌を損ねたらしい。そうなると、いろいろとやりにくくなる」

「いいえ、あなたの思い過ごしよ。考えなおす気はないわ」シルヴァーはニコラスから視線を剥がして無理に笑った。「それで、次はなに？」

「なんとかして」ナターリヤは目をぎらぎらさせて、寝室を行ったり来たりした。「聞いているの？　これ以上我慢できない」

　モンティースは平然と彼女を見つめた。「なにも問題はないと思うが」

「問題はないですって？」ナターリヤはさっと彼に向きなおった。「あの女はあたくしの人生を耐えがたいものにしているのよ。アレクサンドルのばかときたらあんな女をちやほやして、そうなればまわりは当然彼に倣《なら》う」彼女は大きく息を吸い込んだ。「彼女に倣う。そしてあの売女はあからさまにあたくしを嫌っているわ」

モンティースが薄ら笑いを浮かべた。「つまりきみはお友達から仲間はずれにされているわけか。気の毒に」

「笑いごとじゃない」ナターリヤは嚙みついた。「あたくしがあんな連中のことを気にするとでも思うの？　あの人たちのことはどうでもいい。でも何年もかかって手に入れたものをあの野蛮人に奪われるのは我慢できない」

「それでペスコフにいってわたしを呼びつけたのか」モンティースは椅子にふんぞり返った。

「なんとかしてちょうだい」

「いまの状態はそう長くはつづかない」

「もう三週間になるのよ」

「気が短いな。じきにシルヴァー・サヴロンには社交界での勝利の数々をきみから奪うこと以外に考えることができる」

「いつ？」

モンティースは返事をするかわりにただ微笑んだ。

「知る必要があるのよ」ナターリヤは体の脇で両こぶしを握った。「教えなさい」

モンティースのくちびるから笑みが消えた。「教えろ？　わたしに命令はできないぞ、ナターリヤ」

「あたくしを助けてちょうだい。あなたならできる。あなたがいえばみんな聞くわ」

「ああ、できるとも」そこで間をおいた。「だがやらないことに決めたのだ。なぜだかわかるか？」

「理由なんかどうでもいい。さっさと――」

「黙れ」口調こそやわらかかったが、その迫力にナターリヤは思わずあとずさった。「わたしの話を聞くんだ」

ナターリヤの反抗心がむくむくと頭をもたげた。この男の言葉に従うつもりはないわ。あたくしは誰にも服従しない。それでも気がつくと黙って耳を貸していた。

「きみの望みを叶えないことにしたのは、身のほど知らずにもこのわたしを呼びつけたからだ、もっとも卑しい下男にでもするように」一語一語が狙いすましたように静寂のなかに落とされた。「なぜ自分から頼みにこなかった？　わたしが誰か知っているだろう。きみになにを与えられるかも」

「いまのところはなにもいただいていないわ」ナターリヤはふてくされたようにいった。

「言葉以外は」

「なんて忘れっぽい女だ」ナターリヤを見るモンティースの目が細まった。「わたしを信じないのか？」

ナターリヤは一瞬不安をおぼえた。「そうはいってないわ」

「しかし疑念はいだいている」ゆっくりと言葉を継いだ。「あるいは今朝ここにきてよかったのかもしれない。どうやらきみは迷いはじめているらしいが、それは許されないことだぞ、ナターリヤ」

彼女はモンティースをにらみつけた。「あなたがあたくしの頼んだことをしてくれれば、もう二度と迷わないわよ」

「きみは前にもそういった」彼は冷たい笑みを見せた。「きみは自分がした約束をすぐに忘れる」

「それは違うわ」

「いいや、一度思い知らされないと、これからもわたしに逆らいつづけるだろう」モンティースは優雅な物腰で立ちあがった。「やっぱり今日はきてよかった。服を脱ぐんだ、ナターリヤ」

ナターリヤは目を丸くした。「なぜ？」

「きみがこの寝室で男のために服を脱ぐのと同じ理由だ。さかるんだ、性交するんだよ」

「あたくしと寝たいの？」なぜだかモンティースのことをそういうふうに考えたことはなかった。彼はどんなときも冷静で禁欲的に見えたから肉欲にふけることなどないと思っていたのだ。ところが彼女はいま彼のことを新たな目で見ていた。欲情している男というのは無防備で、簡単に操ることができる。そしてモンティースを操る手段が手に入れば大いに役に立つだろう。ナターリヤは微笑した。「あたくしが欲しいの？」

モンティースは彼女に冷ややかな視線を浴びせた。「きみは非常に美しい、おそらくあと数年は美しいままでいられるだろう」

ナターリヤはぞっとして背筋が寒くなった。こちらが彼をコントロールしなくては。彼女は彼に一歩近づいた。「ひどい人。あたくしはあなたにやさしくしてもらいたいのに」

「やさしさなど、きみもわたしももち合わせていない。きみの美貌にもほとんど魅力は感じない。わたしを惹きつけるのはきみの飢えだ」

ナターリヤは眉を引きあげた。「飢え？」

「権力への飢えだよ。欲しいものを手に入れるためには手段を選ばない、そんなきみのやりかたには敬服している。並はずれた意志の強さだ」パールグレーのジャケットを脱ぎ、椅子の背にかけた。「だがこのごろはうぬぼれが強くなりすぎている。肉体を使って権力を手に入れてきたきみは、その武器に絶対的な力があると思っている」

「だってそうなんだもの」彼女が髪に手を伸ばしてピンを抜くと、黄金色の髪がほどけてきらめく川のように背中に広がった。彼女は誘惑するように微笑んだ。「証明させて」

「いまからそうさせてやる」ベストを脱ぎ、ジャケットの上にきちんと重ねる。「なぜならきみは学ばなければならないからだ、わたしがきみより強いということを。セックスにおいても」

モンティースは実際、かなりのハンサムだわ。ナターリヤは客観的な目で考えた。このぶんならどうやら楽しめそうだし、終わったときには欲しいものが手に入る。彼女はブルーのビロードのローブのボタンをはずしはじめた。「でもまずはあなたの武器をあたくしにちょうだい」甘い声でいった。「きっと勝つより負けるほうがずっと楽しいことがわかってよ」

ナターリヤがすすり泣く耳障りな音を聞いているのはじつに心地がいい、とモンティースは思った。このままベッドに横になってもう少し勝利を味わっていたいところだが、それでは自制に欠けるし、やさしい気持ちになったのだと彼女に勘違いさせてしまうかもしれない。彼はベッドに起きあがり、さっさと床に足をおろした。

「どこへいらっしゃるの？」ナターリヤが片方の肘をついて体を起こして彼を見た。

「きみの泣き声が気に障ってね」彼は嘘をいった。「お楽しみは終わりだ。帰るよ」そういうと服を着はじめた。「きみはなかなかのものだった。将来利用させてもらうかもしれない」ちらりと流し目を送り、ナターリヤの裸体に震えが走るのを見て微笑した。「いやいや、わたしの相手をさせようというわけじゃない。こうしてしっかり調教されたあとでは、きみと寝てもつまらないからな。しかしほかの男たちは簡単に満足するだろう。どうだ、ナターリヤ、もしもわたしがある人物を誘惑してほしいといったら、きみはそれに従うか？」

彼女は答えなかった。

モンティースはベストのボタンをはめてから彼女のほうに顔を向けた。「従うか？」

彼女は上掛けに目を落とした。「はい」くぐもった声でいった。

「どんな相手でも？　かならず受け入れるか？　たとえどんなにいやな男でも？」

「はい」

歓喜が波のように押し寄せ、心が浮き立ち、体まで大きくなった気がした。「わたしにいわれたことはなんでもするか？」

「はい」

「今後わたしになにかしてもらいたいときは、自分からわたしのもとに出向くか？」やさしく尋ねた。「もう二度とわたしに命令しないか？」

「二度とあなたに命令しません」ナターリヤはぼうっとした声でくり返した。

モンティースは手際よくクラバットを結び、ジャケットを羽織った。「よろしい」にっこり笑った。「このままわたしを満足させつづけてくれれば、きみがなによりも欲しがっているものを与えよう」

「ありがとうございます」彼女はシーツにさっと手を伸ばして体を隠した。そのどこか捨て鉢なしぐさに、モンティースはまたしても満足感をおぼえた。

「しかしながら、もう少し待ってもらわないとならない。きみのかわいい義理の娘に、もうしばらく好きにさせてもかまわないだろうね？」

「はい、かまいません」

モンティースはテーブルから帽子と手袋を取りあげた。「合意に達したようでよかった。ではよい午後を、ナターリヤ。なにか指示があるときはペスコフを通じて伝える」流れるような優雅な動きでドアのほうに向かった。「喜んで従ってくれるものと確信しているよ」

「モンティース」

モンティースは振り返り、問いかけるような目をした。

彼を見つめる彼女の顔にはまぎれもない恐怖が浮かんでいた。「あなた……」言葉を切り、先をつづける勇気が出るまで待った。「あなた、あたくしになにをしたの？」

彼は微笑んだ。「おいおい、ナターリヤ、わたしがなにをしたかはわかっているはずだぞ。数えきれないほどの悦びを与えたんだ」

「いいえ」ごくりとつばを飲み込んだ。「それだけじゃなかった。あなたは……」

「なんだ？」

「あなたはあたくしを……」彼女は身震いをして黙り込んだ。

「どうやら考えがまとまらないらしいな。もう一度ベッドに戻って、わたしにわかりやすく説明してほしいか？」

「いや！」彼女は恐怖に駆られてベッドのヘッドボードのところまであとずさった。

モンティースは彼女の視線をとらえた。「その必要はないね」やさしくきいた。「なぜならわたしになにをされたかきみは知っているからだ」彼はいったん言葉を切った。「それにわたしが誰かも。ではまた《オー・ルヴォワール》、ナターリヤ」

モンティースがドアを閉めて出ていったのを見届けると、彼女はシーツのなかにもぐり込んで体をボールのように丸めた。彼になにをされたかは知っているし、そのことはけっして忘れないだろう。

なぜなら絶対に忘れられないようなことをモンティースがしたから。

7

「わたしのおっぱいから手をどかさないと、その手にナイフを突き刺すわよ、デニス」シルヴァーははっきりいった。「あなたは剣の達人だとかうぬぼれているらしいけど、手の腱を切られたら武器を扱うのはさぞかしむずかしいでしょうね」

デニス・ステファン伯爵はあいまいに笑った。「冗談だよね」だがシルヴァーと目が合うと、たちまち彼女の胸から手を引っ込めた。「悪気はなかったんだよ。きみが舞踏室を抜けだしてうちの温室が見たいというもんだから、てっきり……」

「わたしが見たかったのはあなたの桜の木で、ズボンの中身じゃないわ」シルヴァーはそっけなかった。「一面雪と氷だらけのこんなところで花や果物が育つなんてすごいって思ったのよ」彼女はガラスでおおわれた広い庭にちらりと目をやった。「やっぱりすごいわ。すごくいいかおり。ドアの横で咲いているあの花はなに？」

「ヒヤシンスだよ」答えるあいだも、伯爵は熱い視線をシルヴァーの顔に注いでいた。「シルヴァー、きみだってぼくに気があるはずだ。きみと同じ馬車に乗るのをぼくに許したり、ダンスの相手や、きみを橇《そり》遊びに連れていったことだって……」

「あなたはほかの人たちみたいにわたしを怒らせるようなことをしないし、それに女が夫以外の男性にエスコートを頼むのは社交界のしきたりよ」彼女は桜並木のあいだの小道を歩きはじめた。「こんな建物をつくるなんて、あなたのお父さんはすごく気がきいているのね。冬にサクランボだなんて。クリスタル・アイランドに少し送ってくれる？　サクランボは大好きなの」

「明日送ろう」シルヴァーのあとを追いながら約束した。「きみは残酷な人だ。ぼくがきみを欲しいのと同じくらいにきみもぼくが欲しいと、どうして認めないんだ？」

彼女はびっくりして彼を見た。「それはあなたが欲しくないからで、それなのに欲しいということのほうがはるかに残酷でしょう。あなただって、わたしのことを本気で好きなわけじゃない。夏のあいだはナターリヤ・サヴロンのあとを追いかけまわしていたし、その数カ月前はマリナ・コワルスキーにお熱だったと聞いたわよ」

ステファンの若々しい顔が赤く染まった。「男の昔の過ちを蒸し返すのは反則だよ。それに、この気持ちはいままでのとは違う」

「来月まではね」シルヴァーはうっすら笑った。「でなきゃ次のシーズンまで。なぜわたしがあなたを選んだと思うの？　あなたがわたしを好きでいるのだって、せいぜいこの枝のサクランボが終わるまでというところよ」

「そんなことはない。きみの夫の愛情がつづかないからって、ぼくも同じだということにはならない」

思いがけないその言葉に不意をつかれ、全身が氷のように冷たくなった。シルヴァーは顔をそらし、急いで表情を消した。「ニコラスの話はしたくない」

「彼はきみを愛していない」ステファンは彼女に一歩近づき、むきだしの肩を両手でつかんだ。「愛していたら、あんなふうにきみを無視したりしないよ」

「べつに無視してないわよ。どの舞踏会へもエスコートしてくれるわ」

「そしてきみを残してほかの女とダンスをして、トランプをして、それに――」

「たいしたことじゃないでしょう」

「ぼくは絶対にきみをひとりにしない」ステファンは甘く迫った。「いつもきみのそばにいて、きみの笑い声を聞いて、動くきみの姿を眺める。ぼくらはきっと最高に幸せになれるよ。いっしょに屋敷へ戻ろう。書斎の入口を入って、二階にあるぼくの寝室へこっそりあがるんだ。ぼくならきみを悦ばせてあげられる。シルヴァー、ぼくにそうさせて――」

「なぜここでそうしない？」哀願するステファンの声をニコラスの言葉がサーベルのように断ち切った。

シルヴァーの視線が、ステファンを通り越してふたりの背後の小道に立つニコラスに飛んだ。その腕にはシルヴァーの黒貂のマントが下がっている。ニコラスの顔に黒々とした感情が表われているのが見えた。怒り。死。彼女はとっさにステファンから離れた。

ニコラスが、獲物に忍び寄るピューマのなめらかさで前に一歩踏みだした。「わざわざ屋敷に戻るまでもないだろう」おだやかな声でいった。「温室が寒いといけないと思ってシルヴァーにマントをもってきたんだが、実際はかなりあたたかいんだな。桜の花の下で愛し合う素朴さを、シルヴァーはきっと気に入るはずだ」

「誤解よ」シルヴァーは静かにいった。「わたしたちはここにやりにきたわけじゃない」

「そうなのか？」その口調はシルクのようになめらかだった。「そのドアを入ってきたときにおれが受けた印象は違ったが。てっきり妻の不貞をこの目で見ることになると思ったよ。あまりうれしいことじゃないな、シルヴァー」

その瞬間のニコラスは氷の下で燃えあがる炎、サテンに包まれた短剣だった。シルヴァーは舌でくちびるを湿らせた。「彼はほんの子どもじゃないの」

ステファンが憤然とした。「ぼくはきみより二歳上だぞ、シルヴァー」前に進みでて、ニコラスとにらみ合う。「やるか？」

「やめて」シルヴァーはぴしゃりというと、急いでふたりのあいだに割って入った。「ばかばかしい。なにもなかったのよ、ニコラス」彼女はせせら笑った。「あなたの名誉には傷ひとつついていないわ」

「今夜のところはたぶんな」

「もう、いいかげんにして」シルヴァーの声がいらだちをはらんだ。「わたしの約束が欲しいの？　あなたの名前を汚すようなまねはしないといったはずだし、実際していないわ」

ニコラスの目が探るようにシルヴァーの顔を見つめ、やがて張りつめていた筋肉がわずかにゆるんだ。「それは賢明だったな」彼はあごをドアのほうにしゃくった。「ふたりだけにしてくれ、ステファン」

ステファンは心配そうな顔でシルヴァーをちらりと見た。「ぼくはここに残る。シルヴァーには――」

「シルヴァーの心配はおれがする。本音をいえば、おれもきみに残ってほしいんだ。そうすればきみを殺す理由ができるからな」彼は視線をステファンに移し、ニコラスの瞳の奥に見えたものに伯爵は目を丸くした。「いまのおれは誰かを殺したい気分なんだ」

「行って、デニス」シルヴァーはあわてていった。「これはあなたには関係のないことよ。あなたにもう用はないわ」

若い伯爵は目に見えてほっとしていた。「まあ、きみがそういうなら」ニコラスに近づかないように用心しながら、そそくさとドアのほうへ向かう。「でももしもぼくの助けがいるようなら……」いい終えるより先にドアが閉まった。

ニコラスはくちびるを歪めた。「次に愛人を選ぶときは、もっと骨のあるやつにするんだな」

「彼はほんの子どもだといったでしょう」シルヴァーは怒った顔をした。「それにデニスはわたしの愛人じゃない。彼にとってはただのゲームなの。宮廷の人たち全員が同じゲームをしているのよ」

「それは誰よりおれがよく知っている。しかし、ときには深入りすることもある」

「だから違うといったでしょう」

「どうだか」ニコラスは一歩近づいた。「きみはそのゲームにどれだけ入れ込んでいるんだ、シルヴァー？　きみはもう欲しいものを手に入れたはずだ。いまではラ・ベル・ソヴァージュ、皇帝のお気に入りの〝美しき野蛮人〟だからな。そこまで登りつめるには、おれに見えないところで相当の代償を払ったんだろう」

「体で払ったとでもいいたいの。わたしは娼婦じゃないわ、ニコラス」

「ああ、だが男の手にふれられるのは好きだろう」黒い瞳がシルヴァーの顔をじっと見据えた。「それに男がきみのなかに入って――」そこでふっと言葉を切ると大きく息を吸った。

「そうされるのが好きでたまらないことは知っているんだ、シルヴァー」

でも誰とでもそうしたいわけじゃない。ニコラスとでなければ。あのわたしをいっぱいに満たす荒々しさ、あのリズム……。思いだすと膝から急に力が抜けた。シルヴァーはごくりとつばを飲んだ。「そろそろ舞踏室に戻るわ」

「まだだ」ニコラスはさらに一歩近づいた。「だんだんここが気に入ってきた。この土や花のかおりを嗅ぐと、なにかを思いだす。わかったぞ、ミシシッピ川の岸ですごしたあの夜だ。あの夜をおぼえているか、シルヴァー？」

思いだしたくないのに記憶がどっとよみがえる。裸の背中にあたるやわらかい苔、川のにおい、火明かりに浮かびあがるニコラスの顔。わたしのなかに突き立ててはねじり、体が浮きあがるほど激しく突きあげる。急にサテンのコルセットのなかの乳房が張り、乳首が硬く尖ってシルクのキャミソールを押しあげた。「おぼえているわ」

ニコラスの視線が、シルヴァーのガウンからのぞく、胸の上のなだらかなふくらみにちらりと落ちた。「いまのその服も慎み深いとはいえないが、あの日のきみはもっと薄着だった」くちびるの端を引きあげ、ひどく官能的な笑みを浮かべた。「そのあとで一糸まとわぬ姿になった。あのきみを見てからずいぶんになる。おれはあのきみが見たいんだ」

おなかの筋肉がぎゅっと締まり、太腿のあいだがうずきだすのがわかった。体の脇に垂らした両手がゆっくりとこぶしを固める。「だめよ」

ニコラスは片方の眉を吊りあげた。「どうして？　きみはよく裸は恥ずかしいことじゃないといっていたし、そうすることでおれを悦ばせることができるんだぞ。聞いたことはないか、夫に悦びを与えるのが妻の義務だと？」シルヴァーに背を向け、小道に一番近い桜の木の下に黒貂のマントを広げた。「この毛皮はあの土手の苔よりやわらかいはずだ」黒のタキシードを脱ぎ、マントのそばに放る。「それに今回はきみが処女だということを気にする必要もない。だからきみにとってもはるかに楽しいはずだ」

「セックスはしたくない――」心得顔の彼と目が合い、シルヴァーの声がやんだ。「セックスはしない」

「いや、するね」ニコラスは意地の悪い笑みを浮かべた。「きみはおれが欲しいんだ。おれがきみを欲しいのと同じくらい、きみもおれに飢えてる。やさしくすると約束するよ」

「嘘よ、怒っているくせに」

「ああ、怒ってる」彼の目の奥を荒々しく熱いものがよぎった。「もう何週間もきみに腹を立てているし、日を追うごとに怒りは募る一方だ。怒っているし、欲求不満でぴりぴりしてもいるが、きみを傷つけるようなまねはしない。そのほうがきみは感じるかもしれないが。荒っぽいのが好きなことは否定できないだろう」

ええ、否定できない。それに気づいてシルヴァーは途方に暮れた。どんなふうでもかまわないからニコラスの好きなようにふれてほしい。荒っぽくても、やさしくても。おだやかでも、激しくても。

シルヴァーの葛藤を見て取ると、ニコラスはすかさず次の行動に出た。彼女の手をつかみ、彼がしつらえた毛皮のベッドのほうへ誘《いざな》う。「おいで」彼は囁いた。「こうしたいんだろう。もしも気に入らなかったらやめるから、約束だ」彼女の手を引いてマントの上に膝をつかせた。「おれは約束を守るよ、シルヴァー」

「知ってる」ニコラスの両手が、ガウンの背中のホックを手早くはずしていく。彼がすぐそこにいる、体温が感じられるほど近くに。その熱が彼女を溶かし、骨がぐにゃぐにゃになる。わたし、震えてる。シルヴァーはぼんやりと思った。

すべてのホックがはずされ、不意にひんやりとした空気が肌にふれた。と、ニコラスがうんざりしたような声をあげた。「ちくしょう、コルセットだ」

シルヴァーは息を弾ませて笑った。「ヴァレンティンと取引をしたのをおぼえているでしょう？　コルセットはするけどバッスルはなし」

「ヴァレンティンのくそったれ。おれの知り合いで良識のある女性はきみだけなのに、あいつはそのきみをだめにする気だ」ニコラスはわずかに体を引いた。「手がひどく震えて、これじゃこのいまいましい紐をほどくのに一生かかってしまう」彼はシルヴァーのガウンを肩から腰のあたりまで引きおろすと、彼女のウエストを細くしぼり、バストをもちあげて襟ぐりの深いシルクのキャミソールを突き破りそうなほど豊満に見せている、芯の入ったサテンのコルセットに手をふれた。「きっとなにかべつの方法が……」キャミソールの紐を肩から落とし、ゆっくりと押し下げる。するとコルセットでもちあげて谷間のできた豊かな胸が大きく弾んだ。ニコラスに見つめられて乳房がふくらむのが自分でもわかった。乳首がひどく敏感になり、呼吸をするたびにひりひりする。

彼女を見る彼の黒い目がさらに色を深めた。「そうとも、かならずべつの方法を見つける」

濁った声でそういうと、自分のシャツのボタンをはずして脱ぎ捨てた。それから両手をコルセットの上において、彼女の腰をゆっくり締めつけた。サテンの締め具を通して伝わってくる彼の手のぬくもりは、奇妙にもぞくぞくするほど官能的で、シルヴァーは鋭い音をたてて息を吸い込んだ。ニコラスの視線が彼女の胸から顔にあがる。「痛くしたか?」

「いいえ」その答えはほとんど聞き取れないほど小さかった。ウエストだけでなく喉まで彼の手で締めつけられているみたい。「ただ……窮屈な感じがしただけ」

「おれもだ」彼は細身のズボンの生地をもちあげているこわばりに目を落とした。「でもいやじゃない……ね?」

彼女は首を振った。

「それに、胸はもう締めつけられていない」彼は張りつめた乳房を両手でつかんでやさしく揺すった。シルヴァーははっと息をのみ、欲望で体じゅうの筋肉がこわばる。

「これが好きか?」彼はもう一度乳房を揺らし、彼女のくちびるが開き、顔が上気していくさまを眺めた。そしてじらすように乳首をつねった。「じゃあこれは?」

彼の頭がゆっくりと下がり、尖った乳首の片方を口に含む。最初はそっと、次にもっと強く吸った。そのままくぐもった声でいう。「これは?」

「ええ」シルヴァーは目を閉じ、呼吸をするたび乳房が上下する。「胸が……はち切れそう」

「ああ、はち切れそうなほどきれいだ」ニコラスは頬をへこませ、飢えたように乳房を吸った。「前よりさらに美しくなった。ふっくらとして。熟れてきた」

妊娠したから。その思いが、突然の霜のようにシルヴァーを凍りつかせた。わたしの体が変わったのは赤ちゃんができたから。でもその娘は死んでしまった。

シルヴァーの体がこわばり、ニコラスははっとして彼女の顔に目を向けた。「どうしたんだ？　なにかまずいことでもいったか？」

「わたしの赤ちゃん」シルヴァーはありったけの力で彼を押しのけた。「赤ちゃん」

ニコラスはたちどころに理解した。「子どもを亡くしたからといって生きるのをやめるわけにはいかないんだ、シルヴァー。あのことはもう忘れろ」

ミハイルも同じようなことをいっていたっけ。でもわたしの娘を殺した犯人を知るまでは忘れられない。まだなにもつかめていない。ニコラスが関わっているのかどうかも……。それは考えることすらつらすぎて、シルヴァーは急いで頭から締めだした。「やっぱりできないわ、ニコラス」

「なにいってるんだ。ここまできて――」そこでいうのをやめ、無言でしばらく苦悩やいらだちと闘っていた。「なあ、シルヴァー、どうしてこんなふうに自分を痛めつける？　なぜおれを痛めつける？」

シルヴァーはニコラスのほうは見ずに、急いで服の乱れをなおした。「あなたを痛めつけてるわけじゃない。ただあなたを……」シルクのスカートを揺らして立ちあがった。「あなたといたくないだけ」

ニコラスはのろのろと立ちあがった。「なぜおれといたくないんだ?」

彼女は背中を向け、ドアのほうに駆けだした。

「シルヴァー!」

彼女が振り返り、涙で濡れた目で彼を見た。「あなたを信じられない。わからない? あなたを信じることができないの」

ニコラスは殴られたような顔をした。それからくちびるを歪めて暗い笑みを浮かべた。「あれだけ時間を費やし、我慢に我慢を重ねた結果がこれか」シルヴァーを見つめるその目は、漆黒の黒玉《ジェット》のように硬かった。「いいだろう。今日のところは逃げるといい。だがいっておくぞ、シルヴァー、もしもおれといたくないならほかの誰ともいっしょにいるな。これからはおれ以外の男がきみに手をふれることすら許さない。ステファンのようにな。きみには宮廷一慎み深い妻になってもらう。おれ以外の男とふたりだけで馬車に乗ることも許さないし、もしもよその男と二分以上いっしょにいたら、皇帝の一番上の娘よりも大勢のお目付役《シャペロン》がつくことになるぞ」

怒りの炎がシルヴァーの涙をかき消した。「もしもいやだといったら?」

「きみは気に入らないだろうが」静かにいった。「それよりもっときびしいやりかたで、おれの火の鳥を飼い慣らす」

「脅すの？」シルヴァーはぎらぎらした目で彼をにらんだ。「こっちはあなたがジプシー女や、あのいやらしい目をした公爵夫人たちの前で慎み深くしているところなんて見たことがないけど、それに……」いったん声が途切れ、すぐに早口でいいたてた。「わたしはあなたの火の鳥じゃない。わたしはシルヴァー・ダヴ・ディレイニィよ」

「きみはシルヴァー・サヴロンだ」冷ややかな声で告げた。「それをよくおぼえておくんだな」

「知るもんですか！」温室の窓ガラスが割れるかというほどの勢いでドアが叩きつけられた。

ニコラスは大きく息を吸って荒ぶる気持ちをかろうじて抑え込み、シャツをひっつかんで乱暴に羽織った。シルヴァーなんかくそ食らえ。腑《はらわた》がねじれるほどの欲望も、胸に突き刺さり、飢えるほどの欲望よりさらにおれをいらだたせる彼女の言葉もくそ食らえだ。なぜ彼女はおれを信じられない？　おれがまた彼女を妊娠させて、その子どもも流れてしまって、またも絶望の深い井戸に投げ込まれることを恐れているのか？

そう思うと、せつないほどの哀れみが湧きあがり、爆発しそうな怒りと嫉妬を冷ました。辛抱するんだ、自分にそういいきかせる。シルヴァーにもっと時間をやって、おれへの不信感と疑念という迷路から抜けだす道を見つけるのを待とう。

ニコラスはぎくしゃくとタキシードを羽織った。とはいえ早く見つけたほうがいいぞ、シルヴァー。さもないとおれがかわりに見つけてやる。

「きみはここにいてはいけないんだぞ」ミハイルはたしなめ、彼女の前の荒い造りの木製テーブルに熱い紅茶の入ったカップをおくと、向かいの席に腰をおろした。彼の巨体の下で、椅子が抗議の声をあげた。「橇遊びがしたいなら、貴族の屋敷にあるスライドに行かないと。ここは平民用だ」

「だったら混血にはぴったりじゃない」シルヴァーは皮肉っぽくいった。「ここのほうが好きなのよ。ここにいる人たちは、楽しんでいることを表に出すのを怖がらないから。でもね、今日はわたしが橇をしにきたんじゃないの。エテインを連れてきたのよ」彼女は通りをはさんでティーショップの向かいにある、長さ十メートルほどの木製スライドのてっぺんに目をやり、橇に乗ってスリル満点の氷の滑降に挑もうとしているエテインに手を振った。エテインはにっこり笑って手を振り返すと、橇の前の取っ手を握った。

「だって宮廷の紳士やレディがサーカスの興行主の娘を歓迎すると思う？　あの人たちがわたしを受け入れたのだって、わたしの変人ぶりがおもしろかっただけだし。エテインが傷つくようなことはさせられない」

「きみが守ろうとしているのはエテインだとは気づかなかったよ」ミハイルは思うところがあるような目でシルヴァーの顔を見つめた。「以前のきみなら彼らのところに殴り込んで、なんとしてもエテインを受け入れさせただろうに」

「そんなことをしたら最初に傷つくのはエテインよ。子どもにつらい思いをさせてまで受け入れてもらう価値はあの人たちにはないわ」シルヴァーは紅茶をひと口飲むと話題を変えた。「店の反対側にいるふたりの女性が見える？　ひとりはピンクの服、もうひとりはブルーの服を着ているでしょう。あれは制服かなにかなの？　同じような服装の女性を前にも通りで見かけたけど」

　ミハイルはシルヴァーの視線を追い、店の反対側で笑いながら紅茶を飲んでいるふたりの若い女性に目を向けた。前を開けた羊の毛皮のコートから、刺繍飾りのある明るいブルーとピンクのサラファン（ロシアの女性が着る代表的な民族衣装。袖なしで丈が長いジャンパースカート風のもの）がのぞき、編んでまとめた髪には、服と同じブルーやピンクのビロードの髪飾り、ココシュニクを巻いている。ミハイルはためらった。「ああ、あれは制服だ」

「なんの制服？　どこかのお屋敷のメイド？　うちのメイドはあんな服は着ていないけど」

「いや、彼女たちはメイドじゃない」

「だったらなに――」ミハイルの顔を見て、びっくりして言葉を切った。「わたしにいえないのね。なにを心配しているの？」そのとき、不意にわかった。「彼女たちは子守なのね？」囁くような声でいった。

　ミハイルはうなずいた。「乳母だ。あれは乳母が着る伝統的な制服だ。ピンクを着ている女性は女の赤ん坊に、ブルーの女性は男の子にお乳をやる。首につけている琥珀《こはく》のネックレスは病除けのお守りだ」

　予期していた答えではあったものの、やっぱり悲しみがこみあげた。「そんな心配そうな顔はしないで。いつかは誰かの口から聞いていたでしょうしね」彼女は目を伏せた。「大丈夫よ、ミハイル。まだ胸は痛むけど古傷がうずくという程度で、どくどくと血が流れているわけじゃないから。あの子のことは悲しみではなく愛情をもって考えるようにしているの。わたしの娘は愛されて当然だもの」

「それはいいことだ。きみはこの何カ月かでずいぶん多くのことを学んだんだな」

「でもまだじゅうぶんじゃない」シルヴァーは氷でおおわれた斜面を飛ぶように滑っていくエテインの橇からミハイルの顔にさっと視線を移した。「娘を殺した犯人への怒りはいまも消えていないし、手がかりを求めて宮廷にあがったのにまだなにもつかめていない。あの医者と彼がしていたことを誰も知らないのか、でなければ知っていてもわたしに話そうとしないかよ」木のカップをもつ手に力がこもった。「だけどあなたはなにか知ってる。お願い、わたしに手を貸して」

「それはできない」ミハイルは静かに告げた。「話せることはすべて話したよ、シルヴァー」

「でもまだ足りない」いらだったように声をあげた。「なぜなの？　誰をかばっているの、ミハイル？」

　ミハイルはエテインのほうに顔をめぐらせた。少女は斜面を降りきったところに立って笑い声をあげていた。「誰かをかばっているといったおぼえはないが」

恐怖がシルヴァーに襲いかかった。ミハイルがかばうとしたら、それはニコラス以外にありえないんじゃ？「教えて、ミハイル」

「エテインのやつ、もう一度列に並ぶつもりだ。もうしばらくここにいることになりそうだな」ミハイルはシルヴァーのカップをちらりと見た。「紅茶のお代わりをもらってこよう」

ミハイルはこれ以上話すつもりはないんだわ。そう察して、いらだちに安堵が混じった。

彼が口をつぐんでいるかぎり、ニコラスが犯人かどうかを知らないですむ。「いらない、まだ半分残っているから」

「本当に？体をあたためるものがないと、ここは冷えるぞ。風邪でもひいたらニコラスが——」

「やめて」ぴしゃりといった。「甘やかしてもらわなくてけっこうよ」苦笑いを浮かべた。

「どうせニコラスにいわれたんでしょう、わたしのそばにくっついて、わたしが家名を汚すようなことをしでかさないように目を光らせていろって」

巨漢のコサックはもじもじと体を動かし、椅子がまた悲鳴をあげた。「シルヴァー、おれだってこんなことはしたくない——」

シルヴァーは片手をあげて黙らせた。「わかってるわ。あなたに選択の余地がないことは」

そういうと、急に大胆な笑いを浮かべた。「それにステファン伯爵か誰かとふたりきりで会いたくなったら、そのときはたとえニコラスが宮殿じゅうの衛兵を見張りにつけても会いにいくもの。いまはその気にならないだけ」

「そういうことはしないでもらいたいな」ミハイルは困った顔をした。「最近のニコラスは――」ためらったあとでいい終えた。「気分が変わりやすいんだ」

「それは知らなかったわ」シルヴァーは冷ややかに笑った。「この二週間、ニコラスはわたしとは二、三言以上は言葉を交わさないと決めているみたいだから。わたしはべつにかまわないけど、皇帝はニコラスがなぜ冬の宮殿よりアポセカリー島に魅力を感じるのか不思議がっていたわ」

「島のほうがくつろげるんだろう」

「たっぷりした太腿のジプシー女といっしょに?」シルヴァーは残った紅茶をひと息に飲み干した。「べつに気にしてるわけじゃないけど。ニコラスが誰と寝ようと関係ないし」音をたててカップをおいた。「ジプシーだろうと公爵夫人だろうと――」ミハイルがはっと体をこわばらせるのを見て、途中で言葉をのみ込んだ。「どうかしたの?」

「モンティースだ」ミハイルははじかれたように立ちあがりドアのほうに急いだ。「橇の列に並んでいるエテインの横に立っている」

「なんですって」シルヴァーの視線が、スライドにつづく階段の前に連なる行列へ飛んだ。モンティースは灰白色のキツネの襟飾りがついたグレーのマントを羽織り、ホワイトゴールドの髪を日射しにきらめかせて、いかにも満足そうな顔をして娘に笑いかけていた。と、彼が形のいい手を伸ばしてエテインの頬にふれた。「やめて！」シルヴァーはミハイルを追って駆けだし、一頭立ての辻馬車《ドロシュケ》をすんでのところでよけて氷の張った通りを急いで渡った。

「エテイン！」

その声にエテインとモンティースがともに顔をあげ、エテインはほっとした表情を見せたが、父親の顔にはなんの表情も表われていなかった。

ミハイルは横滑りしながら止まるとエテインを抱きあげた。「そろそろ帰ったほうがよさそうだ。ここはきみには寒すぎる」

「どうやら保護者がいるようだな」モンティースが低い声でつぶやいた。「この牛のような男ならわたしをおまえから遠ざけておけるとサヴロンは考えているのか、エテイン？」

シルヴァーはミハイルに追いつくと、エテインが返事をするより先にいった。「ここでなにをしているの、モンティース？」

「街なかの通りをぶらついてはいけないという法律でもあるのかね」モンティースの目は片時もエテインの顔から離れなかった。「自分のサーカスのライオン使いと立ち話をしてはいけないと？　わたしに会えなくて淋しかったか、エテイン？」

「いいえ」エテインは恐れることなく父親を見あげた。「それにあなたのところに戻るつもりもありません。絶対に」

「おお、その意志の固さ。その勇気。かなり進歩しているじゃないか」彼は心底うれしそうに微笑んだ。「ここまで向上しているとは思わなかった。もういつでも戻ってこられそうだ」

「あいにくだが」エテインの体にまわしたミハイルの腕に力がこもった。「彼女はおまえとはどこにも行かない」

モンティースはミハイルを無視し、満足げな表情でエテインを見つめた。「ああ、もういつでもいい」静かな声でくり返した。「きみにおめでとうをいうよ、シルヴァー」

「なんのことだかさっぱりわからないけど」シルヴァーはじれたようにいった。「これからもエテインには近づかないで、さもないと――」

「エテインはなんのことだかわかっているよ。そうだね、おまえ？」

エテインはまっすぐに彼の目を見た。「ええ」

モンティースの笑みが大きくなる。「しかし恐れてはいない？」

エテインは震える息を吸い込んだ。「ええ」

「もちろんそうだろうとも。おまえにはわたしの血が流れているのだから」

父と娘が交わす言葉の裏にあるなにかが、シルヴァーをぞっとさせた。「モンティース、絶対にエテインに近づかないで――」そのときモンティースがこちらに顔を向け、シルヴァーは声を失った。彼の明るい色の目は虚無をたたえ……がらんどうなのに、得体の知れないなにかがあった。

「きみの意向などどうでもいいんだ、シルヴァー。きみはわたしに必要だったものを与えてくれた。わたしが思ったとおりに。だからエテインがきみのところへ行くのを許したんだ」

「もしもエテインを奪おうとしたら、わたしはあなたと闘う」シルヴァーは猛然といった。

「それは初めからわかっていた、セントルイスのサーカスで初めてきみを見たときからね。わたしたちの闘いの火蓋がいつ切られるかは、単に時間の問題だったんだよ。闘いたまえ。きっと楽しめることだろう」しばしの間。「しかし勝つのはわたしだ、シルヴァー。きみがどうあがこうとわたしが勝つよ」モンティースはエテインに向きなおった。「また会おう」

そういうと、彼はさっさとその場を離れ、スライドのまわりの人ごみを、まるで熱したナイフでバターを切るようにすんなり抜けて、大股で歩き去った。

シルヴァーは精も根もつき果てて、膝ががくがくしていた。モンティースの力のオーラが、彼が視界から消えたあともまだあたりに残っている。

「あの人、今度こそわたしを殺すつもりよ」エテインの声は、不思議なほど淡々としていた。

「いいや」ミハイルがいった。「おれたちがきみに指一本ふれさせない」

「いくらあなたたちでも彼を止めることはできないかもしれない」エテインは舌先でくちびるを湿らせた。「彼は変わった。前より強くなったわ」

エテインのいうとおりだ。そう気づいて、シルヴァーは急にパニックに襲われた。モンティースはいままでと違った。まるで慎重におおい隠していた内なる光が、ついに炸裂したかのようだった。シルヴァーは吐き気がするほどの恐怖でいっぱいになった。「わたしたちがかならず彼を止める。でもそれまでは、あなたはクリスタル・アイランドを出ないほうがいいわね」彼女は無理に笑おうとした。「そうだ、ニコラスに頼んでお城のなかに氷のスライドをつくってもらいましょうよ」

「すてきね」エテインはあきらかにうわの空で、その目は父親が消えた人ごみに向けられたままだった。「それまでは楽しくすごしたい――」彼女はそこでいうのをやめてこちらに向きなおると、待っている三頭立ての馬橇《トロイカ》のほうへミハイルといっしょに歩いていった。

シルヴァーはまたしてもぞっとするような恐怖に襲われた。それまでって？　エテインが父親に殺されるまで？　でもそんなことはさせない。わたしたちがエテインを守って、守り抜くから、そんなことにはならない。

彼女はあわててエテインとミハイルのあとを追った。ニコラスとヴァレンティンに話さなくては。

「衛兵の数を二倍にしよう」ニコラスはてきぱきといった。「それから桟橋にも見張りをたてる。クリスタル・アイランドにいればエテインは安全だし、島を出るときはミハイルがかならずそばについているようにしよう」彼はヴァレンティンに顔を向けた。「探偵にモンテイースに関する調査を依頼して、もう数カ月だぞ。なぜいまだになんの報告もないんだ？」

ヴァレンティンは肩をすくめた。「足跡をたどろうにも、その足跡がほとんど見つからないという連絡はあった。モンティースが動く気配がなかったから連中の尻を叩かないでおいたが、じきにまたなにかいってくるはずだ」

「モンティースが過去にやったことを探りだしてなんの役に立つのよ?」シルヴァーはかっかしながらきいた。「重要なのは、彼がいまなにをするかでしょう。あいつをエテインに近づけないようにしなくちゃ」

「もちろんそうする」ニコラスは静かに告げた。「この島にいればエテインは安全だ。約束するよ、シルヴァー、エテインは絶対にモンティースに渡さない」

シルヴァーは恐怖が少しだけやわらいだ気がした。いったん約束したからには、ニコラスはどんなことをしてでもその約束を守る。彼女は震える息をほうっと吐きだした。「モンティースがひどく恐ろしくて」

ニコラスは驚いたように彼女を見た。「恐怖を感じたことを認めるなんて珍しいな」

「彼は……」シルヴァーはじれったそうに手をひらひらさせた。だめだわ、モンティースに感じたものを伝えようにも言葉が見つからない。「とにかくわたしたちでエテインのことを気をつけてやらなくちゃ、ニコラス」

「わたしたち、ね」ニコラスはくちびるを歪めた。「きみが少なくとも今回はおれを信頼する気になったことを光栄に思うべきなんだろうな」

シルヴァーは不安げな視線を彼に向けた。

ニコラスは疲れたように首を振った。「心配するな、おれたちのあいだになにがあろうと、エテインには関係のないことだ。おれもきみと同じくらいエテインを守りたいと思ってる」

シルヴァーの丸まっていた背筋がしゃんと伸び、一瞬の弱気をうち捨てた。彼女はくるりと背中を向けると、足早に書斎を出ていった。

ニコラスはいきなりデスクの上の帳簿や手紙やインク壺を手で床になぎ倒した。

ヴァレンティンが油断のない目を向けた。「いまのはエテインを心配してのことじゃないよな」

「彼女はおれに心を閉ざしてる」ニコラスは激しい調子でいった。「シルヴァーはなんだっておれを締めだすんだ?」

「たぶん彼女といっしょにすごす時間をもっと増やせばいいんじゃないかな」

ニコラスは「ハッ」と短く笑った。「それで彼女がほかの男と踊ったりいちゃついたりするのを眺めるわけか? 二週間前の晩、おれはあのステファンとかいう青二才をあやうく殺すところだったんだぞ」

「シルヴァーはいちゃついたりしない。彼女はただ……シルヴァーなんだよ」

ニコラスにはヴァレンティンのいおうとしていることがわかった。シルヴァーの魅力は技巧的なものじゃない。あの活力も情熱も美しさも自然そのものなのだ。ニコラスは椅子から腰をあげ、書斎のドアに向かった。「彼女がなにをしても、宮廷じゅうの男たちがまるでさかりのついた雌馬にでもするように彼女に鼻をこすりつけてくるんだ。いいかげん見飽きたよ。今夜の宮殿での仮面舞踏会《バル・マスク》にはおまえがシルヴァーをエスコートしてくれ」

「また〈タニアの店〉に行くのか？」

肩ごしに振り返ったニコラスの目には無謀な光が宿っていた。「ああ、そのとおり、まさに〈タニアの店〉に行くんだよ」

「今夜は長居はしないつもりよ」冬の宮殿に入っていきながらシルヴァーはヴァレンティンにいった。玄関広間はいつものように高価な毛皮をまとった男女でごった返し、シルヴァーは急に光り輝く罠に捕らわれた森の動物になった気がした。今夜は仮面舞踏会《バル・マスク》だといっていたけど、まだ誰も仮面をつけていない。それに気づいてシルヴァーはうんざりした。きっと舞踏室に入る前にこのすばらしい衣装を着ているのは誰かを確実にまわりに見せつけておきたいんだわ。「早くエテインのところに戻りたいから」

「エテインならミハイルがそばについているよ」ヴァレンティンはやさしくいった。「たとえ軍隊が襲ってこようとやつがエテインを離さないことはきみも知っているだろう」

「ええ」彼女はそわそわしていた。「それでもここにいたくないのよ。もうこういうことにはうんざり。息が詰まりそうなの」

「ポロネーズが終わるまではいるというのが礼儀なんだ。そのあとならこっそり抜けだせるよ」

シルヴァーはくちびるを歪めた。「礼儀を気にする必要がどこにあるの？　ニコラスは顔すら出していないっていうのに」

なるほどそういうことか。ニコラスがまたアポセカリー島に出かけたことをシルヴァーに無理やり白状させられたあと、彼女の様子が急に変わったことにヴァレンティンは気づいていた。クリスタル・アイランドからここにくるまで彼女はずっと黙りどおしだったが、それでも彼女の緊張と不安がひしひしと伝わってきた。まったく、ニコラスはなにを考えているんだ！　モンティースと顔を合わせたことでシルヴァーが動揺していることぐらいわかるはずなのに。「とにかくポロネーズが終わるまでいよう」ヴァレンティンはそうなだめた。

シルヴァーは面倒くさそうにうなずいた。「わかった。べつにどうでもいいわ」

ヴァレンティンはマントを脱いで従僕に渡した。「階段の最初の踊り場にドゾスキーがいる。ニコラスの弁護士なんだ、ここから抜けだす前にモンティースに関する報告書を急ぐよういっておきたい」

「そう、だったら話してきて」シルヴァーはオコジョの毛皮のマントの紐をほどいてするりと脱いだ。「さあ、行って」

ヴァレンティンは混み合った玄関の間を足早に横切り、ヨルダン階段をあがっていった。

「とてもすてきよ、あなた」

声のほうに振り返り、微笑みをたたえたカーチャ・ラズコルスキーを見て、シルヴァーは意識して気持ちを引き締めた。

「もっとも、なんの仮装をしているのかわからないけれど」伯爵夫人は絹のようにものやわらかな声でつづけた。それからシルヴァーの白のビロードのガウンの大きくふくらませたスカートに視線を向けた。スカートの裾はフリルで縁取りされた赤いペチコートといっしょにウエストに巻いた深紅のビロードの飾り帯《サッシュ》の下にたくし込まれていて、真珠をあしらった精緻な花の刺繍のある膝まで届く深紅のビロードのブーツがときおりちらりとのぞいた。「いつもとても斬新なのね。あなたにくらべたら、わたくしの衣装がひどくありふれたものに見えるわ」彼女は羊飼いの娘に扮した自分のピンクのガウンにちらりと目を落とした。「もっとも、あまり突飛すぎないほうが無難だとつねに思ってはいるけれど」

シルヴァーは辛辣な皮肉を含んだその口調に歯ぎしりをした。夏の宮殿で初めてニコラスに紹介された晩から、カーチャはなにかといえばその鉤爪でシルヴァーに襲いかかってくるのだ。けれども今夜は彼女の当てこすりにじっと耐える気分ではなかった。「わたしはディアナよ、狩猟の女神の」そっけなくいった。「もう行かないと。階段の踊り場でヴァレンティンが待っているから」

「ヴァレンティン？」ラズコルスキー伯爵夫人は、頬のラインを強調するためにわざと垂らした赤褐色のカールを指でいじった。「ニコラスじゃなく？　どうやらわたくしたちのニコラスはあなたをほったらかしにしているようね。お気の毒に。ニコラスはすばらしい恋人じゃないこと？　夫の狩猟小屋で週末をすごしたときのニコラスがどんなに美しかったか、いまでもおぼえているわ」彼女は舌先で下くちびるを濡らした。「火明かりを受けた彼の体はそれはもうなめらかで、それにあのスタミナ……ああ、まるで若い種馬のようだった。飽きることなくわたくしを求めて。もちろん、大勢の女性たちと彼を分かち合わなくてはいけなかったけれど。ニコラスは引く手あまただったから」伯爵夫人は残酷な笑みを浮かべてかすかに微笑んだ。「いまだってそう。あなたにも自分の番がまわってくるの待ってもらわなければね、シルヴァー」

目もくらむほどの怒りで視界が赤くかすみ、シルヴァーは急に耳が利かなくなった気がした。目の前の女性のくちびるが動き、さらに毒に満ちた言葉を紡ぎだしているのは見えたもののなにも聞こえなかった。

森の奥の人目につかない小屋のなかで、ニコラスがこの女と暖炉の前に横たわり、彼女のなかに何度もその身を沈め、肌を撫でまわし、あの手この手で彼女にありとあらゆる快感を――。

そんなことは考えちゃだめ。ニコラスが過去に多くの愛人とつきあっていたのは知っていたけれど、カーチャの口から微に入り細をうがった説明を聞くまでは、その女性たちをどれほど憎らしく思っているのか自分でも気づかなかった。悲しみに打ちのめされそうだったが、怒りの大火がすべてを焼き払った。シルヴァーは手にもった赤いビロードの鞭をきつく握りしめた。この女の顔を鞭で打ってやりたい、何度も何度も何度も……。

シルヴァーは憤怒と格闘した。こらえなくては。サヴロン家の名誉を汚すようなことをしてはだめ。でもニコラスはその手で百人、いいえ、たぶん千人もの愛人の肌にふれ、その耳元で愛の言葉を甘く囁いて……。

新たな痛みが胸を引き裂き、怒りが息を吹き返す。なぜニコラスの名誉を気にしなくちゃいけないの？ わたしがこうしているいまも、彼はたぶんアポセカリー島の酒場の奥の部屋かなにかでジプシー女とセックスに励んでいるのよ。なぜわたしだけが体面を保たなくてはいけないの？

カーチャの棘のあるおしゃべりはまだつづいていたが、もう耐えられなかった。「うるさい！」シルヴァーの声は怒りにわなないていた。「ニコラスがあなたの愛人だったかどうかなんてわたしが気にするとでも思うの？ わたしは――」シルヴァーはそこでくるりと向きを変え、白オコジョのマントを従僕の手からひったくった。白大理石の玄関広間をずんずんと進み、ヨルダン階段をあがる。

「シルヴァー？」彼女の顔色を見て、ヴァレンティンは話をしていた男性からこちらに向きなおった。「どうしてマントをもっているんだ？」

「ここにいるのはやめたわ」ヴァレンティンの横を通り抜け、階段に群がっているゲストに目を走らせる。そのとき二階の廊下にデニス・ステファンがいるのが目に留まり、残りの階段をあがりはじめた。

ヴァレンティンがすぐさま隣りに並んだ。「なら家まで送ろう」

「家には帰らない、それにエスコートならいるわ。あなたはこなくていい」

シルヴァーの視線の先にあるものを見て、ヴァレンティンは小声で悪態をついた。「やめろ、シルヴァー。いまのニコラスはやっとのことで自分を抑えているんだ。やつを怒らせるようなことはするな」

「怒らせる?」ヴァレンティンを振り向いたその目は、廊下を照らす数多《あまた》のろうそくの光を受けてきらめいていた。「ニコラスに伝えて。怒っているのはわたしのほうだって」

「せめてぼくについていかせてくれ。ステファンを巻き込む必要はないだろう」

「いやよ」

「シルヴァー――」ヴァレンティンはふっと声を落とし、周囲にいるゲストたちに話を聞かれないようにした。「まさか街なかにあるステファンの宿に行くようなばかなまねはしないよな?」

「ええ」シルヴァーは歯を見せて陰気に笑った。「アポセカリー島へ行くつもりよ」

8

「きっとこの店はきみの気に入らないよ」トロイカを降りるシルヴァーに手を貸しながら、ステファンは心配そうにいった。「ここは貴婦人のくる場所じゃない。ジプシーが見たいのなら〈サマルカンド・イン〉に連れていくよ。少なくともあの店は上流階級向けだからね。〈タニアの店〉は百姓やコサックや、いかがわしい女たちが集まるところなんだ」

「宮廷のレディたちはいかがわしくないと思っているの？　貞淑と呼べる女性なんて、ほとんどお目にかかったことがないけど。一週間に何人の男を股のあいだにくわえ込んだかを自慢しているような人ばかりじゃない」

ステファンが笑い声をあげた。「まったく、はっきりものをいう人だな」そこで声を落とした。「百姓どものいる店になんか入らないほうがいいよ。ぼくがどこかふたりきりになれる場所へ案内するから」

「いいえ」シルヴァーの視線は、数メートル先にある細長くて天井の低い木造の酒場に向けられていた。男たちのしゃがれた笑い声、女性のハスキーな歌声、ヴァイオリンが奏でる音楽が暗い官能のうねりとなって、ふたりのいるところまで流れてくる。「わたしが入りたいのはこの店よ。行きましょう」

ステファンは肩をすくめ、二歩遅れてあとを追った。「きみは気に入らないと思うけどな」もう一度いった。

彼の予想ははずれた。シルヴァーは実際ここが気に入った。扉を開けて、客でいっぱいの大きな部屋に足を踏み入れた瞬間から〈タニアの店〉のなにかがシルヴァーの心を揺さぶった。木を燃やすにおいも、薄暗い店内も、低い天井に十字に渡した煤《すす》けた梁《はり》のところまで立ちのぼる、物悲しい女性の歌声も好きだった。明かりといえるものは、店の奥の壁一面を占める巨大な石の暖炉で燃えている太い丸太の炎だけ。火明かりは三方の壁の上で影を踊らせ、粗雑な造りの傷だらけのテーブルのまわりに座る男女の顔をちらちらと映しだしていた。

店にいる女たちは浅黒い肌に大きな目をして、肩のあたりまであるくしゃくしゃの髪は結わずにおろしていた。みな同じような服――派手な色のスカートに、胸の谷間をたっぷりと見せつける刺繡飾りのあるブラウス――を着ている。それにくらべて、男たちの服装はさまざまだった。制服姿の兵士、おしゃれな装いの伊達男、粗末な服を着た百姓たちが、肘をつきあわせて座っていた。

と、話し声と歌とヴァイオリンの不協和音に突然木のはぜる音が混じり、椅子がひっくり返され、熊のような男ふたりがげらげら笑いながら床の上で取っ組み合いをはじめた。たしかに、とシルヴァーは思った。ニコラスがこの場所を気に入っている理由がわかる気がする。ここには気取りも嘘もなく、そして自由がある。

「出ようか？」ステファンが不安そうな声でいった。「けがをするかもしれないよ」

「大丈夫よ」シルヴァーは煙の充満した店を見まわした。「ニコラスが見える？」

　ステファンが目を丸くした。「ニコラス？　ニコラスがここにいるのか？　どうしていってくれなかったんだ？」

「いったら、いっしょにきてくれなかったでしょう。あなたは彼の妻と姦通するチャンスをつかむ気は大いにあるけど、ニコラス本人ともう一度顔を合わせるのはあまり乗り気じゃないだろうと思って」

「べつに怖くなんかない」ステファンはすかさずいった。そのあとで顔を歪めた。「いまのは嘘だ。きみの夫は剣とピストルの達人だと評判——」

「いたわ」シルヴァーはそれをさえぎった。彼女はニコラスを見つめて大いに悦に入った。彼は暖炉のそばのテーブルで、うしろ脚二本で危なっかしくバランスをとった椅子に腰かけて、ブーツを履いた片足をテーブルの端にのせていた。そして数メートル先の炉床においたスツールに座る歌手をむすっとした顔で見つめていた。すぐに彼に気づかなかったことにシルヴァーは驚いた。ニコラスは煙の立ちこめる薄暗い部屋のなかで光り輝いていた。ドスキン（雌鹿のなめし革）のチュニックとズボンはベージュというより白に近く、筋骨たくましい体にぴたりと張りついている。暖炉の火を背中に受けて、乱れた金髪が砂漠に昇る太陽のように燦《さん》然《ぜん》と輝いて見えたが、整った顔に浮かんだ表情は暗かった。ニコラスは不機嫌で、セクシーで、ひどくシニカルな顔をしていた。

「あまり機嫌がよさそうじゃないな」ステファンが不安げな声を出した。

「よかった。じきにもっと機嫌が悪くなるわよ」歌っている女性に視線を移すと、またしても怒りがこみあげた。あれがたっぷりしたおっぱいのタニア？　たしかにオフショルダーのブラウスでこれでもかというくらいに見せつけている。深くあいた襟ぐりから、もう少しで乳首が見えそうじゃないの。シルヴァーはオコジョのマントのフードをうるさそうに払いのけた。「あの太った雌牛から彼の注意をそらしてやりましょう」そういうと、ステファンの腕に腕をからめた。それから空いたほうの手で、隣りのテーブルから陶器の壜《びん》を取りあげた。そのテーブルにいた兵士たちの抗議の声を無視して、右手で壜の重さをたしかめる。

「なにをするつもりだ？」ステファンが不安そうな顔をした。「シルヴァー、まさか――」

じゅうぶんに狙いをつけてシルヴァーの右手から放たれた壜は、ニコラスの頭をわずかに五センチだけそれた。壜は彼の背後の石造りの暖炉に当たって大きな音をたてて砕け、赤ワインが飛び散った。

「なんだ！」テーブルにのせていた足がこわばり、ニコラスはあわててテーブルから飛び退いた。椅子がぐらりと揺れてうしろむきに倒れ、そのまま床に尻餅をついた。

店じゅうの客がどっと笑った。

「まずいよ」ステファンが恐怖に満ちた声でつぶやいた。

ニコラスは盛大に悪態をつきながら立ちあがり、店のなかを見わたした。

そのとき彼がシルヴァーを見た。

彼女の横にステファンがいることに気づいてニコラスがその場に凍りつくのを見て、シルヴァーは意地の悪い喜びでいっぱいになった。挑むように彼の視線をとらえ、にっこり微笑む。

「彼に殺される」絶対の確信をもってステファンがいった。

「まさか」シルヴァーは組んでいた腕をほどいて、一歩あとずさりした。「でもあなたは帰ったほうがいい」ニコラスがゆっくりと歩きだし、落ち着き払った足どりでこちらに向かってくるのが見えた。その目は片時もシルヴァーの顔から離れない。「あなたの役目はすんだわ。もういてくれなくていい」

伯爵はためらった。「残るよ。彼は激怒してる。きみを残しては帰れな――」

「行って」強い口調で命令した。「あなたをここに連れてきたのは死なせるためじゃない。これはニコラスとわたしの問題なの。あなたにはいてほしくない」

ステファンは近づいてくる男に目をやり、勇気ある行動より分別を選ぶことに決めた。

「きみがそういうなら」あわててドアのほうにあとずさりした。「これはどう考えても賢明なことじゃないよ、シルヴァー」

賢明かどうかなんてどうでもいい。血管のなかで血が沸き立ち、熱い血潮となって全身をめぐり、生きているという感じがする。

身を切るように冷たい風を背中に感じてステファンが大あわてで出ていったのがわかったが、シルヴァーは見向きもしなかった。店内が急に静かになったことにおぼろげに気づいた。テーブルについた客たちもみな、シルヴァーと同じようにニコラスを見ている。そのときニコラスが目の前に立ち、シルヴァーは彼の目のなかにあるものを見て鋭く息を吸い込んだ。

「もっと骨のある愛人を選べといったはずだぞ、シルヴァー」ニコラスは静かにいった。

「必要なときにきみを見捨てないような男を」

「彼は必要じゃない。わたしは誰もいらない」

「そうはいっても」ニコラスはうっすら微笑んだ。「気が変わるかもしれない」頭をめぐらせ、近くをうろうろしていたチュニック姿の給仕にロシア語で短くなにか命令した。給仕の男が急ぎ足でその場を離れると、ニコラスはシルヴァーに向きなおった。「おめでとうをいうよ。きみのアパッチの親戚でも、あれほど正確に石斧を投げられなかっただろう。あれはおれへの挑戦状と考えていいんだな?」

「そう取りたければどうぞ。わたしはただ今後いっさいあなたの指図は受けないといいたかっただけだから」わざと間をおいた。「誰と寝るかについてもね」

「ほう？」

シルヴァーの頰は赤く燃えていた。「あなたはサンクトペテルブルクじゅうの女性と寝ているのに、なぜわたしがあなたの名誉を気にしないといけないの？」

「全員というわけじゃない」からかうような口調でいった。「ひとりやふたりは見落としているはずだ。とはいえ、いま問題にしているのはおれの情事じゃない。きみが愛人をつくることは許されないんだ、シルヴァー」

「なぜよ？　そんなの不公平——」

「だが人生が女性に公平だなんて誰がいった？」彼女の話をさえぎって皮肉をいった。「世間はそういうふうにできていないと、そろそろわかっていいころだ」周囲にちらりと目をやった。「たとえば、われわれの口論を見物している、この善良な男たち。彼らはおれがきみになにをしようと絶対にきみを助けないぞ。きみに恥をかかされたおれをおもしろがりながらも気の毒に思ってる。おれがきみにお仕置きをすると決めたら、手を貸してさえくれるだろう」

「そんなことをすれば、この人たちは男の大事なところをなくすことになるから」

「おおこわ」ニコラスの黒い目に無謀な光が宿った。「でも凶暴でいてくれたほうがうれしいね。きみが従順になってしまったら達成感がそがれる」先ほどニコラスが話しかけていた給仕がドスキンのコートをもって彼のかたわらに現われ、ニコラスは給仕が着せかけたコートを羽織った。それから何気なくコートのポケットに手を入れて、にんまりした。「だがそろそろここを出て、もっと静かなところに闘いの場を移すとしよう」

「わたしはいやよ」けんか腰でいった。「ここが気に入ったの」

「ここがきみに似合いなのはわかるが、出るぞ」ニコラスの笑みが大きくなった。「鷹狩り用の鷹が主人を襲わないようにするにはどうするか知っているか？　翼を紐で縛るんだ」彼はポケットから細くて丈夫な生皮の紐を取りだした。「火の鳥にも効き目があると思うか？」

　コートのポケットに紐を忍ばせておくよう給仕に命令したんだわ。シルヴァーは気づいた。「思わないわね。それにしても、あなたって縛るのが相当好きなのね。前にもミハイルに命令してわたしを縛らせたし。でも今度そんなまねをしたら、あなたの——」

「ムスコを切り取るとまた脅すのか？」ニコラスは頭を振ると、指を器用に動かして素早く紐に輪をつくった。「こんなことはさせないでほしかったよ。あまりいい気分じゃないからな」ふっと顔をあげて彼女と視線を合わせた。「いいや、きみが縛られるのは見たくない。しかしほかに方法がないなら……。縛るのはとても効果的だと思う」ニコラスが一歩近づくと、闘いに身構えてシルヴァーの筋肉が緊張した。「もっともそれだけではだめだ。偶然にもきみはいま、ミハイルがきみをおれのところに連れてきたときの話をもちだした。ミハイルも自由を愛しているが、やつにはすばらしい才能があって鷹のことにくわしいんだ。鷹をおとなしくするために鷹匠がやることがもうひとつあるという話はしたかな？」目が興奮に輝いた。「鷹に頭巾をかぶせるんだよ、シルヴァー」

目の前が闇に包まれたかと思うと背後から力強い腕がまわされて、両腕を体の脇に押さえつけられた。毛布だ、そう気づいてシルヴァーはかっとなった。またあの給仕のしわざだ。

「やめて！」彼女は激しくもがき、足をうしろに蹴った。ブーツがすねに当たって男が悲鳴をあげ、一瞬胸がすっとした。

「しっかり押さえろ。彼女にけがはさせたくない」ニコラスの声がした。ニコラスは彼女の手首をすばやくつかみ、生皮の輪をかけて強く引いた。シルヴァーはブーツの足を前に振りだし、今度はドスッという鈍い音がした。ニコラスが痛みにあえいだ。「くそ、おれの足をだめにする気か？」

「そうよ」シルヴァーはまた足を蹴りだしたが、どうやら今度はうまくかわされたらしい。というのも聞こえてきた笑い声とやんやの喝采は、彼女に向けられたものとは思えなかったからだ。ニコラスのいったとおりだ、ここでは誰も助けてくれない。ふん、助けなんかいるもんか。

彼女は頭を下げて前に突進した。頭があごを直撃すると、ニコラスが苦しそうに罵りの言葉を吐いた。シルヴァーも頭が少し痛かったが、ニコラスに打撃を与えてやったと思うと痛みも忘れた。

「もうよせ。このままだとふたりとも死ぬことになるぞ」

「死ぬのはあなたひとりよ」ふたたび足を蹴りあげた。今度はよけられなかったらしく、抑えた叫び声が聞こえた。ああ、愉快。シルヴァーは声をあげて笑い、またしても足を振りだした。

「まったく、この野蛮人が」

いきなりニコラスの肩に担がれた。顔が毛織りの毛布に押しつけられ、煙と葡萄酒とニンニクのにおいがして、シルヴァーはもがいた。ニコラスは片方の腕で彼女の膝を押さえつけて足を使えないようにした。もう手も足も出ない。わかってはいたけれど、かえってやけになったように抵抗した。

短くなにかを命令するニコラスの声が聞こえ、店の扉が開けられた。

「放して」食いしばった歯のあいだから一語ずつ切るようにしてはっきりいった。「こんなことをして、かならず懲らしめてやるから」

「その台詞ももう聞き慣れた。きみは出会ったあの日からずっとおれを懲らしめている」彼は大股で階段をおり、凍って固くなった雪に馬の蹄が当たるコツコツという音と、馬勒《ばろく》につけた銀の鈴の音がシルヴァーの耳に届いた。「そうか、そういうことなんだ」トロイカの座席に放るようにして彼女をおろし、隣りに乗り込む。「これは罰なんだ。ずっとそうだったんだ」

「放して」シルヴァーは体をよじって座席から転がり落ちようとした。

「やめろ」ニコラスは両手で彼女を引き戻すと御者にきびきびと指示を出した。トロイカががくんと揺れて動きだし、すぐに鈴の音を響かせながら雪の上をなめらかに滑りはじめた。

「きみが逃げられない場所へ行くまではだめだ。おれたちはこんなことを長くつづけすぎた。そしてきみはそれを知っていた。きみが自分にどんな理由をつけようと、今夜〈タニアの店〉にやってきた本当の理由はそれだ」

「違う!」

「いや、そうだ」その口調は荒っぽく、両手はシルヴァーをしかとつかんでいる。「だがそれももう終わる。いずれにせよ、すべての疑問は答えが明かされ、おれたちのすべての争いに終止符が打たれることになる」ニコラスが彼女の頭から毛布をはずし、冷気がいきなり彼女の顔を刺した。月明かりのなかで見る彼の顔は、ふたりの両側を飛ぶようにすぎていく寒々とした雪景色のようにきびしかった。「今夜」

「いったいわたしをどこへ連れていくのよ?」

「クリスタル・アイランドだ。うちへ帰るんだよ。男が妻を連れていく場所がほかにあるか?」

「おろして。ばかなまねはやめて」

ニコラスはシルヴァーが動けないようにしっかりと抱きかかえ、足早に庭園を進んだ。

「違うね。こういうのを自衛本能というんだ」彼は高いレンガ壁のオーク材の扉の前で足を止め、ポケットのなかを探った。やがて錠に鍵が差し込まれてまわる音がして、扉がさっと開いた。扉をくぐり、うしろ手に閉めて錠をおろすと、ポケットに鍵を戻した。そして彼専用の庭園の中央にある石造りの小さな建物へと小道を歩きだした。サウナ風呂。ミハイルがいつかそういっていた。シルヴァーはおぼろげに思いだした。そのとき悲しみの大波が彼女を激しく揺さぶった。あれはわたしの赤ちゃんが死んだ日。いいえ、違う、わたしの赤ちゃんが殺された日。

激しい怒りが湧きあがり、彼女はふたたび身をよじった。「おろしてったら!」

「もうじきだ」ニコラスが怖い声を出した。サウナ風呂のドアを勢いよく押し開け、大股でなかに入る。シルヴァーを下におろすと、ドア横のテーブルのろうそくに火をつけた。いきなり照らしだされたその部屋は、壮麗な城とはまるで異なっていた。家具と呼べるものはドア脇の小さなテーブルと洗面台だけで、洗面台の上には飾り気のない白の陶器の水差しと鉢がおいてあった。石造りの巨大な暖炉の前の床に幾重にも広げられたキツネとビーバーの毛皮と、暖炉の左側の壁際にある見事な彫刻をほどこしたチーク材のチェストが、わずかに豪華さをかもしだしている。

ニコラスはテーブルの前から戻ると、左のブーツに差した鞘のなかからナイフを抜いてシルヴァーの両腕を縛ったロープを断ち切った。それから体に巻いていた毛布をはずして床に放った。「手首を貸してごらん」

「あなたにはなにも貸す気はない」

ニコラスは手を伸ばして彼女の手首をつかみ、生皮の紐を切った。「さあ、これできみは自由だ」

シルヴァーはすぐに向きを変え、ドアのほうに行きかけた。

「ただし、この庭園を囲む壁は五メートルの高さがあって、ドアには錠がおろしてある。しかも外は極寒だ。おれがきみならここにいるね」

彼女はニコラスに向きなおった。「鍵を渡して」命令するようにいった。

ニコラスは首を横に振った。「いいたいことをすべて吐きだすまでは、ふたりともここから出られない」彼は暖炉の前まで歩いていくとその場に膝をつき、火床にあらかじめ用意してあった太い丸太の下のたきつけに火をつけた。火はすぐにパチパチと音をたてて燃えあがり、ニコラスはあぐらをかいて舞い踊る炎を見つめた。「サウナ風呂に入ったことはあるか、シルヴァー？」

「いいえ。鍵をちょうだい」

「そうだろうな、サウナはアメリカではロシアほど一般的じゃないから」ニコラスは部屋の反対側にある扉をあごで示した。「あそこがスチームルームだ。あのなかにしばらく入って、じゅうぶんにあたたまったらここに戻ってくるというのがわれわれのやりかただ」

「そんなことに興味はないのよ、ニコラス」

「興味ならじきにわくよ」炎を見つめたままつづけた。「隅にシナノキの小枝があるだろう？　蒸気浴のあとは、皮膚の血行をよくするためにあの枝で体を叩き合うのが習慣なんだ。そのあとで庭に出て雪のなかを転げまわる。そうすると全身から湯気があがって爽快な気分になるんだ」

「わたしにはばかげたことに思えるけど」

「きみにとってはロシアのたいていのことが、妙ちきりんか、ばかげたことに思えるんだな。これも同じってわけだ」

「わたしは鍵が欲しいのよ」

ニコラスはあぐらをほどいて立ちあがり、シルヴァーのほうに顔を向けた。シルヴァーはまっすぐに立ち、耐えがたいほどの緊張に背筋をこわばらせて、怒りに燃えた目でこちらをにらんでいる。「きみが欲しいのは鍵じゃない」ニコラスは長い脚で部屋の隅まで歩いていくと、シナノキの枝を手に取って彼女に向きなおった。「きみが欲しいのはこれだ」

シルヴァーの目に浮かんだ怒りの色が、驚きに一瞬揺らいだ。「わたしをそれで打とうというの？　やれるものならやってごらん、こっちも負けずに——」

「きみを打つつもりはない。あのベイシンガーのくそ野郎が〈メアリ・L〉号の船上できみにしたことをこの目で見ているのに、そんなことができると思うのか？」ニコラスはいいようのないほど疲れた表情で彼女に近づき、その手にシナノキの枝を握らせた。「これはきみが使うんだ」彼女の目をじっと見つめ、くちびるを引きつらせて笑った。「おれを罰したいんだろう？　やれよ。ただその理由を聞かせてほしい」

　シルヴァーは舌でくちびるを湿らせた。「あなたを叩く気はないわ。いいから鍵を出して」

　ニコラスはかぶりを振った。「鍵はおれのコートのポケットのなかだ」そういうと暖炉のほうを振り向き、毛皮の敷物の上にコートを放った。それからコートの上に両膝をつき、ベルトをはずしはじめた。「これじゃあ鍵は取れないよな。きみは囚われの身だ、シルヴァー」

「違う！」

　ニコラスはチュニックを頭から脱いで脇へ放った。火明かりを受けて裸体がきらめき、小麦色に灼《や》けた背中には白い傷痕が縦横に走っている。「ほら、きみの前ではおれは無力だ。なんならきみの短刀を抜いて背中に突き刺すこともできるぞ。なぜもっと前にそうしなかったんだ、シルヴァー？」

「ナイフは使いたくなかったからよ」

「いや、きみはこうなることを望んでいたんだ。この瞬間を待っていたんだ」

「嘘よ！」

「鞭で打たれるのは初めてじゃないし、その小枝じゃ打たれたところでたいしたことはない。イーゴリは革の鞭を使った。やれよ。おれに罰を与えろ。だがそのあとでおれがどんな罪を犯したのか教えてくれ」

　ニコラスはなぜこんなふうにわたしをからかうの？　シルヴァーは猛烈に腹が立った。わたしが怒っていることがわからないの？　彼女は声を震わせた。「わたしがやらないと高をくくっているんでしょう。やってやるわ。わたしを無理やりここに閉じこめておくことなんてできないんだから」

「だったら鍵を取ってみろよ。その小枝を使うんだ」

　小枝がニコラスの背中に当たって鋭い音をたてるまで、シルヴァーは彼のいいつけに従ってしまったことに気づかなかった。痛みにも似たショックが彼女の体を貫いた。

「そんなんじゃ肩を軽く叩かれたのと変わらないね。その程度のことしかできないのか」

　赤潮のように怒りがまた押し寄せた。シナノキの枝をさらに強く振りおろす。

「もう一度」ニコラスは体の前で手を組み合わせ暖炉の炎を見つめた。「それでは鍵は奪えないぞ」

　鍵はかならず奪う。小枝が音をたてて宙を切り、満身の力をこめてニコラスの裸の背中に振りおろされた。痛い。まるで自分が打たれたみたいに痛みを感じるのはなぜ？

「少しはましになった」ニコラスの声はおだやかだった。「怒りを吐きだして気分がよくなったか？　復讐は甘美だろう？　しかしきみはなにに復讐しているんだ？　きみが混血だからか？　きみを産んだ母親を罰しているのか？　それともきみを拒絶した祖父のシェイマス・ディレイニィ？ それともきみにつらく当たった人間すべてか？ そういう連中は大勢いたんだろう、シルヴァー？」

喉が締めつけられ、感情が爆発しそうだった。「わたしは……ただ鍵が欲しいだけ」小枝が急に重く感じられ、手がぶるぶる震えた。「鍵を渡して」

「結局のところ、きみが本当に罰したいのはおれなんだ。おれはきみをさらって船に閉じこめた。きみの処女を奪った。きみがベイシンガーのやつにあんなことをされたのだって――」

「ニコラス……」シルヴァーは手を振りあげたが、小枝はそのまま力なく床に落ちた。涙が頬を流れ落ち、呼吸がむせび泣きになる。「お願い。鍵を渡して」

「問題は鍵じゃないことはおたがいにわかっているはずだ」ニコラスは頭をめぐらせ、肩ごしにシルヴァーを見た。「なぜだ？」静かにきいた。「理由を聞かせてくれ。おれは痛みに耐えた。知る権利がある」

「いえな……い」

涙に濡れたその目には苦悩と痛みと、そしてなにかべつの色が浮かんでいた。

「おれは知る資格がある、シルヴァー」

「いいたくない」囁くような声だった。

「話してくれ」

「わたしの……赤ちゃん……」そこまでいうと、体が震えるほどの嗚咽《おえつ》と闘いながら言葉を探した。そして一気にいった。「あなたがわたしの赤ちゃんを殺したの、ニコラス？　あなたがわたしの娘を殺したの？」

ニコラスはわけがわからず、呆然とシルヴァーを見つめた。「なんだって？」

「あなたがやったの？」

ニコラスは立ちあがって彼女と向き合った。「おれのせいかもしれない」

シルヴァーははっと動きを止め、恐怖に目を見開いた。「あなたがやった？」

「あの医者は、あるいはきみは子どもを産めるほど丈夫な体じゃなかったのかもしれないといっていた。もしもおれが肉欲に目が眩《くら》まなければ……」

吐き気がするほどの恐怖に、まるで暁の最初の陽光のように安堵の光が射した。「違う、そうじゃなくて。毒のことをいったの。わたしに毒を盛ったのはあなたじゃないの？」

「毒ってなんの？」

「あの日の午後にわたしが飲んだお茶にライグラスからつくった毒が入っていたとミハイルがいうの。それで子どもが流れたんだと」声が激しさを帯びた。「その毒がわたしの娘を殺したのよ」

「なんてことだ」ニコラスはつぶやいた。部屋に長い沈黙が落ちた。「どうしておれに話さなかった？」

シルヴァーは答えなかった。

彼の顔が痛みに曇った。「おれがわが子を殺したと思ったのか?」ニコラスは苦笑いした。「まあ、そう思われても当然かもしれないな。おれたちのあいだには、もともと信頼なんてものはないんだし。女を強姦するような男は殺人を犯しても不思議はないと——」

「あなたはわたしを強姦してない」シルヴァーは急いでさえぎった。ひりひりと焼きつくようなニコラスの痛みが伝わってきて耐えがたかった。その痛みが彼女のなかでのたくり、彼女自身の痛みと合わさって無限にふくらむ。

「なんとも寛大だな。レイプは許すが殺人の罪でおれを責めるわけだ」

「責めてなんかない。でもわからなかった。だってエテインにあのお茶を渡して庭にいるわたしにもっていくようにいったのはあなたよ。それにあなたが雇ったあの医者は、宮廷の貴婦人たちに頼まれるとその手の薬を用意することで知られていた」

「じゃ、おれがそれを知っていてあの医者を選んだと?」ニコラスの口調は怒気を帯びていた。「やつを選んだのは英国人だからだ。そのほうがきみも心強いだろうと考えたんだ。故郷のアメリカから遠く離れて——」そこで言葉が途切れた。「まだあるのか?」

シルヴァーは無言でニコラスを見ていた。

「まだほかにあるんだな。いってくれ」

「あなたはわたしの子どもを欲しがっていないんだと思ったのよ」言葉につかえながらいっ

た。「汚れた血の流れる子どもだから」

ニコラスは目をつぶった。「ちくしょう、きみはおれのことをなにもわかっていないんだな」目を開けると、黒い瞳に怒りをたぎらせていきなり彼女をにらんだ。「いいや、おれはきみの子どもを殺していない！　どうしておれに尋ねなかった？　きかれていたら真実を話したよ。おれは嘘はつかない、シルヴァー」

「知ってるわ」

「それならどうしておれにききにこなかった？」

「できなかった」涙がまた頰を濡らし、シルヴァーは体の脇でそわそわと両こぶしを握ったり開いたりした。「わからないの？　あなたにはきけなかった」

「いいや、わからないね。なぜきけないんだ？」

「それは……」シルヴァーはやけになって彼を見た。「知りたくなかったからよ。もしもやったのがあなたなら、そんな真実は知りたくなかった。知ったらきっと耐えられない」声がうわずった。「とても耐えられなかったわ、ニコラス」

ニコラスは彼女に一歩近づいた。「あらためてきく。なぜ耐えられないんだ？」

シルヴァーはかぶりを振り、さっとあとずさりをした。

「なぜだ？」彼はやさしく迫った。

「それはあなたを……あなたを愛しているから」体を震わせてしゃくりあげながら、絶望に打ちひしがれたように言葉をしぼりだした。「あなたを愛しているの！」

ニコラスはふたりのあいだの空間を三歩で埋めた。そしてシルヴァーを腕に抱き、ありったけの愛情をこめてやさしく揺すった。「いいんだ、シルヴァー。しーっ……もういいんだ」

「いいえ」彼の胸に顔を埋《うず》め、声がくぐもる。「よくないわ。あなたを愛したくない。誰も愛したくないのに。愛しても傷つくだけよ」

「ああ、たしかにそうだ」ニコラスはやさしくいった。かわいそうな火の鳥。彼女は人生からいくつものつらい教訓を得ているが、これはその最たるものといえるだろう。「でもいつもそうだとはかぎらない。かならず傷つくとはかぎらないんだ。おれはきみを傷つけないよ、シルヴァー」

「あなたも同じよ」シルヴァーの爪が彼の肩の肉に食い込んだ。「あなたもいつかはわたしの前からいなくなる。みんないつかは行ってしまう」

「おれは絶対にいなくなったりしない。きみに追い払われないかぎりね」ニコラスは彼女のこめかみにそっとくちびるを押しつけた。「いや、たとえ追い払われても戻ってくる。きみがおれを追い払うのに疲れて、そばにいるのを許してくれるまで何度でも」彼は腕のぶんだけ体を離し、真剣な面もちでシルヴァーの目を見おろした。「たとえきみがおれを残して飛び立っても、おれはどこまでもきみについていくぞ、シルヴァー。川を渡り、海を越え、大草原や山脈の果てまでも。かならずきみについていくと約束するよ」

シルヴァーはニコラスから目をそらすことができなかった。長いあいだずっと待ちつづけたものが、彼の目の奥で輝いている。「それはわたしがあなたの妻だから?」小声できいた。

彼は首を振った。「違う」それからシルヴァーが初めて見る喜びの表情をたたえて笑いかけた。「きみがおれの愛する人だからだ」

シルヴァーは大きく息を吸い込んだ。「だめよ」

「きみを愛してはいけないってことか?」ニコラスはくちびるの端を引きあげて小さな笑みを浮かべた。「残念だが手遅れだ。偉業はなされてしまった」

シルヴァーはかぶりを振った。「わたしを愛せるはずがないわ。わたしは人から愛されるような女じゃないもの。それを知らないとでも思うの?」

「おれはロシア人だし、好みもきっと変わっているんだ。でも間違いなくきみを愛してるよ、シルヴァー・サヴロン」

「わたしにサヴロンの姓を名乗る資格はないのよ。あなたを脅して結婚を迫ったんだから」

「おれがその脅しにあれほどあっさり屈したことを疑問に思ったことはないのか?」

「あるわけないでしょう。わたしはあなたに銃を向けていたんだから」

「そしてきみの背後の戸口にはミハイルが立っていた。おれが軽く片眉をあげただけで、やつはきみの手からあの小型拳銃《デリンジャー》を取りあげていただろう」

シルヴァーは驚いて目を見開いた。「ミハイルがいた? だったらなぜ――」そこでいうのをやめ、もどかしそうなしぐさを見せた。「いまとなってはどうでもいいことよ。いずれにしろ、わたしにはやさしさもかわいげもなくて、行儀もよくないという事実に変わりはないんだから。わたしはやりたいことを、やりたいときにやる。たぶんあなたが愛しているのはこの体よ」

ニコラスはくっくと笑った。「愛の告白をここまでややこしくするのはきみだけだろうな」彼は両手で彼女の頰をはさんだ。「よく聞くんだ、おれがミハイルを愛していることは信じるだろう？」

「ええ」

「じゃ、ヴァレンティンは？」

「信じるわ」

「それなら、なぜきみを愛するはずがないんだ？」

「いったでしょう、わたしは……」シルヴァーは震えていた。まるでひどい悪寒がするように全身を震わせている。「あなたは――」そこまでいって、かぶりを振った。「わたしに嘘はつかないで、ニコラス、嘘は耐えられない」

「嘘じゃない。いっただろう、嘘はつかないと」シルヴァーの体の震えがますますひどくなったことに気づいて、ニコラスは話すのをやめた。いまでは暖炉の火が赤々と燃えあがり、部屋のなかはかなりあたたかだったが、彼女を襲った震えの発作に効き目はないらしい。彼はオコジョのマントをたぐり寄せた。「この話はあとだ。もっと火の近くへおいで」

「だめよ」彼女の口調はぼんやりとして、褐色の肌もいつもより青ざめている。

ニコラスのくちびるがおかしそうに引きつった。「初めて会ったときから、きみはおれに『ノー』ばかりいってるな。その習慣は正さないと」彼女の手を取って暖炉の前へ引っぱっていくと、毛皮の敷物の上にやさしく座らせた。「ここにいるんだ。すぐに戻る」

「どこへ行くの?」彼女は震えを止めようとして自分を抱きしめた。

ニコラスは微笑した。「スチームルームの火を熾《おこ》してくる。おれの愛情をきみに確信させる努力をする前に、きみがおれの話にじゅうぶん注意を払えるようにしたほうがいいだろうと思ってね。どうやらおれの告白は、銃弾が急所に当たったような影響をもたらしたようだ。きみがおれに劣らずショックを受けているのはあきらかだからね」そういうと、彼は先ほどスチームルームだと説明していたドアのほうへ向かい、そこで肩ごしに振り返った。その目はきらきらと輝いていた。「おれがいったことをよく考えるんだ。おれがきみを愛してもなんの不思議はないはずだよ。きみはいつもいっていたじゃないか、自分にできないことはないと」声が低くなり、ビロードのなめらかさを帯びた。「それならなぜおれの愛する人になれないんだ?」

9

それから十五分してドアが開くと、大量の蒸気が部屋に押し寄せた。「急がないと、二部屋ともスチームルームになってしまうぞ」ニコラスは壁際のチーク材のチェストに近づき、蓋を開けてタオルを何枚か取りだした。それから毛皮の敷物の上にいるシルヴァーの前にひざまずき、オコジョのマントを肩からはずした。そして小さく悪態をついた。「なんだ、まだ震えているじゃないか」

「ううん、前よりずっとよくなったわ」本当だった。まだ頭はぼうっとしているけれど、寒気はあまり感じない。

「二、三分もすれば、もっと気分がよくなる」ニコラスは緋色のビロードのブーツを脱がせて脇へ放った。「それにずっとあたたかくなる」ドレスとコルセットの紐をゆるめた。「あとは自分でやれるかい？　おれも服を脱ぐから」

「ええ」立ちあがると、ガウンが足下に落ちて白いビロードの池をつくった。

「その赤いペチコートをつけているとジプシーの娘みたいに見えるな」ニコラスはシルヴァ

ーに目を据えたまま、すばやく服を脱いだ。

新たな怒りがとまどいの霞《かすみ》を突き破り、シルヴァーは眉を吊りあげた。「あなたがいうんだからたしかよね。なにしろジプシー娘が大のお気に入りのようだし」

「アパッチの娘のほうがその何倍も気に入っているがね」不意にニコラスの目がきらめいた。「彼女のもつ野性的な魅力は、どんなときもおれの興味を掻き立てることがいまわかったよ」そういうと、硬くなった下腹部を恨めしそうにちらりと見た。「例外なく」

彼はすでに全裸になっていて、シルヴァーは不思議なくらいどぎまぎしている自分に気がついた。変ね、これまでは彼の前で恥じらいを感じることなどなかったのに。彼女は目をそらし、ぎこちなく最後の下着をはずした。

「返事はなしか？　なんてこった、恥ずかしがっているのか？　まるできみらしくないじゃないか、シルヴァー」ニコラスは毛皮の敷物の上においた大判のタオルを取って広げた。「おいで」シルヴァーが一歩前に出ると、たちまちタオルでくるまれた。「ほら。これできみの並はずれて美しい体はほとんど見えなくなった。少しは落ち着いたか？」

シルヴァーはうなずいたが、相変わらず彼のほうは見なかった。

ニコラスは小さめのタオルを彼女の髪にかけると手早く頭に巻きつけた。「皇帝《ツァーリ》の侍衛のアフメドがつけているターバンみたいだ」それから彼女を抱きあげ、スチームルームのほうへ向かった。「もうおれとは口をきかないつもりか？」

「まさか。いうことがないだけよ」シルヴァーは勇気を奮い起こしてニコラスの目をまっすぐに見つめた。自分がこんなに弱く感じられたのは生まれて初めて。身を守るものもなく、まったくの無防備で。ニコラスの顔にはやさしさしか浮かんでいなかったけれど、だからといってなんの役にも立たなかった。シルヴァーは急いでまた目をつぶった。

「おいおい」ニコラスがいらだちの声をあげた。「まさかこんなことになるとは思いもしなかったよ」彼はスチームルームのドアを開けた。「なあ、ここは蒸気が厚く立ちこめているから、もしも目を開けることに決めたとしてもおれのことはほとんど見えないよ」彼はどっしりした樺材のドアを足で蹴って閉め、木のベンチにシルヴァーをおろすと、隣りにどさりと座って彼女を胸に抱き寄せた。「少しはあたたかくなったか？」

「ええ」目を開けてみたが、白く立ちこめた湯気しか見えなかった。横にいるニコラスの顔すらぼやけている。まるで名前も顔もない誰かになったみたいで、このあたたかい霧のなかで迷子になったような、それでいて守られているような気もして、不思議と心がなごんだ。緊張がだんだんとほぐれていく。「わたしの村では、若い戦士が身を浄めて偉大な夢を見るために祈禱師《メディスンマン》のテントに入るの。あのテントのなかもきっとこんな感じだと思うわ」

ニコラスの手がこめかみのところの髪をやさしく撫でる。「偉大な夢を見るため？」

「この先の人生を導く夢のことよ。前からずっとあのテントに入りたいと思っていたの」

「夢を見たいから？」

「いいえ、女性は入ることを許されなかったからよ。若い戦士だけしかだめなの」

ニコラスが笑った。「きくまでもなかったな」

シルヴァーは彼の胸に頬ずりをした。「わたしは夢を信じていないから。あんなものはくだらないだけ。人生は自分の手で切り開くものよ。あなたは夢を信じる？」

「夢によっては。もっとも夜見る夢は信じないが」

熱い蒸気が骨にまで染みわたり、筋肉がゆるんですっかりぐにゃぐにゃになった。熱気が重くのしかかり息をするのもつらいけれど、それもまた心地よいけだるさに変わっていく。

「どんな夢を信じているの？」

「ああ、火の鳥とアパッチインディアンの娘と――」

「冗談はよして」

「火の鳥については冗談はいわない」ニコラスは姿勢を正した。「だがそろそろここから出たほうがよさそうだ。一度に蒸気を浴びすぎるときみの体に障るからね」

「まだ出たくない」物憂げな声でシルヴァーはいった。「ここが好き」

「気に入るだろうと思っていたよ」シルヴァーの体にしっかりとタオルを巻きつけ、落ちないように前の折り目に彼女の手を添えさせながらも、その声はおもしろがっているようだった。「官能的なレディにとってはきわめて官能的な経験だからね。大丈夫、いつでも戻ってこられるから。でもいまは話をしないと」彼女の体がこわばるのを感じてさらにつづけた。

「怖くないから。だからシルヴァー、おれに力を貸してくれ。もしまた震えだしたらお尻を叩くぞ」

「話は明日でいいじゃない」

「今夜だ」ニコラスはドアを開け、彼女をそっと外の部屋へ押しだした。「すぐに戻るよ。ちょっと庭に出てくる」

「雪のなかで転げまわるの？」シルヴァーは顔をしかめた。「ばかね、きっと風邪をひいて――」

「おれは慣れているから。でも今日のところはきみを引っぱっていくのはよすよ。きみには洗面台の水差しの水でじゅうぶん刺激になるだろうからね」彼はサウナ風呂の入口のほうへ歩いていった。「もっとも、おれの体を冷やすには雪の上を転がるだけじゃ足りなさそうだが」肩ごしに振り返ったとき、彼の黒い瞳はいたずらっぽく輝いていた。「スチームルームに入れば落ち着くだろうと思っていたが、きみがおれに及ぼす力は想像していたより大きかったよ」ニコラスは入口のドアを閉めて出ていった。

シルヴァーは心配そうな顔でしばらくドアを見ていたが、やがて洗面台のほうに歩いていった。体をくるむタオルをはずし、水差しの水を鉢にあけてフェイスタオルをそのなかに浸す。熱くほてった肌に冷たい水がふれたとたん息が止まった。でもすぐにニコラスのいうとおりだとわかった。最初の衝撃がすぎれば、冷たい水は不思議なくらい爽快だった。水浴を終えるとオコジョのマントにくるまり、暖炉の前の敷物の上に座って待った。

長くは待たされなかった。数分もしないうちに入口のドアが勢いよく開いてニコラスが飛び込んできた。叩きつけるようにしてドアを閉め、冬眠から覚めた熊のように体を揺すって雪を払い落とす。「氷柱《つらら》になるかと思った」そういうと、大股で暖炉の前に向かった。

ニコラスは氷柱のようには見えなかった。男らしくて力強く、前にもまして生き生きして見えた。漆黒の瞳はきらきらして、頬の血色もよく、見ているだけで喜びが湧きあがるのを感じた。シルヴァーはそれを隠そうとして軽く肩をすくめた。「当然でしょう」目を伏せて、彼にタオルを差しだした。「そんなばかなまねをして。ロシア人が変わっているのも無理ないわね。きっと体の一部だけじゃなく脳みそも凍りついているのよ」

ニコラスはタオルで髪をふいたあと、胸と引き締まった腹部をごしごしこすった。「おれの〝一部〟はきちんと機能しているように見えるが。ぜひともテストしてみないとな」彼は思わず足を前に踏みだし、そこではたと止まって、しまったというように首を振った。「あとでだ」タオルを床に落とし、シルヴァーのかたわらに膝をついた。「その〝テスト〟をあとまわしにするのがおれにとってどれだけつらいか、きみには想像もつかないだろう。きみが今夜いってくれた言葉を、おれは千年も待っていた気がする」

シルヴァーはあわてて暖炉の火に視線を移した。「そう?」

「話してくれ。なにがそんなに怖いのか。おれを見るんだ、シルヴァー」

彼女はしぶしぶそれに従った。「怖くなんかない」そういった。「やっぱり、ちょっと怖いかも。だけどあなたを恐れているわけじゃない」

「だったらなにが怖いんだ?」

シルヴァーは舌先でくちびるを濡らした。「それは……」ふっと目を閉じる。「こういうことは初めてなの。これまでライジング・スター以外の人に愛されたことはなかったし、彼女がわたしを傷つけないのは知っていたから」

「でもおれはきみを傷つけると?」

まぶたがあがり、彼女の目が火明かりを受けてクリスタルのようにきらめいた。「わからない。たぶんあなたにはそのつもりがなくても……」

「でもなんだ?」

「わたしに飽きて去っていったら?」

「おれはきみに飽きたりしない。絶対に。それにきみのもとを去るつもりもない。そういったはずだよ」

「みんないつかは去っていくのよ」笑おうとしたが、くちびるがわななないた。「だからって相手を責められない。わたしは人に好かれるタイプじゃないし」

「いいか、さっきもいったが……」そこまでいうと、ニコラスは小声で悪態を並べはじめた。それから両手で彼女の顔をはさんだ。「結局、最後はそこに戻るのか。ディレイニィ家の人間がきみに価値を見いだされなかったからといって、おれまでそうとはかぎらないだろう」彼の目が彼女の視線をとらえた。「おれはきみのなかに愛すべきものをたくさん見つけているよ、シルヴァー。その強さ、ユーモアのセンス、それに誠実さとやさしさ」

シルヴァーはとまどったように彼を見た。「ほんとに?」それから弱々しく笑った。「でもあなた、わたしは冗談がわからないといったじゃない」

ニコラスは彼女ににやりとした。「いまふたりで特訓しているじゃないか。きっと来年のいまごろには――」

「来年?」シルヴァーは湧きあがる恐怖と抑えきれない喜びを一度に感じた。もしかして、ニコラスとの将来を思い描いても本当にいいの。「そんな先のことはわからない……」

「いや、おれにはわかる」きっぱりといった。「来年、おれたちは――」

「その話はいましないといけない?」シルヴァーは彼の言葉をさえぎった。体の脇で不安げに両手を握る。「なんだか頭が混乱して。いままで一度も……。こういうことが起きるのはいつもほかの誰かで、わたしではなかったから」

ニコラスはむずかしい顔をしたが、すぐに表情をやわらげて思いやりを示した。「いや、いまでなくてもかまわないよ。時間をかけて少しずつ慣れていくといい。おれに劣らずきみにとっても、これは初めてのことらしいから」

「あなたも?」彼女は不思議そうに彼を見た。「わたしを愛していることに、いつ気がついたの?」

「たぶんアルフォード学院長の応接室で初めてきみと会って、きみがおれをにらみつけたときだと思う」

シルヴァーは首を横に振った。「あれは肉欲よ」

「あれは、シルヴァー、運命だ」彼女が異議を唱えようとすると、ニコラスは片手をあげてそれを制した。「ただ、ベイシンガーが〈メアリ・L〉号の甲板できみを鞭でなぶり殺しにしようとするのを見るまでは、運命だと気がつかなかった」ニコラスの顔が曇った。「そう、あのときに気づいたんだ。あの鞭が何度もきみに振りおろされるのを見て、心が引き裂かれそうに――」

「鞭!」シルヴァーは恐怖に目を瞠《みは》った。「わたし、あなたを鞭で打ってしまった! どうしよう、けがをしなかった?」激しい後悔の念に苛《さいな》まれ、彼の肩をぎゅっと抱いた。「これでもわたしを愛せるというの? あなたにこんなひどいことをした女性がほかにいた? 背中を見せて。軟膏を塗らないといけないかも――」

「しーっ」ニコラスは笑いながらかぶりを振った。「なにも必要ない。あんな小枝で叩いても赤くなるだけで血は出ないよ」

「向こうを向いて。背中を見せて」

「なんともないって」

「だったら、この目で確認させて」

「仰せのままに、奥様」彼は素直に向こうを向いた。「ほらね、なんともないだろう」

たしかに背中にできた真新しい赤い痕はほとんど目立たなかったが、それでも自責の念に苦しめられた。彼女は震える指を伸ばし、ニコラスの肩にうっすらと残るみみず腫れにふれた。「あなたに痛い思いをさせるつもりはなかったの。わたしって最低ね。ちっともやさしくなくて」

「きみもおれも、これまではあまりやさしさをもちあわせていなかった。たぶんこれからふたりで育んでいけるよ」

涙がこみあげてくるのを感じて、シルヴァーはまばたきをしてそれを押しとどめると、ニコラスの背中に網目のように白く走る古い傷痕を見つめた。この鞭をふるった手がやさしくなかったのはたしかだわ。「たぶんね」彼の背中に顔を寄せ、右の肩甲骨を横切るぎざぎざの傷痕にくちびるを押しつける。あたたかい彼女のくちびるの下でニコラスの筋肉が緊張するのがわかり、シルヴァーは背中のくぼみに頬をくっつけた。「二度とあなたを傷つけないと約束する」その言葉はくぐもっていたが、その先をつづける彼女の口調が急に激しさを帯びたのははっきりわかった。「それにほかの誰かがあなたを傷つけようとしたら、そいつのタマを切り取ってやる」

ニコラスはわずかにしゃがれた声で笑うと、シルヴァーのほうに向きなおった。「うーん、いまのは胸を打つ愛の告白だな。とても……感動したよ」彼は指先で彼女の左の頬をなぞった。「おれも同じ誓いを返す。コサックからアパッチへ」指先が熱のこもったやさしさでくちびるの端まで動いた。「男から女へ」声が低くなり、囁きとほとんど変わらなくなった。「恋人から最愛の人へ」

シルヴァーは彼から目が離せなかった。ニコラスの目は喜びと美しさと、そして……。いまでもその瞳に映るもうひとつの感情を認めることは怖くてできないけれど、自分自身の気持ちは少しも疑っていなかった。「恋人から最愛の人へ」彼女はそっと同じ言葉をくり返した。

「永遠に」

シルヴァーは眉根を寄せて困った顔をした。「永遠の約束をする必要はないわ。男の人の愛情がめったに長続きしないのは知っているし、あなたもたぶんいつかはわたしを捨てるもの」

「シルヴァー……」ニコラスは抑えようのないいらだちを目に宿して彼女を見つめた。「いったいどういえば——」彼はそこで黙った。彼女の表情を見れば、言葉では絶対に納得させられないことがわかる。愛のない、拒絶ばかりの日々を送ったあとなのだ、おれの愛はけっして色褪せないことをシルヴァーに納得させるには根気強く時間をかけるしかない。「わかった、きみの好きにしろ。いまのところはきみを愛しているというのはかまわないか？」

「もちろんよ」シルヴァーの顔がぱっと輝いた。「すばらしい気分だわ」

「よかった」ニコラスの黒い目が色を増し、瞳が大きくなったように見えた。「きみをそういう気持ちにさせたかったんだ」彼の手が伸びて、オコジョのマントの結び目をいじくった。「さらにすばらしい気分にさせられるか見てみようか」

やわらかな毛皮を通して伝わってくる彼の指のぬくもりに、シルヴァーの全身を熱いものが駆け抜けた。呼吸が急に浅くなり、しゃべろうとして口を開くと声が変なふうに響いた。

「それはきっとわたしにすばらしい悦びを与えてくれると思うわ」

「それがおれに与えてくれる悦びほどじゃない」彼女の肩からマントをはずして床の敷物の上に落とすと、彼女の裸体のふくらみやくぼみに視線を這わせた。「きみが与えてくれる悦びほどでは」つややかな彼女の髪に指をからめた。「サヴロン家の入浴法には、もうひとつ変わった習慣があるんだ。どんなものか教えようか?」

シルヴァーは、彼の黒い瞳が宿す秘密を探ろうとしてぼんやりとうなずいた。

「その毛皮の上に横になって」ニコラスは彼女の髪にふれていた手をおろした。「すぐに戻る」

シルヴァーがとまどった視線を向けると、彼は立ちあがって暖炉のほうへ向かった。そしてタオルが入っていたチーク材のチェストの蓋を開け、ルビー色の優美なカットグラスのデキャンターを取りだした。その小壜を火に近い炉辺においてかたわらに膝をつき、炎を見つめた。「クバンにいたころ、コンスタンチノープルやアテネの貴重な品々をたくさんもって、年に一度祖父の住む村にやってくるトルコ人の商人がいたんだ。トルコではいろいろな香油や軟膏がつくられていて、祖父はとりわけこれを気に入っていた。好きが高じて、おれの母の結婚持参金にとこの香油を数百本、父に贈ったくらいだ。これにはある特性があるといって……」

おしゃべりは終わらせて戻ってきてくれればいいのに。「特性って?」

「そのトルコ人の老人はこの香油を〝アフロディーテの愛撫〟と呼んでいた。魔法の力があるのだとね」

「ばかばかしい」

「たぶんね」ニコラスは肩ごしに歪んだ笑みを投げ、そのセクシーで、どこかおもしろがっているような笑顔を見てシルヴァーの全身を熱い震えが駆け抜けた。「ただいっておくと、イーゴリ・ダボルはばかな男ではないし、自分の血を引く孫を山ほど欲しがっていた。そしてこの香油がその役に立つと信じていた、彼自身、長年それを愛用していたからだ」

「なにが入っているの?」

「わからない。でも害になるようなものは入っていないはずだ、でなければ祖父はあのトルコ人の耳を切り落としていただろうからね」彼がデキャンターを手に取ると、炎を映してカットグラスがきらめいた。「そろそろあたたまっただろう」

気がつくとシルヴァーはルビー色のデキャンターを魅せられたように見つめていた。〝アフロディーテの愛撫〟

ニコラスは彼女のかたわらに膝をついて小壜の栓を抜いた。そのとたん、はっとするほどかぐわしいかおりが流れでた。なんのにおいかわからない。シナモン、バニラ、クチナシ……。たぶんその全部が少しずつと、ほかにもわたしにはわからない秘密の材料がたくさん。そのすべてが混じり合って、感覚を甘く酔わせる芳香を生む。「いいかおり」シルヴァーはつぶやき、深々と吸い込んだ。「こんなにいいかおりを嗅いだのは初めてよ」

ニコラスは微笑み、透明のオイルを手のひらに少し垂らした。「肌ざわりもいいはずだよ」彼はデキャンターを床の自分の横においた。それから手のひらをこすり合わせた。「腹這いになって」

「だけど、あなたを見ていたいの。どうしてこんなことをする必要があるの？　そのトルコ人の香油なんかわたしたちにはいらないわ」

「ところがおれはきみを見ないようにしているんだ」かすれた声でいった。「そうするのは容易なことじゃないんだぞ、シルヴァー」

「だったらなぜ――」

「それはあれからずいぶんたつし、きみにあまり――」そこでふっと、うっとりするほど甘い微笑みを浮かべた。「きみのために最高のものにしてあげたいんだ」ニコラスはやさしく彼女をうつぶせにした。「さあ、じっとして」手のひらで彼女の肩を揉み、かおり高いオイルを肌に塗り込みはじめた。

「いい気持ちだけど、やっぱり――」シルヴァーは鋭く息を吸い込んだ。炎。氷。どうしてそのふたつを同時に感じるの？　でもどちらの感覚もそこにあって、ほかにもなにかが肌を極限まで敏感にする。

ニコラスの指が背骨に沿って巧みに動き、焼けつくような感覚が甘い痛みになる。「例の商人の話だと、トルコの皇帝は夜の相手をさせるハーレムの女をこのオイルでマッサージするよう宦官《かんがん》に命じたそうだ。本当だと思うかい？」

シルヴァーはごくりと喉を鳴らした。「ええ」

「おれもだ」

ニコラスは手にさらにオイルを足し、シルヴァーの尻をぎゅっとつかみ、太腿から膝の裏、ふくらはぎまでを揉みほぐした。彼女の全身がオイルのかおりとともに花開き、熟れて、信じられないほどに敏感になり、ニコラスの指がかすめるようにふれただけでおなかの筋肉がぎゅっと締まり、太腿のあいだがうずく。ニコラスの手が足の甲のカーブにオイルをすり込みはじめると、彼女は下くちびるを強く噛んでうめき声が洩れないようにした。「ニコラス……」

「気に入ったか？　ここがどんなに敏感かおぼえているよ」

どこもかしこも敏感になっていた。くちびるが開き、酸素が足りない肺にもっと空気を送り込もうとする。「あなたの〝アフロディーテの愛撫〟が好きかどうかわからない。なんだか――」

「体がうずき、火がついて、欲しくてたまらない？」ニコラスが囁いた。「わかるよ。でもそれでいいんだ。そのほうがあとにくるものが何倍もよくなる」

「心臓がものすごく速く打って、息が苦しいの」シルヴァーは寝返りを打って仰向けになった。「まるで――」彼女ははっと息をのんだ。ニコラスの手のひらが乳房を包み、丸いふくらみをゆっくりとやさしく揉みまわす。乳房がふくらみ、熟れていくのがわかった。

「きれいだ」彼女を見おろしながら両手で乳房を包み、揉み、放してはまた揉んだ。それからゆっくりと頭を下げていき、左の乳首を口に含んだ。そっと吸いはじめるとシルヴァーが小さな叫び声をあげた。両手をニコラスの髪にきつくからませ、自分のほうに引き寄せる。彼の体に震えが走ったかと思うと、頭をあげて彼女を見おろした。荒い息をつくたびに鼻孔がふくらむ。「美しすぎる。もう……どうにかなりそうだ」

シルヴァーは息をあえがせ、ニコラスの手の下で胸が上下する。「だったらやめて。わたしのなかにきて。あなたが欲しい――」

「まだだ」彼はデキャンターに手を伸ばした。「きみのために完璧にしないと」

「もう完璧よ。早く――」声が途切れ、毛皮の敷物の上で背中が弓なりになった。「ニコラス!」

彼は大事な部分をおおうやわらかな巻き毛にオイルを塗り込み、脚を開かせて、彼女の中心に分け入った。シルヴァーは毛皮の敷物に爪を立て、口から声にならない原始の情熱の叫びが洩れた。

「もう少しだ」ニコラスが囁く。「きみのここ、すごくきれいだ。それにきみのかおり……。きっとこれも気に入るよ」指が何度も何度も深く差し込まれた。

シルヴァーのくちびるからむせび泣くようなうめきがこぼれ、頭を激しく前後に振った。

「暖炉の火が当たって、きみは黄金の彫像のように輝いている」指をリズミカルに動かしながら、かすれる声でいった。「だがきみは彫像じゃない。おれをきつく締めつけているのを感じる。放すまいとするように」

でもだめ、彼がそうさせてくれないから。シルヴァーは腰を突きあげた。「お願いそのまま」

「おれが欲しいのか?」目を細め、シルヴァーの顔をじっと見つめた。「おれがきみを欲しいように?」

「それ以上よ」

「いいや、違う。でももうじゅうぶんだ。おいで」彼はシルヴァーを抱きかかえて立ちあがった。「これ以上は待てない」

シルヴァーはわけがわからずただ彼を見た。「どこへ行く……」ニコラスがスチームルームのドアのほうへ向かうのがわかった。「いま？　いやよ、ニコラス、わたしがしたいのは――」

「蒸気はあらゆるものを強めるんだ」ドアが開き、大量の蒸気がふたりを包んだ。「すぐにわかる」ニコラスはドアを蹴って閉めた。

熱気。水蒸気。〝アフロディーテの愛撫〟のワイルドでスパイシーなかおり。

ニコラスは木のベンチにどさりと腰をおろし、自分の太腿の上にシルヴァーをまたがらせた。雄々しくそそり立った彼のものが彼女のそこに押しつけられる。「おれが燃えているのがわかるか？」しわがれた声できいた。「きみは燃えているか、シルヴァー？」

「ええ」体の内側も外側もひりひりして、彼にふれられたくて、ひとつになりたくてたまらない。シルヴァーは耐えきれずに彼に体をこすりつけた。ニコラスはなぜわたしを満たしてくれないの、なぜわたしの欲しいものをくれないのよ？　蒸気と暗さが邪魔をしてニコラスの顔は見えないけれど、わたしが彼を求めるのと同じ激しさで彼がわたしを求めているのは間違いない。だってニコラスは全身の筋肉を硬くこわばらせて、欲望の証がまるで放たれるのを待つ弓のように張りつめている。

ニコラスの両手が彼女の背中にまわり、ヒップをつかんだ。「いいか？」

「いいわ」彼の肩に爪を食い込ませた。「早くして！」

ニコラスは彼女をぐいと引き寄せ、そのまま深く貫き、押し込んだ。熱く隆起した彼が信じられないほどいっぱいに満たすと、シルヴァーの頭がのけぞり首に筋が浮いた。

「きつい」ニコラスはあえぐようにいった。飢えにも似た焼けつくような快感でペニスがぴくぴくして、彼はあたかも動きのひとつひとつを味わうように、ゆっくり、深く動きだした。

「うまく動けない……」

彼に協力しようとしたけれど、快感で頭がぼうっとして、ただ受け入れるだけで精一杯だった。何度も、何度も。熱気に意識が朦朧とし、いいかおりに包まれ、ニコラスの欲望と自分の欲望にわれを忘れる。抑えきれない欲求に苛まれ、シルヴァーは彼の背中の盛りあがった筋肉を指でこねまわした。「もっと」

ニコラスはさらに速く、深く、激しく動いた。彼の指がシルヴァーのお尻のやわらかな肉に食い込み、男性自身が彼女のなかを大胆に探り、突きあげる。

あたためられた彼女の肌から立ちのぼる香気は、愛と美の女神アフロディーテに献じられた古代の神殿でたかれた香のように濃厚だった。その神殿でもきっと、ニコラスがいまわたしにしているような官能的な儀式が供されていたんだわ。

シルヴァーはすすり泣き、熱く荒い息をつきながらあえいだ。ニコラスの激しい息づかいが聞こえ、彼の胸が空気を求めて上下するのを感じ、腰をより深く、激しく突きあげるたびに彼が極限に近づいていくのがわかった。

そしてついに極限に達した。喉の奥から低い雄叫びが洩れた。「シルヴァー、もう……」

熱い霧が立ちこめる暗闇で、焼けつくような快感が爆発した。美。歓喜。ニコラス。

シルヴァーは彼をきつく抱きしめた。ニコラスを放したくなかったのに、急に疲れが押し寄せて彼の胸に倒れかかった。

「シルヴァー」

疲れすぎて返事ができない。

「シルヴァー、いますぐここを出ないと。蒸気が……」ニコラスは彼女を膝からおろして立ちあがった。彼女はぐらりとよろめき、ニコラスがそれを抱きとめた。

シルヴァーは心地よいけだるさを感じた。体じゅうの筋肉が溶けたバターのようになっている。あくびが洩れた。「あなたのおじいさんがこのトルコの香油を大いに気に入っていたわけがわかる気がする」スチームルームから出ても肌はまだ甘くうずいていたが、研ぎ澄まされた感覚はだいぶもとに戻っていた。「わたし、薬草にはかなりくわしいのよ。同じものをつくれないかしら」

「ぜひ挑戦してほしいね。おたがいのためにも」彼はシルヴァーを見おろして少年のように目を輝かせた。「それはそうと、雪風呂の準備はいいかい?」

「嘘でしょう!」シルヴァーは驚いて目を丸くした。「ニコラス、まさか――」そこで彼がにやにやしながら首を振っていることに気づいて緊張をゆるめた。「この国の習慣のひとつを気に入ったからって、わたしがそんなばかなまねまですると思ったら大間違いよ」

「そのうちね」ニコラスは洗面台のほうに近づいた。「だが今日のところはきみのご要望に応えて、水で濡らしたタオルでふくだけにしておこう」彼の顔から笑みが消え、目を細めて彼女をじっと見つめた。「それともおたがいにふき合おうか」

「それもロシアの古い習慣？」

ニコラスは腕に抱いたシルヴァーを向こう向きにさせ、ふたたび硬くなった筋肉をゆっくりとこすりつけて、欲望の証を余すところなく感じさせた。「おれが考えている儀式に国境はないと思う」耳元で囁いた。「きっと万人が気に入るよ」

「今夜はどうしてあんなに怒っていたんだ？」ニコラスはシルヴァーの髪に物憂げに指を差し入れ、髪の毛が漆黒の雨のように指のあいだを流れ落ちるにまかせた。「おれに乱暴にワインの壜を投げつけたときのきみは怒り狂っていただろう」

「あなたに投げつけたんじゃないわ」シルヴァーのくちびるが彼の肩をやさしくかすめた。「もしそうなら、壜はあなたに当たっていたわよ。わたし、狙った的ははずさないの。あのときはあなたがあのむかつく女を見つめるのをやめさせたかっただけ。不愉快だったから」

「タニアのことか？」ニコラスは髪の長いひと房をひとさし指に巻きつけた。「おれは彼女の歌を聴いていただけだ。すばらしい声をしているからな」

「ハイエナの遠吠えみたいだったけど」

ニコラスは短く笑った。「手厳しいな。タニアは——」

「彼女の話はしたくない」彼女はむっつりしてさえぎった。「あなたが寝た雌犬たちのことは聞き飽きたわ」

ニコラスの指が動きを止めた。「うん？　ほかに誰と寝た罪で責められているんだ？」

「カーチャ・ラズコルスキーよ。今夜の舞踏会で会ったときに、狩猟小屋での密会のことをさもうれしそうに話してくれたわ」

「なるほど」指がまた髪を撫ではじめた。「それであんなに腹を立てていたのか？」

「あなたが何人の女性と寝たかを、なぜわたしが気にしなくちゃいけないの？」そこでニコラスと目が合い、シルヴァーはしぶしぶうなずいた。心の壁を低くして彼にすべてをさらすことは、まだむずかしかった。「彼女の頭の皮を剝いでやりたかった」憤然とつけたした。

「それにあなたの頭の皮も」

「とすると、鞭で打たれるだけですんで幸運だったわけだ」ニコラスは一瞬黙り込んだ。

「カーチャとのことは気にするな、シルヴァー。はるか昔のことだし、おれはほんの子どもだった」

「彼女はあなたの母親といってもいい歳のはずよ。そんなおとなの女が少年に興味をもつわけないじゃないの」

「それは違う」

ニコラスの声の辛辣《しんらつ》さに、シルヴァーは彼の肩にあずけていた頭をもたげて彼を見た。

「そうなの？」

「ああ、大間違いだ」声に皮肉をにじませた。「たぶんきみは宮廷にあがって日が浅いからわからないだろうが、上流階級の人間は目新しいもの、新鮮なものはなんでもその貪欲な手でつかみ取ろうとする。そして中年のレディたちにとって、年若い少年はトロフィーなんだよ。宮中に仕える見習いの少年が貴婦人の寝室に呼びつけられることは、そう珍しくないんだ」

「でもあなたは見習いの少年じゃない。公爵よ」

「その母親は、宮廷に受け入れられるためならどんなものでも売る野心的な女だった。自分の体だけでなく、おれの体も」

「意味がわからない」

「きわめて簡単な話だ。おれが十歳のときに父親が死ぬと、母親はおれをクバンにいるおれの祖父のところに追い払った。おれはクバンの地を愛した。あそこがおれの家だった。サンクトペテルブルクに戻るのは夏のあいだだけで、それも宮中に参内して、おれが大事に育てられて、けっして母親にないがしろにされていないことを皇帝《ツァーリ》に示すためだった」

「宮廷での生活が嫌いだったの？」

ニコラスはくちびるを引き結んだ。「大嫌いだった。ほかの子どもたちに雑種犬のように扱われ、その親からは無視された。彼らからすればコサックのおれは野蛮人だった。コサック以外のなにかになることなどおれは望んでいないのに、彼らにはそれがわからなかったんだ。あの舞踏室では窒息しかけたよ。香水のにおいがぷんぷんして息ができないし、豪華な料理を見るとナメクジみたいな気分にさせられた」

「あなたの母親はあなたをおじいさんのところにいさせてはくれなかったの？」

ニコラスは首を振った。「おれの父が母の愛人のひとりと決闘して殺されると、母はこれ以上うしろ指をさされないように行ないを慎まなければならなくなった。どんな退廃的な行為も、目立たないように陰でこっそりしているぶんには許されるが、母が慎重にふるまうことはめったにないからね。おれが宮廷に戻ることは、おれに劣らず母も望んではいなかったが――」彼はそわそわと身じろぎした。「もう昔の話だ。きみは聞かないほうがいい」

「でも聞きたいの。あなたのことは全部聞きたい」

ニコラスは肩をすくめた。「話すことはそれほどないよ。おれが十四歳になった夏に、母はおれを利用することにした。そして知り合いの貴婦人たちの寝室におれを行かせるようになったんだ。まあ、気が進まなかったとはいわないよ。同じ年ごろの少年といっしょで、そういうことには興味津々だったからね」

「カーチャ？」

「彼女もそのひとりだ。しばらくのあいだは鼻高々だったよ。コサックの若造が上流婦人たちに求められ、ちやほやされたんだ。まるで特別な人間だというようにね。快感さえ与えてやれば、彼女たちはその肉体をおれの好きにさせてくれた——」シルヴァーの指が腕に食いこむのを感じて言葉を切った。「だから聞かないほうがいいといっただろう」

「その人たちを……好きだったの？」

「そのことは考えなかった。彼女たちが味わわせてくれた気分は好きだった。おれは自分のことをハーレムをもったトルコの豪商だと考えていた」ニコラスは表情を歪めた。「自分は利用されたのだと気づくまではね。おれのことなど、彼女たちはなんとも思っていなかった。おれはイーゴリの部隊に同行してわずかなルーブルと引き換えに脚を開く娼婦と同じだったんだ。もっとも、おれの母が請求した金額はそれよりはるかに高かったが。おれを知人にあてがうたびに、母は見返りを要求していたんだ。結局おれはサンクトペテルブルクを離れ、二度と戻らないと母に宣言した」

「でもあなたは戻った」

「進んで戻ったわけじゃない。あることがあって……」声がしだいにしぼみ、ニコラスは暖炉の火をむっつりと見つめた。静寂を破るのは、赤々と燃える薪がはぜるぱちぱちという音だけ。と、まるで重荷をおろしたかのように彼は肩をふっとあげて、こちらを振り返った。

「だからカーチャとはなんでもないんだ。どの女性もおれにはなんの意味もない」

それは違う。ニコラスを守ってあげたい気持ちが、シルヴァーのなかに猛然と湧きあがった。ニコラスは人生のその時期に苦い教訓を学び、そのことは彼の心に背中の傷より深い傷を負わせた。そして自分はなんの価値もない人間だと思いこまされてしまった。それがどんな気分かは、わたしがいやというほど知っている。「なんならわたしがカーチャをやっつけてやる。彼女たち全員をやっつけてやるわ」

ニコラスの顔から怒りの表情が消え、明るい笑みで輝いた。「なんとも勇猛な戦士だな。申し出はうれしいが、すべて遠い昔の出来事だ。やっつける必要はないよ」

「でも、それじゃわたしの気が――」

ニコラスは彼女のくちびるに手を当てて黙らせた。「いいんだ」やさしくいった。「復讐は正しいことだと信じてはいるが、おれにも非がなかったわけじゃないんだ。子どものころでさえおれは無垢とはいえなかった。コサックは――」シルヴァーの目が涙で光っているのを見て、彼ははっと口をつぐんだ。大きくカールした長いまつげに手をふれると濡れているのがわかった。「おれのために泣いているのか?」

「あなたのために泣いているの」彼女はまつげを伏せて目を隠した。「それにわたしたちの子どものために。あなたの話を聞いて思いだしたの、無垢な子どもにも悪がなされることはあると。わたしたちの赤ちゃんにはなんの罪もない。あの子は死んではいけなかったのよ」

口調が激しくなった。「だからあの子を殺した犯人は罰せられなくては。わたしも復讐は正しいことだと信じているの」

ニコラスの表情が険しくなった。「毒の件はたしかだとミハイルはいっているのか？」

「ええ」シルヴァーはためらった。「宮廷に行ってみたけどなにも見つからなかったとミハイルはいっているけど、あれは嘘だと思うの。なにか情報をつかんだけどわたしに教えたくないのよ」

「なにかわかったのなら、ミハイルはおれには絶対に話すはずだ」

「だといいけど。わたしは一言もききだせなかったから」彼女はまた彼の肩に頬をあずけた。「それにもう何カ月にもなるのに、まだなにもつかめないの。あの医者のことも、あいつを買収してあんなことをやらせた男のことも」

ニコラスはいきなり彼女のあごに手を当てて上を向かせ、その顔を見おろした。「宮廷にあがりたいといったのはだからなのか？」

シルヴァーはきょとんとして彼を見た。「そうよ、ほかにどんな理由があるというの？あんなつまらないところ」

「つまらない？　世界一華やかな宮廷がつまらないって？」彼は急にげらげら笑いだし、シルヴァーをきつく抱きしめた。「なんてこった、彼女は宮廷をつまらない場所だと考えている！」

「なにがそんなにおかしいのかわからない。あなただって宮廷の生活は好きじゃないといったじゃないの」

「でもおれはてっきり……」ニコラスはそれ以上はいわず、彼女の裸の背中をこのうえなくやさしく撫ではじめた。「きみのいうとおり、これは笑いごとじゃない」シルヴァーのこめかみにそっとキスした。「神からの賜物だ」

「なんのことだかさっぱりわからないんだけど」

「いいんだ。もう、いいんだ」

彼女はしばらく無言だったが、やがて口を開いたとき、その声は聞き取れないほど小さかった。「でもあきらめるわけにはいかない。わたしたちの赤ちゃんを殺した犯人を見つけるまでは」

「あきらめてほしいなんていっていない。ふたりで犯人を見つけよう」

「ふたりで?」自分はひとりぼっちだと考えることに慣れてしまっていたから、いままでは人生の喜びや悲しみを分かち合える相手がいるのだと知るのは妙な気分だった。たとえいまだけのことだとしても、それでもすばらしいわ。シルヴァーは口ごもりながらいった。「ありがとう。親切なのね」

「親切?」ニコラスは呆気にとられた。「なにいってるんだ、シルヴァー。彼女はおれの子でもあるんだぞ。こんなことをした極悪人を見つけたくないわけがどこにある?」

「ないわ」涙を流したらだめ。胸がいっぱいで、あふれんばかりの喜びでいまにもはち切れそう。泣いたりしたら、わたしがどんなにばかな女か彼に知られてしまう。彼がわたしのそばにいて、体だけでなく心もぴったりと寄り添っていると知るのが、わたしにとってどれほど大事なことかも。たとえニコラスにはわからなくても、それはすべてを揺るがすほどの衝撃だった。ささいなことだけれど、いまわたしの胸のなかでは幾千もの鈴が鳴り響いている。喜びに満ちたクリスマスキャロルのように。

わたしはもうひとりぼっちじゃない。

10

「おれは知りたいんだ、ミハイル」ニコラスの声音は鋭かった。「秘密はもう終《しま》いだ」

「いえない」ミハイルは静かに告げた。

「シルヴァーはおまえがなにか隠していると考えている」ニコラスはかぶりを振った。「おれはもうなにをどう考えればいいのかわからない。なんだってその毒のことをおれに話しにこなかった？」

「そのほうがいいと思ったからだ」

「でもどうして？」

ミハイルは答えなかった。

「あの子はおれの子どもでもあるんだぞ。シルヴァーとおれの子どもなんだ。友人ならそういう状況で口を閉ざすか？」

「おれはこれからも変わらずおまえの友人だ」

「ミハイル、いいかげんにしろ。話すんだ」

「できない」ミハイルの表情は苦しげだった。「おれにはどうしても……」声が消え、彼はがっしりした肩を力なくすくめた。「話せない。おまえがこれを裏切りと考えるなら、おれはここを去る」

「くそ、強情な男だ」

「そうしたほうがいいか？」

ニコラスは考え込むような目で彼を見た。「いや、だめだ」そういうと暖炉の前の椅子に乱暴に腰をおろした。「だがこの一件にけりがつく前に、その石頭をかち割るかもしれないぞ」

安堵の笑みでミハイルの表情が明るくなった。「おれがおまえを裏切るとは思わないってことか？」

「おれはそこまでばかじゃない。おまえは判断力に欠けるかもしれないが、忠誠心を忘れることはないからな」

「ときには容易に判断がつかないこともある。おれは昔から利口なほうじゃなかった。自分にできることをするだけだ」

そう、ミハイルはたしかに利口なほうじゃない。しかしこの男は道義心と、ほとんどはずれることのない直感をともにもちあわせている。友を見つめながら、ニコラスの心はいらだちと愛情の狭間《はざま》でかき乱れた。「もうなにもいうつもりはないんだな？」

ミハイルは向きを変えて部屋を出ようとした。「そろそろ行かないと。いっしょに庭を散歩するとエティンに約束したんだ」

「ミハイル」

ミハイルは肩ごしにちらりとうしろを振り返った。

「手伝う気がないとしても、せめて邪魔はしないと約束してくれ。こんなことをした男をおれはかならず見つけだす」

「邪魔はしない」ミハイルはドアを開けながらぽつりといった。「おまえの気持ちはわかるからな」

彼はドアを閉めて出ていった。

ゆうべシルヴァーに約束したのにこのざまだ。ニコラスは顔をしかめた。これだけ長いつきあいなんだ、ミハイルがその気になればどれだけ頑固になれるか気づくべきだった。ううむ、いったいどんな面《つら》を下げて、なにも伝えることはないとシルヴァーにいいにいくんだ？

おざなりなノックの音がしたかと思うと、書斎のドアが開いてヴァレンティンが部屋に入ってきた。「おはよう《グッド・モーニング》」彼はニコラスのしかめ面に油断のない目を向けた。「それとも、いい朝じゃないのかな？　いっておくけど、シルヴァーがきみを追いかけて〈タニアの店〉に行ったのはぼくのせいじゃないからな。やめさせようとしたんだけど、シルヴァーときたら聞く耳をもたなくて。まさか彼女を――」

「ネヴァ川に沈めたかって?」ニコラスはそっけなくいった。「いいや、シルヴァーならぴんぴんしてるよ。ちょっと寝坊しているだけだ」

「シルヴァーが?」ヴァレンティンが驚きの声をあげた。「寝坊なんか一度もしたことがないのに」

「それが今朝はしているんだ。ちょっと……疲れていてね」

ヴァレンティンはニコラスをしげしげと見たあとでうれしそうな笑顔を見せた。「なるほどね」ぼそりといった。「そういえば、きみも今朝はちょっとばかり疲れた顔をしているな。〈タニアの店〉がさぞかし……おもしろかったんだろう。ステファン坊やはどうしてる?」

「生きているよ」

「こいつは驚いた。その状態は今後もつづくのかい?」

「たぶんな」

「ふーん、きみもずいぶんまるくなったな。愛は男をやさしくすると聞いたことがあるけど」

「いまのおれはさほどやさしい気分じゃない。ミハイルのやつが——」ニコラスはそこでいうのをやめた。「おまえ、決闘の介添人がいるかどうかをたしかめるためだけにここにきたのか?」

「チッ、チッ」ヴァレンティンはからかうような笑みを浮かべてたしなめた。「きみもわからない人だな。欲しいものが手に入らないと機嫌が悪いが、手に入ったら入ったでさらに不機嫌になるんだから。きみを喜ばせるのはひと苦労だよ、ニッキー」だがそこでニコラスの表情が険しくなるのを見て、彼はあわてて先をつづけた。「いやね、シルヴァーのことが心配だったのはたしかだけど、ほかにもたまたま用事があったんだ。ゆうべ、依頼していたモンティースに関する調査の件でドゾスキーと話した。一昨日、ロンドンから報告書が送られてきたそうだ」

ニコラスが急に油断のない目になった。「それで?」

ヴァレンティンの顔から笑みがひいた。「おぞましい。じつにおぞましい。情報の収集にこれだけ時間がかかったのは、モンティースの故郷の村の人間が、誰ひとりやつについて話そうとしなかったからなんだ。モンティースは教区牧師の息子だったが、あきらかに信仰心も希望も慈悲愛ももちあわせていなかったらしい」彼はそこでいったん言葉を切った。「調査報告書は、村人たちがモンティースについて話すことをひどく恐れていたと強調していた」

「なぜだ?」

ヴァレンティンはためらった。「ぼくが話せるのは要点だけだがいいか? 明日までにはドゾスキーから詳細な報告書が届くはずだが」

「村人はなにを恐れているんだ?」ニコラスはじれたようにいった。

「悪魔崇拝だ」

ニコラスははっとした。「なんだって？」

「モンティースは悪魔崇拝に関わっていたんだ。リース伯爵の城の地下牢で黒ミサをおこなっていたという噂がある。噂はそれ以外にもいろいろ……」ヴァレンティンはふっと黙った。「モンティースがヨークシャーにいた最後の二年間に数名の女性が行方不明になっている。みな村の若い娘で、誰ひとり遺体は見つかっていない。黒ミサの生け贄としてモンティースに選ばれたのだという噂が流れたそうだ」

ニコラスは、ライオンの檻のなかで黒大理石の台に横たわるエテインを見たときと同じ、ゾクッとする寒気をおぼえた。あれはたしかに生け贄を思わせるものだった。「土地の行政官はやめさせようとしなかったのか？」

「行政官はリース伯爵にがっしりと頭を押さえつけられていた」ヴァレンティンはニコラスと目を合わせた。「そして、伯爵はあきらかにモンティースのいいなりだった。どこかで聞いた話だと思わないか？」

「ペスコフか」

ヴァレンティンはうなずいた。「ほかにもどれだけの貴族が抱え込まれているかは神のみぞ知る、だ。信頼できる筋から聞いた話によると、モンティースは信者と約束を交わすんだそうだ」

「約束?」

「女性には永遠の若さと美を、男には富と権力を。モンティースへの服従を誓えば、どんな願いも叶えるとね」

ニコラスは小声で呪いの言葉をつぶやいた。「ばかばかしい!」

「たしかに」ヴァレンティンはそわそわした。「だけど、モンティースはヨークシャーの貴族たちを三年近く牛耳ってきたんだぞ。約束を果たさずにどうやってそんなことができるんだ、ニッキー?」

「モンティースは非常に頭の切れる男だからな」

「あるいは――」

「あるいは、とはどういう意味だ?」ニコラスはぎょっとしていった。「まさかモンティースの戯言《たわごと》を信じるというんじゃないだろうな?」

「あの男にはひどく……奇妙なところがある」ヴァレンティンはのろのろいった。「それに報告書にはもうひとつ、さらに奇妙な内容が記されていた」

ニコラスは彼を見つめ、つづきを待った。

「モンティースはメアリ・トラスクという名前の村娘と結婚した。エテインが生まれた一年後に、その妻はほかの娘たちのように行方をくらまし、二度と見つからなかった」

ニコラスはショックに目を瞠った。「やつは自分の妻を生け贄にしたのか?」

「おそらく」

そして自分の妻を生け贄にするような男は、実の娘を生け贄にすることになんのためらいももたないはずだ。ニコラスはぞっとした。彼はいきなり立ちあがりドアのほうに向かった。

「どこへ行くんだ？」ヴァレンティンがきいた。

ニコラスはドアを開けた。「ドゾスキーの事務所に報告書を受け取りにいく」

「明日には送ってよこすと思うが」

「それまで待てない。いますぐにすべての詳細を知りたい」彼は肩ごしに振り返った。「それから、シルヴァーにはこのことをいっさい知らせないように。わかったな？」

「いや、わからないな」ヴァレンティンは困惑の表情を浮かべた。「なぜだめなんだ？」

「エテインにそんな危険が迫っていると知ったらシルヴァーはなにをすると思う？」

ヴァレンティンはたちどころに理解し顔を歪めた。「モンティースのところへ行って脅威を取り除こうとする」

「そうだ」

ニコラスはドアを叩きつけて出ていった。

そのマントは炎のおおいのようにシルヴァーの上にふわりと広がった。

「起きろ、シルヴァー。もう午後も半ばだぞ。一日じゅう寝ているつもりか？」ニコラスがベッドの横に立ち、にやにやしながらこちらを見おろしていた。シルヴァーはただただうれしくて、高鳴る胸の鼓動が残っていた眠気を吹き飛ばした。

ニコラスはつやのあるクロギツネの毛皮飾りのついた黒いスエードの服で全身を包み、金色の髪とブロンズ色に灼けた肌が黒に映えて輝いて、シルヴァーは一瞬呼吸を奪われた。わたしのもの。この美しい人がいまはわたしのものなんだわ。とても信じられない。

シルヴァーが返事をしないでいるとニコラスの眉があがった。「どうした?」

シルヴァーは片方の肘をついて体を起こした。「起きようと思っていたところよ」あくびまでつけたした。「ここにいてもとくに楽しいことはないし」

「挑戦状か?」ニコラスはつぶやき、黒い瞳をおもしろそうに輝かせた。「きみは挑戦状を叩きつけるのがことのほか好きなんだな、かわいい人。心配するな、楽しい時間を提供すると約束するよ——ただし今回はベッドの上じゃなく、トロイカで出かけるんだ。さあ。マントを着て。もっともきみはこのマントになんの興味もないようだから、いますぐ店に返したほうがよさそうだが」

彼のいうとおりよ。いまはニコラス以外はなにも見たくないし、彼の魅力的な笑顔とセクシーな美しさにしか興味がなかった。それでもシルヴァーはしぶしぶ、ニコラスから視線をはずし、先ほど彼女を起こしたときに彼が体の上にかけたマントに視線を移した。そして輝くばかりの笑顔になった。そのフードつきのマントはこのうえなく美しく、信じられないほど高価なものだった。鮮やかな緋色に染められた羽根がマント全体をびっしりとおおい、炎の舌のようにやわらかくカールしている。

「すごく……きれい」指を伸ばして、シルクのような羽根をそっと撫でた。「どこで手に入れたの？」

「マダム・レメノフの店だ。ネフスキー通りにある彼女の店の飾り窓で見つけた。じつをいうと、最初に見たのは二週間前なんだが、あのときはきみに贈り物をするような気分じゃなかったんでね」ニコラスは彼女を起こしてベッドに膝で立たせると、上掛けを剝がして褐色に輝く裸体をあらわにした。肌をおおい隠すものはつややかな黒髪だけ。ニコラスの顔から笑みが消え、彼女の肌に視線を這わせるうちに目に感嘆の色が浮かんだ。「だが今朝店の前を通りかかったときにはその気分も奇跡的な変化を遂げていたし、それで火の鳥に体をあたためるための羽根を少しばかり用意してやろうと思ったわけだ」

興奮でぞくぞくした。「少しですって？」手のひらをそっとマントに滑らせる。「このマントには何千枚もの羽根が使われているはずよ。これはなんの羽根かしら？」

「火の鳥の羽根に決まってる」

「やあね。本当はなんなの？　おとぎ話じゃなく」

「きみといいミハイルといい」やれやれというように首を振った。「まるで信じようとしないんだな。信じる心をもたないと火の鳥は見えないんだぞ」彼はマントをたぐり寄せ、シルヴァーの肩にさっとかけた。「火の鳥が恋人を呼び寄せるためにその羽根を落としていかなかったと誰にいえる？」彼女の首の前でマントの紐を結んだ。「で、マダム・レメノフがその羽根を全部集めてマントをこしらえて――」

「たぶんダチョウの羽根ね」

「ばかな」彼女の黒髪にフードをかぶせた。「信じなきゃだめだ」ニコラスは厳粛な面もちで彼女を見おろした。「われわれの目の前にはいくつもすばらしい世界が開けているが、どれも信じなければ見つけることはできないんだ」

ニコラスはおとぎ話のことだけをいっているんじゃない、とシルヴァーは気づいた。でも彼にはわからないのよ、彼の愛情が長くつづくことを信じるのがわたしにとってどれほどむずかしいか。いいえ、ニコラスはちゃんとわかってる。だからこそあんなに淋しそうな顔でわたしを見ているんだわ。彼の悲しみを消し去ってあげたい思いでいっぱいだったけれど、シルヴァーはなすすべもなく彼を見つめることしかできなかった。「たぶんいつかは……」

彼女はやっとの思いで微笑んだ。「今日はネフスキー通りになんの用があったの？　今朝はあなたもわたしに負けないくらい疲れているだろうと思っていたのに」ニコラスの気をそらそうとしてそういった。

ニコラスは彼女からすっと目をそらした。「急ぎの仕事があったんだ」フードの両側からつややかな髪をひと房ずつ引きだし、燃え立つような羽根の上に流した。「きみの黒髪はこの緋色にすばらしく映えるな」

「仕事って?」

「いまはその話はいい」ニコラスは彼女を頭の上までもちあげ、めまいがするほどくるくるまわした。「飛べ、火の鳥!」

「ニコラス!」ばかね。シルヴァーは思わず笑い声をあげて彼の肩にしがみついた。「やめて」

「どうして? 楽しくないのか?」

部屋がぐるぐるまわり、見えるのは火の鳥の真っ赤な羽根と金色に輝くニコラスだけ。喜びで心が弾み、いまにも体がふわふわと浮かびあがってしまいそう。「楽しい」両手を翼のように広げると、窓から射し込む陽光が火の鳥のマントに当たってきらきら輝いた。マントのフードがはずれて長い髪が滝のように勢いよくうしろになびくと、シルヴァーの笑い声がはじけた。「ああ、すごく楽しいわ」

「おれもだ」そういうとニコラスは彼女をそっとおろし、自分の体の上を滑らせるようにして床に立たせた。ニコラス。革と石けんと麝香のにおい。キツネの毛とスエードのやわらかさ。硬く引き締まった筋肉と、熱く昂《たかぶ》る欲望の証。

「信じるか?」彼が囁いた。

いまならなんでも信じられる。永遠の愛も、忠誠心も信頼も誓いも。シルヴァーは彼の顔に手を伸ばし、このうえなくやさしく頬にふれた。「信じるわ」

「よし」そういうと、急にいたずらっぽい笑顔になった。彼女をさっと腕に抱きあげ、廊下に通じるドアのほうへ大股で向かう。「ではおれの火の鳥が氷柱《つらら》を溶かせるかどうか見にいこう」

「どこへ行くの？」べつにどこでもかまわない。シルヴァーは廊下を進む彼の首に、満ち足りた気持ちで腕をまわした。

「人の話は注意して聞くもんだ。トロイカで出かけるといっただろう。美しい一日だし、森はきっとおとぎの国みたいに見えるぞ」

「あなたこそ、わたしがこのマントの下になにもつけていないことに注意を払うべきだと思うけど」

「気づいていたよ」

「靴も履いていないのよ」

「必要ないね」彼女を見おろし、おかしそうに目をきらめかせた。「きみのなかに恥じらいのかけらを見たのはこれが初めてじゃないかな。礼儀を身につけたってわけか？」

シルヴァーはかぶりを振った。「いっておいたほうがいいと思っただけ。わたしが人前で裸になるのはあなたの気に障るみたいだし」

「それはそのとおりだ」ニコラスは大理石の階段をおりはじめた。「今度きみがおれ以外の誰かに肌をさらしているところを見つけたら、そのすばらしいお尻をぶってやるからな。もっとも、ふたりだけのときにはなんら反対はしないがね」

「あなたがトロイカを走らせるの？」

「いや。セルゲイにやらせる。おれはゆっくり……風景を楽しみたいからね。心配するな。馬からちらりとでも目を離したら、ネヴァ川の氷に穴を開けてそのなかに放り込むといってあるから」階段をおりきると、光を放つ玄関広間を通り抜けて表玄関へ向かった。「ドアを開けろ、ロゴフ」

執事は急いで前に出て玄関の扉をさっと開けると、また彫像のように動かない姿勢に戻った。

シルヴァーのマントの裾からは素足がのぞいていて、外に出て待っていたトロイカに向かおうとしたとたん、彼女は凍てつく寒さに身震いした。

ニコラスは彼女に目を落とし、急に心配そうな顔をした。「あと数歩であたたかい毛皮の下に入れるが、やっぱり戻ったほうがよさそうだな」

「平気よ。戻るのはいや」シルヴァーは興奮ではち切れそうだった。「おとぎの国を見せてくれると約束したじゃないの」

「そうだったな」クッションのついた広い座席にシルヴァーをおろし、黒貂の膝掛けで首まですっぽりおおうニコラスの笑みは、誇らしさとやさしさに満ちていた。「多少の氷くらいきみはへっちゃらだとわかっているべきだったよ。きみはひょっとするとコサックかもしれないとミハイルもいっているしね」彼はトロイカに乗り込み、シルヴァーと並んで毛皮の下にもぐり込んだ。

セルゲイが御者台に背筋をぴんと伸ばして座り、視線をまっすぐ前方に向けているのを見て、シルヴァーはおかしくなった。ネヴァ川の凍りつくほど冷たい水のなかに沈めるというニコラスの脅しを真に受けているのはあきらかだわ。

ニコラスがロシア語で命令を発し、御者は鞭をしならせた。トロイカが雪の上を最初はゆっくり、徐々に速度をあげて走りだし、馬にはずみがつくとさらに速くなった。何分もしないうちに橇は城の敷地を離れて森に分け入った。

おとぎの国とニコラスはいったけれど、たしかにそのとおりだ、とシルヴァーは思った。白樺や常緑樹の大枝に幾千もの氷柱が下がり、クリスタルのように虹の七色にきらめいている。その鮮やかさは目も眩むほどで、あまりの美しさにシルヴァーは感極まって喉を詰まらせた。

ニコラスはそんな彼女をじっと見つめた。「おれは約束を守るよ、シルヴァー」やさしい声でいった。

「ええ」シルヴァーはこみあげてきたものを飲み込んだ。「わかってるわ。おとぎの国ね」

「火の鳥にふさわしい場所だ」ニコラスが体を寄せてきたかと思うと、毛皮の下でいきなり手が動いてシルヴァーのマントの紐をほどいた。「ただ、ここには氷柱が多すぎる」彼の指がじらすように乳首をつまんだ。「あれを溶かすことができるかい、シルヴァー?」

ぞくぞくするような興奮が体を走り抜け、脚のあいだになじみのあるうずきを感じた。ゆうべサウナで何度も愛し合ったあとで屋敷に戻ったときは、もう欲望を感じることなどないだろうと思っていた。でもいまそれは間違いだとわかった。飢えにも似た欲望が戻ってきて、まるで一度も満たされたことがないように激しく燃えあがる。「氷柱はとても……」ニコラスの手が下がって大切な部分を包む巻き毛を撫でると、シルヴァーは声を落ち着かせないとならなかった。「きれいだわ」

「そうか?」彼の声が耳元でやさしく囁き、指が探していたものを見つけた。シルヴァーは小さく叫んで背中を弓なりにそらし、無意識のうちに脚を開いた。

「あの形は好きか?」

彼の指が彼女のなかでリズミカルに、力強く動きだすと、シルヴァーはすすり泣きにも似た声を洩らした。

「好きか?」

なにをきかれたのか思いだせない。体がとろけ、燃えて……。

「好きか?」もう一度きいた。

「ええ」なんの質問かなんてどうでもいい。答えはイエスよ。

「手ざわりはどうだ？　すごく硬いだろう？」

シルヴァーは舌でくちびるを湿らせ、頭をのけぞらせた。「ええ……硬いわ」

「硬すぎる？」

「いいえ」

ニコラスは指でまた魔法を奏でながら、べつの手で自分の服をもちあげた。「よかった」やさしい声でいうと、シルヴァーの上に馬乗りになった。いままで彼の指があったところに、そそり立った彼のものが押しつけられる。「じゃあ長さはどうだ？」彼はぐっと腰を突きだした。

シルヴァーは小さく声をあげた。いっぱい。信じられないくらいいっぱいに満たしている。

ニコラスが彼女を見おろしている。「気に入らないのか？」そう答えを促す。

ニコラスはなにをいっているの？　彼とひとつになっているのに、気に入らないわけがないじゃないの。「動いて」

「冷たすぎるか？」

シルヴァーはわけがわからず彼を見返した。冷たい？　いまにも燃えあがりそうよ。「なにが？」

「氷柱だよ」彼の目はいたずらっ子のようにきらきらしていた。「おれたちはいまその話をしているんだろう？」

「氷柱？」シルヴァーは呆気にとられて彼を見た。

「ああ、シルヴァー、きみをどうしたものかな？」ニコラスは左の耳に手を伸ばし、わざとらしく引っぱった。

「冗談？　こんなときに？」シルヴァーは囁いた。

ニコラスの顔から笑みが消え、シルヴァーを見つめるその目にいまあるのは渇望と興奮だけだった。「たしかに」その声はしわがれていた。「いまはジョークをいっている場合じゃない」

ニコラスは爆発した。彼女の体が浮きあがるほど何度も激しく突き、荒い呼吸で胸が上下する。「きみを傷つけてしまうかもしれない……。痛かったらそういって――」

トロイカは雪の上を滑り、冷気が彼女の頬を刺し、体のなかでニコラスが燃えている。頭上で、まわりで、体の奥で、氷柱が粉々に砕けて官能的な輝きになる。

シルヴァーは悲鳴をこらえようと、ニコラスの肩を包む黒貂の毛皮に指を食い込ませた。

彼がさらに速く激しく動く。吐く息が白く凍る。空気を求め、彼女を求めて鼻孔がふくらむ。いっぱい。力。炎。

「飛べ」ニコラスがかすれた声でいった。さらに深く貫く。「飛べ、シルヴァー。いまだ」

シルヴァーは飛んだ。空高く舞いあがり、燃えるような光を放ちながら太陽に向かって羽ばたいた。ニコラスもいっしょに飛んでいる、シルヴァーはぼんやり気づいた。高く、さらに高く舞いあがり、霞と雲を切り裂き、谷を、山を越えて、その先にあるのは太陽の輝きと。

ニコラス。


「あれほど冗談がふさわしくないときもなかったわよね」シルヴァーはたしなめた。「気が散ったわ」

「ごめん」ニコラスは舌でそっと彼女の乳首を転がすと、乳房に深々と頬をうずめた。「ただ、ちょっとしたユーモアをもちこんでも悪くはないと思ったんだよ。それぐらい幸せだったんだ」彼は乳房のふくらみの下にキスをした。「きみが幸せをくれたんだ」

「わたしが？」うれしさがどっとこみあげた。わたしにはニコラスを幸せにする力がある。そう思うと驚きの気持ちに満たされた。「本当に？」

「本当だ」おごそかにいった。彼はじゃれつく子犬のように彼女の胸に頬をこすりつけた。「驚いたのかい？」

「ええ」彼女は一瞬黙った。「誰かを幸せにしようなんて考えたことは一度もないから。それって責任重大でしょう。もしもなにか間違ったらどうするの？」

ニコラスは笑った。

「やあね」シルヴァーはキッとにらんだ。「笑いごとじゃないわ。わたしはふつうの女性とは違うの。どうしたらやさしくしたり、親切にできるのかわからないのよ。あなたを傷つけてしまったらどうするの？」

「そのときは傷つけばいい」

「腹を立ててわたしを捨てたりしない？」

「しないよ」

トロイカのなかがしんとし、その静寂を破るのは馬の蹄の音と、馬具に下げられた銀の鈴の音だけだった。

「やさしくするよう努力する」シルヴァーはつっかえつっかえいった。「でももしもわたしがやさしくなくても、それはあなたを愛していないからじゃないというのはわかってね、ニコラス。そんなことは絶対にないから」

また沈黙が流れた。ニコラスはシルヴァーの胸から頭をあげなかったが、ふたたび口を開いたときその声は妙にしゃがれていた。「ああ、それは知ってるよ、火の鳥」くちびるが彼女の乳房をやさしくかすめた。「だがそれを知ることはおれを軟弱にする」彼は咳払いをすると頭をもたげ、きらめく瞳でシルヴァーを見た。「そして裸の女性を腕に抱いているときになにより避けたいのは軟弱になることだ」

「すぐにまた元気になると思うけど」シルヴァーはそこで眉をひそめた。「それと、ただの裸の女と呼ばれるのはうれしくないわ。わたしは裸のシルヴァー・ディレイニィよ」

「サヴロンだ」ニコラスは正した。「いつになったらきみはおれの妻だという事実に慣れる

「んだ?」

「なんだか……妙な感じで」

「まあ、じきに慣れるだろう。なるべく無理なくなじめるよう、おれも協力するから」ニコラスはまた彼女の胸に頭をのせた。「じつをいうと、そのことをきみに話したかったんだ」彼の口調はさりげなく、無頓着といっていいほどだった。「今日街に出たついでに、きみがかよう学校について調べてみた」

「学校？」

「きみは以前、医者になる勉強がしたいといっていただろう」そう思いださせた。「ドゾスキーの話だと、ロシアには女性を受け入れてくれる学校はないそうだが、スイスにいい大学があって、ロシア人女性がすでにふたり卒業しているとのことだった。入学の手続きをして語学の家庭教師を雇うようドゾスキーにいってある――」

「スイス。でもすごく遠いわ」

「ひとりで行くわけじゃない。エテインとミハイルがついていく」

シルヴァーはニコラスを押しやり、しゃんと座りなおした。体をくるんでいた毛皮が腰のところまでずり落ちたが、肌を刺す寒さも感じなかった。わかるのは、胸に湧きあがる恐怖だけ。「でもあなたはいっしょじゃないの？　わたしを追い払うつもり？」

「なにやってるんだ、凍えたいのか？」ニコラスは羽根のマントで彼女をくるみ、毛皮の膝掛けを引っぱりあげた。「追い払うんじゃない。きみの望みを叶えようとしているんだ」

シルヴァーは首を振った。「わたしが欲しくないのね。だから追い払うのよ」

「シルヴァー……」ニコラスはやるせないほどの哀れみをおぼえながら彼女を見つめた。「おれはディレイニィ家の人間とは違う。好きできみを遠くへやるわけないだろう。何度いえばわかるんだ？　おれはきみの望むものを与えてやりたいだけだ」

「口ではなんでもいえる」声が尖った。「そんなふうにいうけど、本当は追い払いたいのよ。だってわたしと別れたくないなら、なぜいっしょにこないの？」シルヴァーはじりじりと彼から離れた。「でもそんなことはどうでもいい。どっちみち行けないもの。わたしはここで、わたしの子どもを殺した犯人を見つけなきゃいけないんだから。だからよけいな心配は――」

「しーっ」ニコラスは腕のなかに彼女を引き戻した。「ヤマアラシみたいに毛を逆立てるのはやめろ。おれを信頼して犯人探しをまかせてくれれば行けるはずだ。おれを信用できないのか、シルヴァー？」

シルヴァーは彼のほうを見なかった。

「なるほど、信用できないか」くちびるを歪めて悲しげに微笑した。「たぶんそうだろうとは思ったが、きいてみたかったんだ。考えなおすつもりはないんだろうな」

シルヴァーはきっぱり首を横に振った。

「ではおれがいっしょに行けるようになるまで、きみの進学は延期するしかないな」

「わたしを追い払うつもりはないの？」

ちくしょう、シルヴァーを追い払うべきなんだ。モンティースの問題を解決するまでは、シルヴァーとエテインをどうしてもロシアから遠ざけておきたかった。今朝目を通した報告書が、ニコラスを恐怖で満たしたのだ。だがここで彼女をよそへやれば、また拒絶されたと思いこんでしまう。彼はシルヴァーの頭を自分の肩にもたせかけると、あきらめのため息をついた。「ああ、シルヴァー、きみを追い払うつもりはないよ。明日街へ行って、手続きは中止するようドゾスキーにいうとしよう」

11

シルヴァーははっと目を覚まし、暗闇のなかで視線をさまよわせた。「ニコラス？」

そのとき部屋の反対側の窓辺に立つニコラスの裸のシルエットが見えて、シルヴァーは緊張をゆるめた。目が覚めて、隣りにニコラスがいないってだけでパニックになるなんてどうかしてるわ。三日前までは、ニコラスが彼女のベッドにいることにここまで慣れて、ひとりで寝るのは間違っているように感じるなんて夢にも思わなかった。そこでふとニコラスの肩と背中の筋肉がこわばっていることに気づき、彼女の眠りをいきなり破った恐怖がまたも押し寄せてきた。「具合が悪いの？」

「もう一度おやすみ」ニコラスはこちらを振り返らなかった。「どこも悪いところはないよ」

「ばかいわないで。どこも悪いところがないなら、どうして寝ていないのよ」

ニコラスが声を出さずに笑い、彼女のほうに顔を向けた。表情は見えなかったけれど、顔の緊張はややゆるんだようだった。「今後は筋の通らないことはいわないよう心がけるよ」

そういうと、ベッドのほうにやってきた。「悪い夢を見たんで、ひと息入れたくなったんだ」

上掛けのなかにもぐりこみ、シルヴァーを抱き寄せる。「きみならわかるだろう、そういう気持ち。きみもドアを閉ざすのは好きじゃないし」

「ゆうべもうなされていたわ。夜中に目を覚ましたらあなたが……」そのとき感じた恐怖を思いだしてシルヴァーの声が小さくなった。目が覚めたとき、ニコラスは全身の筋肉をこわばらせ、口を開けて息をしようとあえいでいた。「苦しそうだったわ。発作を起こしたときのエテインみたいだった」

「ゆうべ夢を見た記憶はないな」ニコラスは彼女の額にそっとキスした。「それは、きみがおれを叩き起こしたときのことか？」

「だって怖かったんだもの。あなたのそばにいたかったのよ」

「あれ以上くっつくのは無理だと思うけどね。悪夢がああいう結果につながるなら、もっと頻繁に見られる方法を探さないと」

「冗談じゃないわ。目を覚まして、あんなあなたを見るのはいや」彼女は片方の肘をついて体を起こしニコラスを見おろした。「あなた前にいったわよね、昔のことを夢に見るって。暗くて、息ができないとか……」

「そんなことといったか？　情けないな」

「うなされるのはその夢なの？」

「おぼえていない——」声が途切れた。「そうだ」

「いつも？」

「ああ」ニコラスは身じろぎして彼女をさらにきつく抱き寄せた。「もっとも以前ほどは見なくなったが。さあ、おやすみ。心配することはなにもないといっただろう」

それでも心配だったけれど、ニコラスはあきらかにそれ以上話すつもりはないようだった。だからべつの線から攻めることにした。

「ニコラス――」間をおいてからいった。「背中の傷はどうしてできたの？」

「それもまた情けない話でね。でももう昔のことだし、いまのおれたちには関係ないよ」

それでもその〝情けない話〟がニコラスの悪夢の原因なのだとシルヴァーは痛感した。彼に話してほしかった。なぜニコラスはつらい記憶をわたしと分かち合おうとしないの？ わたしは人生の荒波から守ってもらわないとならないような弱虫じゃないのに。わたしがニコラスを守りたいのに。

ニコラスを苦しめているものの正体を知るまでは、べつの方法で彼を守ろう。その方法を発見したのはゆうべのことで、今夜もきっとその治療法が効いてくれる。どんな夢も見ないくらいに彼を疲れさせるのよ。

「ねえ、もしも話したくないなら、なにかべつのことをして楽しみましょうよ」シルヴァーの手がやさしく、じらすようにニコラスの体の上を動きはじめた。「いいでしょう、ニコラス？」

「おれに用事があるとエテインがいっていたが」朝食の間を横切ってシルヴァーの前に立つと、ミハイルは警戒するような表情を見せた。「ニコラスには、彼が知りたがっていることは話せないといってある。なのにどうして――」

シルヴァーは片手をあげてミハイルを黙らせた。「そのことであなたに会いたかったわけじゃない。朝食はもうすませた？」

「何時間も前にね」

「そう、だったらわたしが食べるあいだ、そこに座ってつきあってちょうだい。ニコラスは弁護士に会いに街へ出かけているし、彼のいないところであなたに話を聞くチャンスはほかにないかもしれないから」

ミハイルの口元にかすかな笑みが浮かんだ。「ニコラスがこのところきみのそばから離れようとしないことには気づいていたよ。おれもうれしい」

「わたしもよ」頰に血がのぼるのを感じて、あわてて卵料理を食べはじめた。「ニコラスは本当にわたしを愛しているみたいなの」

「みたい？」ミハイルはやさしく尋ねた。

「彼はわたしを愛しているというの」シルヴァーは皿の上に目を落としたままだった。「わたしも――」一瞬黙った。「わたしも同じ気持ちよ」

「よかったな」

「ええ」自分が〈アルフォード特別女学院〉で同級だった頭の空っぽな少女たちみたいに頰を真っ赤にしているのは知っていたけれど、無理やり顔をあげてミハイルを見た。「でもニコラスがわたしを不愉快なことから守ってやらなきゃいけない頭の弱い子どもみたいに扱うのはうれしくない。わたしはどんなことも分かち合いたいのに、彼はそうさせてくれないのよ」シルヴァーは大きく息を吸い込んだ。「ニコラスは悪い夢を見るの」

「ああ、知ってる」

「過去にあったあることの記憶がその夢を引き起こすのだと、あるとき話してくれた」彼女は顔をしかめた。「だけどなにがあったのかは教えようとしないの。情けない話だからしたくないって」

「たぶんそのほうがいいんだろう」

「いいえ、よくない」シルヴァーは猛然といった。「わたしは彼を助けたいのに、ニコラスはそうさせてくれない。なにが彼を苦しめているのか知るまでは手の打ちようがないのよ。あなたは知っているんでしょう？」

ミハイルはうなずいた。「ああ、だがきみに話したところでどうなるものでもない。過去を変えることはできないんだ」

「それはわたしに決めさせて。話してちょうだい」

ミハイルはためらい、あいまいな表情で彼女を見つめた。

「隠しごとなら、もうじゅうぶんなはずよ。せめてこれだけは教えて」

ミハイルは肩をすくめ、テーブルの彼女の向かいに腰をおろした。「なにを知りたいんだ?」

「夢のこと、ニコラスの背中の傷のこと、なにもかも」

「すべてはつながっているんだ」ミハイルは磨きあげられた紫檀のテーブルに目を落とした。「おれたちは友達だ、おれとニコラスは。子どものころから友達だった。ニコラスは偉大な首領の孫で、おれはつまらない娼婦の息子だったが、そんなことは関係なかった。ニコラスにとっては。そしておれにとっても。それだけは知っておいてほしい」

「ニコラスはあなたのことをとても大事に思っているわ」シルヴァーはやさしい声でいった。

「子どものころ、おれを大事に思ってくれたのは、村でニコラスひとりだった。おれは体ばかりでかくて、不器用で、いまよりもっと醜かったんだ」

「あなたを醜いと思ったことはないけど」

「ニコラスもそうだった」ミハイルはテーブルにはめ込まれた真珠貝の百合の花を指でなぞりはじめた。「そしておれが十七歳のとき、村でもうひとり、おれを好ましく思ってくれているような女性と出会ったんだ。名前はマリカといって、おれは彼女と結婚した。ところが結婚初夜に彼女が処女じゃないことがわかり、その数日後にじつは妊娠三カ月だと教えられた。彼女は子どもの父親と、恥を隠すための夫を必要としていて、それでおれを選んだんだよ」彼はくちびるを歪めた。「おれは恰好の相手だった。初めての恋に目が眩んだ少年で、おれのような男を愛する女性がいると考えるほど愚かだった」

「愚かなのは彼女のほうよ」シルヴァーはすごい剣幕でいった。「あなたはすばらしい夫になれたのに。そんな女、家から放りだせばよかったのよ」

「おれはどうすればいいかわからなかった。おれは……怒《いか》った。彼女を怒鳴りつけた。彼女はばかにしたように笑っただけだった。だからいったんだ、このことを村じゅうにふれまわってやると。彼女は笑うのをやめた。おれは馬で村を出て、何時間も帰らなかった。なにをすべきか考えようとしたんだ。おれはニコラスのように賢くないし、それにあの痛みときたら……。ようやく村に戻ったおれは、マリカが恥を隠すべつの方法を見つけることにしたのを知った」

「例の毒ね」シルヴァーはつぶやいた。

ミハイルはぎこちなくうなずいた。「彼女の顔には痣《あざ》ができていて、くちびるは切れていた。おなかの子の父親のところへ行って、なんとかしてほしいと訴えたら、その男が怒りだしたのだと彼女はいった。何度も何度も殴られた、と。それで彼女は老婆のところへ行って……」ミハイルはしばらく押し黙り、テーブルをぼんやり見つめた。「マリカは死んだ。おれは腹を立てていたし傷ついてもいたが、彼女に死んでほしくなかった。それでも彼女を愛していたんだ」頭をはっきりさせるように首を振った。「マリカに毒を渡した老婆は咎《とが》めを恐れて、なにも渡していないと否定した。その一方で、おれがマリカを怒鳴りつけるのを聞いた村人は大勢いた。彼らはマリカの痣を見て、おれが殴ったのが原因で彼女は死んだのだと考えた。おれはイーゴリ・ダボルの前に連れていかれ、殺人の罪で有罪になった。ニコラスだけはおれの無実を信じて、祖父に命乞いをしてくれた。だがイーゴリ・ダボルは耳を貸さず、おれは死刑を宣告された。村人たちは穴を掘りはじめた」

「穴？」

「コサックの習わしだ。地面に深い穴を掘ってから、殺人犯の両脚を折るんだ。それから男を穴のなかに投げ入れ、その上に犠牲者の棺をおろす。そして墓を埋めるんだ」

息が詰まるほどの暗闇。ニコラスはそういっていた。生きたまま埋められて。考えただけでシルヴァーは恐怖に震えた。わたしたちインディアンにも恐ろしい習わしはいろいろあるけれど、これほどぞっとするものはちょっと思いつかなかった。

「彼らはおれの両脚を折って穴に投げ入れた。おれは土の上に横たわり、これで死ぬのだと思った」テーブルの上にのせたミハイルの手がゆっくりとこぶしに握られた。「そのときニコラスが穴のなかに飛び込んで、おれの横に並んだんだ。穴から出ろとイーゴリが命じたが、ニコラスは従わなかった。おれを殺すなら、自分もいっしょに殺せといってね。ニコラスはたぶん、実の孫を殺すくらいならイーゴリはおれたちふたりを赦《ゆる》すだろうと考えていたのだと思う。ところがイーゴリはひどい癇癪もちで、ニコラスのふるまいに激怒した。彼は棺をおろして墓をふさぐよう命じた」

シルヴァーは鋭い音をさせて息を吸い込んだ。「あなたたちふたりを生きたまま埋めたの？」

ミハイルはうなずいた。「どれぐらい土のなかにいたのかわからない。とにかく、ひどく長い時間に思えた。息ができなくて……。そのとき土が掘りだされる音がして、おれたちは穴から引きあげられた」くちびるがあがって歪んだ笑みをつくった。「イーゴリが温情を見せることにしたんだ。彼は革鞭でニコラスを四十回打つと、おれたちのブーツを取りあげて、吹雪の近づく大草原に放りだした。生き延びる可能性はほとんどないことを知りながらね」

「でもあなたたちは生き延びた」

「おれたちはなんとかアゾフ海にたどり着き、そこで吹雪をやりすごした。それぞれの傷が癒えると、ニコラスとおれはサンクトペテルブルクに向かった。クバンから永久追放され、故郷を奪われてしまったいまとなっては、ほかにこれといって行きたい場所もなかったからね」

「実の孫を追放するなんて、イーゴリ・ダボルはきっときびしい人なのね。だとしても正当な後継者と縁を切るなんて妙よね」

「そう思うか？　おれはイーゴリがおれたちに温情を示したことのほうが妙だと思った」ミ

ハイルは静かにいった。「だがあとになって合点がいった」

シルヴァーは問いかけるような目を彼に向けた。

「ニコラスには話していないことだが、マリカの愛人はイーゴリ・ダボルだったのだと思う。イーゴリはおれが無実なのを知っていた。そのおれとニコラスを殺すことは大罪だったんだ」

「でもどのみち彼はあなたたちを殺すところだった」イーゴリ・ダボルが娘のナターリヤと同じくらい冷酷なのはあきらかだ。ニコラスがかわいそうだという気持ちが胸に熱くこみあげた。自分の目的に利用するためだけに彼を取り合ったふたりの野蛮人に育てられたのに、ニコラスが信義を重んじる心や誠実さを失わないでいるのは驚くべきことだわ。「ニコラスの祖父を穴のなかに放り込んで、山ほど土をかけてやりたい！」

「もうすんだことだよ、シルヴァー」ミハイルの声はおだやかだった。「きみにできることはなにもない。ニコラスに悪夢を見させているのはイーゴリじゃない。記憶だ。記憶が薄れれば、夢も消えるさ」

「でもわたしはいますぐ彼を助けたいの」

「わかるよ、しかしニコラスの過去からその部分を消し去ることはできないんだ」

「わたしはそうは思わない」シルヴァーは怖い顔をした。「そのクバンはどれくらい遠いの？」

「ものすごく遠いよ」ミハイルはおかしそうに目を輝かせた。「それにこの広いロシアを縦断してイーゴリを罰したところでニコラスの苦しみは消せないだろう」顔から笑みが消えた。「かつてニコラスはイーゴリをとても愛していたんだ。ニコラスは愛情の深い男だし、家族の絆に背を向けることはなかなかできないんだよ」

「そのくそじじいに生きたまま埋められたのに？」

「それでもだ」

シルヴァーはしばらく黙り込んだ。「それじゃ、イーゴリをニコラスと同じ目にあわせるわけにはいかないわね」しぶしぶそういった。

ミハイルはくちびるの端にかすかな笑みをたたえた。「たしかに賢いことではないだろうな。受け入れがたいのはわかるが」

「でもニコラスを助けたいのよ、ミハイル」シルヴァーはせっぱ詰まった声で囁いた。

「それなら過去の闇は忘れて、ニコラスのためにいまをもっと輝かせてやれ」

シルヴァーの顔から思い悩むような表情が消えた。「それはあなたのやりかたで、わたしの流儀じゃない。だけどべつの方法が見つかるまではそれを試してみるわ」彼女はにっこり微笑み、席を立ってナプキンをテーブルに放った。「さあ、エテインを探してトロイカでその辺をひとまわりしましょうよ」

「さっきおれと別れたときは厩舎に行くといってた。出産が近い雌馬が心配だからと。たぶんいまも――」

「失礼いたします、奥様」戸口にいきなりロゴフが姿を見せ、いつもは堅苦しい無表情を保っている顔に、今日ばかりはべつのなにかが表われていた。「エテイン様のことなのですが。急病になられたようです。馬車置き場にいたセルゲイがそのように――」

「急病？」シルヴァーは恐怖が背中を這いあがるのを感じた。エテインはずっと具合がよかったのに。発作も起きていなかったし、健康と安らぎに輝いているように見えた。「セルゲイはなぜエテインをここに運んでこなかったの？」

ロゴフは躊躇した。「動かさないほうがいいと考えたようです。お嬢様はかなりの重病と思われます。呼吸ができないようです」

「そんな」シルヴァーは朝食の間を飛びだし廊下を走った。ミハイルが先に表玄関に達し、ドアをさっと開け、ステップを駆けおり、中庭を半分ほど横切ったところにある馬車置き場へ急いだ。シルヴァーが全速力でそのあとを追う。

セルゲイは大型のトロイカに毛皮を敷いてエテインを寝かせ、途方に暮れた苦しげな表情で少女を見おろしていた。ミハイルはロシア語で矢継ぎ早に質問を浴びせ、御者もやはり早口で答えを返した。シルヴァーがようやく橇にたどり着いたとき、ミハイルはちょうどエテインの隣りに乗り込んで彼女を腕に抱き寄せようとしていた。

「いや！」エテインは夢中で彼を押しのけた。呼吸が荒く、赤くほてった顔で目がらんらんと輝いている。「息ができない――」少女は毛皮の上で身をよじり、肺に空気を送り込もうと薄い胸をあえがせている。「シルヴァー！」

「ここにいるわ」橇に近づくと、恐怖がみぞれのように体に染み込んだ。これほど苦しそうなエテインを見るのは初めてだった。シルヴァーが目にした最悪の発作もここまでひどくなかった。「すぐによくなるわ、エテイン」

「いいえ」エテインは呼吸をしようと口を大きく開けた。「今度は……だ……め。助けて――」体を横向きにしてボールのように丸くなり、毛皮にしがみついた。「助けて！」

「屋敷へ運んだほうがいいだろうか」ミハイルが心配そうに尋ねた。

「わからない」シルヴァーは囁いた。「これまでとは様子が違う。もしかしたら――」彼女ははっと口をつぐんだ。頭に浮かんだことを言葉にしたくなかった。エテインが死ぬかもしれないなんて。「今度ばかりは蒸気も役に立たないかもしれない」

「医者を呼びにいく」ミハイルがいった。

シルヴァーは首を左右に振った。エテインは呼吸をしようと息をあえがせ、必死に闘っている。この闘いに彼女の心臓がいつまで耐えられるだろう。「医者を連れてくるんじゃ時間がかかりすぎる」だけどわたしひとりでエテインを救う自信はない。シルヴァーは悲痛な思いで考えた。ああ、わたしにもっと知識があれば。

ううん、ここに突っ立って自分の無知を嘆いたところでエテインは救えないわ。「橇に馬をつなぐようセルゲイにいって。エテインを診療所へ運びましょう。そのほうが早いわ。ドクター・レリングズをくびにしたあと、ニコラスがわたしのために新しく雇ったあの医者の診療所はどこにあるの？」

「ドクター・バルファか？　ネフスキー通り二十三番だ」ミハイルは答えた。それから早口のロシア語で御者になにかいい、セルゲイは急ぎ足で厩舎のほうに向かった。「おれもいっしょに行く」

「いいえ」シルヴァーは橇に乗り込み、自分とエテインを毛皮でくるんだ。「急がなきゃいけないの、あなたが乗ったらトロイカが重くなる。あとからついてきて」

ミハイルはうなずき、エテインの顔に目をやった。「心配するな、おちびちゃん」やさしい声で彼はいった。「きみを元気にしなかったら、そのやぶ医者の骨を折ってやるから」

エテインは聞こえていないようだった。彼女の目は閉じられ、涙がつーっと頰を伝い落ちた。

セルゲイが四人の馬丁を連れて戻り、橇に馬をつなぎはじめた。「急いで」シルヴァーは尖った声を出した。「もっとさっさとやれないの？」彼女はエテインに向きなおったが、怖くて手をふれられなかった。そんなことをすれば病気と闘うエテインの邪魔をしたり、ひょっとしたら闘いの均衡を破ってしまうかもしれない。「どうしてこんなことに？　ずっと元気だったのに。よくなってきていると思っていたのに」

「雌馬を見に厩舎にやってきてすぐは元気そうだったとセルゲイはいってる。それが急にこんなふうになったと」ミハイルはエテインを手で示した。「それで屋敷に運ぼうとしたが、エテインがさわられるのをいやがったからここに連れてきたそうだ」

「マントをおもちしました、奥様」シルヴァーの黒貂のマントを手にしたロゴフが橇の脇に立っていた。「お嬢様をサンクトペテルブルクまでお連れするのでしたら、これが必要かと思いまして」エテインに目をやり心配そうな顔をした。「エテイン様が早くよくなられることをお祈り申しあげております」

これほど怯えていなかったら、シルヴァーはきっと驚いただろう。シルヴァーがクリスタル・アイランドで暮らしはじめてずいぶんになるが、ロゴフが感情を表に出したり威厳を失うことは一度としてなかった。それなのにいまの彼は心から心配しているように見える。使用人たちはみなエテインが好きだった。彼女を愛せない人などいるわけない。「ありがとう、ロゴフ。お医者様に診せれば、きっとすぐによくなるから」

「よろしければお願いがあるのですが。じつはわたくし若いころにネヴァ川で馬橇レースを相当やっておりまして。それで少しは時間を短縮できるかと。もちろんセルゲイが有能な御者でないということではありませんが……」

すでに馬の用意はできていて、シルヴァーは一刻も早く出発したくてイライラしていた。

「ではやって。一分でも早く着きたいの」ロゴフはすばやく御者台にあがり、シルヴァーはミハイルに顔を向けた。「あとからすぐについてきて。ただし途中で弁護士の事務所に寄って、ニコラスとヴァレンティンが見つかったらドクター・バルファのところへいっしょに連れてきてちょうだい」

ああ、ニコラスがいまそばにいてくれたら。

ロゴフが鞭を鳴らし、トロイカが馬車置き場から動きはじめた。シルヴァーはエテインに寄り添い、心配そうに少女を見つめた。そして声にならない声で囁いた。「ニコラスを連れてきて、ミハイル」


ミハイルは、ドゾスキーの事務所の前の通りで橇に乗り込もうとしているニコラスとヴァレンティンをつかまえた。

「ニコラス！」ミハイルはこみあう通りの無数の音に負けじと大声で怒鳴り、トロイカの手綱を引き締めた。「こっちだ！」

ニコラスは声のほうに頭をめぐらせ、不安にさっと表情を曇らせた。「シルヴァーか？」

「エテインだ」ミハイルは叫んだ。「ひどく具合が悪い。呼吸ができないんだ」

ニコラスは小声で毒づいた。「医者を迎えにやったのか？」

「エテインは一刻を争う状態だとシルヴァーはいった。それで医者のところに運んだんだ。おまえたちにもネフスキー通りの診療所まできてほしいそうだ」ミハイルは自分のトロイカのほうにぐいとあごをしゃくった。「乗れ、急がないと。診療所までは十五分かかる」

馬橇や馬車の御者、それに歩行者からも罵声を浴びながら、ミハイルはネフスキー通り二十三番の診療所に十分かからずに到着した。

ニコラスとヴァレンティンはステップを駆けあがって診療所のドアを勢いよく開け、ミハイルは通りにしつらえられた横木に馬をつないだ。彼が一瞬遅れて診療所に飛び込むと、ヴァレンティンとニコラスは眼鏡をかけた医者と立ったまま話をしていた。「エテインの具合は?」

ドクター・バルファがミハイルに顔を向けた。「いまも閣下にお話ししていたところですが、わたしにはなんのことかさっぱりで。サヴロン公爵夫人もそのお嬢さんもここにはお見えになっていません」

ニコラスはミハイルをさっと振り返った。「シルヴァーが島を出たのはいつだ?」

「おれより十五分は早かった」ミハイルはいった。「それにおれはおまえたちを探しに寄らなきゃならなかった。だから一時間前にはここに着いていないとおかしい」

「ネヴァ川で足止めでもくったのでは?」ドクターが口をはさんだ。「じきにお見えになるでしょう」

十五分待ったが、シルヴァーもエテインも現われなかった。

さらに十五分がすぎると、ミハイルは診療所を出て、ロゴフが島からたどったと思われる道を引き返した。

一時間後、ミハイルは気も狂わんばかりになっているニコラスの前に戻った。

「見つからなかったんだな」ニコラスはいった。

「まるでネヴァ川がふたりを飲み込んでしまったみたいに」ミハイルはいった。「だがネヴァ川では今朝事故は起きていないし、氷もしっかりしている」

「ふたりを飲み込んだのはネヴァ川じゃない」ニコラスは体の両側でこぶしを固めた。

ヴァレンティンの目がせばまった。「モンティースか？」

「モンティースだ」ニコラスは吐きだすようにいった。「そう考えれば納得がいく。城は警備がきびしすぎるから、エテインをクリスタル・アイランドから連れだす必要があったんだ」

「だが、ニコラス、エテインは本当に病気だったんだぞ」ミハイルは困惑していた。「モンティースはどうやって――」

「そんなこと、おれにわかるか」嚙みつくようにいった。「だがそれ以外に考えられないだろうが？」

ミハイルはのろのろうなずいた。「ああ」

「じゃ、モンティースがエテインをさらったと思うのか？」ヴァレンティンがきいた。

「ああ、やつがエテインをさらったんだ」昨日目を通したばかりのモンティースに関する報告書の詳細を思いだし、ニコラスは冷たい恐怖で胃がねじれるのを感じた。「それにシルヴァーも!」

「それでどうする?」ヴァレンティンはいった。「モンティースがふたりをどこへ連れ去ったかもわからないのに」

「それならわかる」ニコラスは険しい声でいった。「ペスコフのところだ。モンティースはこれまでも生け贄の儀式に貴族の館を利用している。だからエティンとシルヴァーもペスコフの屋敷に連れていったはずだ」

ヴァレンティンの目がうれしそうに輝いた。「それなら大挙してペスコフの屋敷に攻め込んでふたりを連れ戻そう」

「そんなことをすればふたりが殺される」ミハイルがゆっくりといった。「あまりいい方法ではないな」

ヴァレンティンが怖い顔をした。「だったらほかにどんな方法があるっていうんだ」

「コサックの戦法でいこう。こっそり忍び込み、なりゆきを見て、必要なら敵を殺す。そしてエティンとシルヴァーの無事を確認したら……」ミハイルは残忍な笑みを浮かべた。「あとは皆殺しだ」

「おもしろい戦法だな」ヴァレンティンはつぶやいた。「血なまぐさいが、たしかにおもしろい。もっとも、軍隊にいたころには聞いたことのないやりかただが。どうだ、ニコラス？」

「賛成だ」ニコラスはミハイルと同じ残忍な笑みを浮かべ、唐突に向きを変えた。「うん、気に入ったよ。行くぞ」

「起きろ、シルヴァー、それほど強く殴られてはいないはずだよ。目を開けて、話をしようじゃないか。わたしはこの時をずっと心待ちにしていたんだ」

モンティースの声だ、とシルヴァーは思った。襲いかかる痛みと闇のなかでもがき苦しむ彼女の耳元で、その声がやさしく囁いている。シルヴァーは目を開けたが、そのとたん鋭い痛みがナイフのようにこめかみに突き刺さり、すぐにまた目をつぶった。

「きみには失望したといわざるをえないな」モンティースはあざけるような口調でいった。「ロゴフを殺してくれるものと思っていたのに。そうすれば今夜の儀式の前にすばらしい説教ができたものを」

ロゴフ？　あの執事の名前がなんで出てくる——。「エテイン！」シルヴァーはぱっと目を開け、痛みを無視してモンティースの顔を見据えた。「エテインは——」

「順調に回復している」モンティースは微笑んだ。「あと二、三時間もすればすっかり元気になるだろう。しかし、ロゴフはそうはいかないだろうな。あの男に鞭の握りで殴られて気を失う前に、きみがあの短剣でかなりの深手を負わせたからね。きみたちをこのペスコフの館まで送り届けたときには、失血でかなり弱っていたよ。ロゴフにとっては災難だった、褒美をたっぷりやらないとならないだろうな」

「あいつを殺そうとしたのに」

「じつに惜しいところだったよ。気の毒なロゴフは、きみという人間をまったくわかっていなかったようだ」

「あなたがあの男にお金を握らせて、エテインを診療所ではなくここに連れてこさせたのね」シルヴァーは見事な錦織りの寝椅子から体を起こして座る姿勢になった。モンティースをにらみつける。「あいつの喉を掻っ切ってやればよかった」

「金は必要はなかったよ。ロゴフはわたしの信奉者だからね」そういうとモンティースは立ちあがった。「彼に褒美をやってもいいが、まあ、その必要はないだろう」

「エテインに会わせて。あなたのいうことなんか信用できない。エテインはすごく具合が悪くて――」

「心配するな」彼はわずかないらだちをにじませてさえぎった。「いわれなくても、すぐにエテインのところへ連れていく。これからの数時間はあの子のそばにいてやってほしいのでね。強さはさらなる強さを生む。そしてエテインには今夜、誰よりも強くいてもらわないと」モンティースはゆったりした足どりで部屋の反対側まで歩いていくと、細長い窓から外を眺めた。背筋をまっすぐに伸ばし、上品なグレーの上着の下の物腰は非の打ちどころがない。「だがその前にきみとふたりだけですごしたかった。きみとのこの最後の対面をずっと楽しみにしていたんだよ。それから、これは最後じゃないなどと愚かな希望はもたないように。逃げようなどということは考えるだけ無駄だぞ。この屋敷のすべての廊下には、わたしの信奉者たちが待機している。みなわたしの忠実な下僕《しもべ》たちだ。きみやエテインに手荒なまねはしないようにといってあるが、逃げることは不可能だ」

「下僕《しもべ》！」シルヴァーはばかにしたようにその言葉をくり返した。「あなたにそんなものがいると思うの？　あなたみたいなくず野郎に忠誠を誓う人間などいないわ」

モンティースはくっくと笑った。「ああ、シルヴァー、きみのその激情をどれだけ愛していることか。きみほどわたしを楽しませてくれる女性には会ったことがない。きみをわがものにできたらどれほどの喜びを味わえることか」彼はシルヴァーのほうに向きなおった。「しかし、やっても無駄だというのは最初からわかっていた。きみは絶対に一線を越えないから」

シルヴァーは、闇のなかに彼女を引き戻そうとするめまいを振り払おうとした。「一線って？」

「ああ、わたしときみを隔てる境界線だよ。その境界線が、わたしたちがひとつになることを邪魔している」古典的な美しさをたたえた青白い顔のなかで、目だけがぎらぎらしていた。「きっとすばらしい結合になっただろうに。きみはわたしと調和し、わたしをさらなる高みへと至らせる。ふたりして卓越した存在になれるぞ」

「いますぐエテインのところへ連れていって」

熱に浮かされたような表情が消えた。「そうあせるな。エテインはよくなっているといっただろう。わたしがしたことだから元に戻すこともできるさ」

「あなたがした？」

「当然だろう」モンティースは驚いたように彼女を見た。「ロゴフが天から降ってきた機会をとらえて、おまえたちをここに連れてきたとでも思ったのか？　すべては計画されたことだ。そもそも運まかせになどできないのだよ、儀式の準備をしなくてはいけないのだから」

儀式。モンティースはさっきも儀式がどうとかいっていた。シルヴァーはおぼろげに思いだした。こめかみのこのずきずきする痛みがやんでくれれば、もっとはっきり考えられるのに。「エテインの病気を計画することはできないわ。ものすごくひどい発作で――」モンティースが微笑むのを見てシルヴァーの声が途切れた。ぞっとするような恐怖が背中を駆け抜ける。「あなたがやったの？」

モンティースはうなずいた。「何年か前に、エテインがある雑草の花粉にアレルギーを起こすことがわかったんだ。その花粉は発作を引き起こしたり、症状をさらに悪化させるようだった。成長とともにエテインのアレルギー症状が治まってきているのに気づくと、わたしはときどきその花粉を使ってわざと発作を起こさせた。だからロゴフはあの雌馬の馬房の干し草にその花粉を少々撒《ま》くだけでよかったんだよ。いや、今回は少しではなかったな。きみが大いにうろたえて、自分で手当てをするのではなく医者のところへあの子を運ぼうと考えるほどひどい発作を起こさせたかったのでね」

シルヴァーは信じられない思いで彼を見た。「いままでの発作は、全部あなたが故意に起こしたというの？　よくもそんなひどいまねができたわね」

「そうする必要があったんだ」

「エテインを苦しめることが必要だった？　あの子は何年も無駄な苦痛と恐怖を味わわされたわけ？」

「無駄ではない。すべては目的があってしたことだ」

「目的？」

「そう、エテインの意志を強固にし、勇気を育むため。尖った角を磨いて宝石のように輝かせるため。彼女を価値あるものにするためだ」

「エテインはそのままで価値があるわ。心がやさしくて、愛に満ちていて——」

「だがそれだけでは足りないのだ」モンティースはおだやかにいった。「そうした美点が儀式での彼女の価値を高めるのはたしかだが、エテインは完璧でなくてはならないのだよ。そこできみが役に立ったわけだ、シルヴァー。きみという手本がエテインに独立心を与え、きみの強さがエテインの内なる強さを花開かせた。セントルイスで興行していたときにきみがサーカス小屋を訪れるのをわたしがなぜ許したと思うんだ？　エテインの闘争心を煽るために反対するふりはしたが、きみが娘に会いにくるのを止めはしなかっただろう。それにここサンクトペテルブルクでは、きみがエテインを連れ去ることを許し、しばらく手元におかせることまでした。それどころか、エテインがきみという存在の恩恵を確実に受けられるよう、きみをこの地に引きとどめる策まで講じた」モンティースの視線が、まるで愛撫するかのようにシルヴァーの顔を動いた。「エテインに儀式への心構えをさせるのに、きみがあの猫たちに劣らず役に立つことは最初からわかっていた」

「儀式って？」

「生け贄の儀式だ」シルヴァーがはっと息をのむのを見てモンティースは微笑した。「この儀式のためにエテインは長年準備をしてきたんだよ」

「エテインをまたライオンの檻に入れるつもり？」

「とんでもない、今回はライオンは使わない。そんなことをしたらエキスを取りだすときに面倒なことになるからね。慣例どおり、式典用の短剣を使うつもりだ」

「でもなぜ？　なぜこんなことをするの？」

「それは、わたしが真のわたしになるためだよ」モンティースはいった。「どうやらまだわからないようだな。エテインの死には大きな意味があるのだ。わたしがこれまでに成し遂げたすべてのことの集大成なんだよ」

「狂ってる」そういいつつも、シルヴァーはそれが間違いであることに気づいていた。モンティースのまなざしは冷ややかで、正気そのものだった。「子殺しが永遠の呪い以外のなにをもたらすの？」

モンティースは心の底からおかしそうに笑った。「シルヴァー、わからないのか？　それこそが目的なんだ」

シルヴァーは理解できずに彼を見た。

「わたしは地獄を支配したいんだよ」モンティースは静かな声で説明しはじめた。「しかしそのためには、たとえこの精神は継いでいなくとも、血はたしかに受け継いでいるおのれの子どもを喜んで差しだすところを示さなくてはならないのだ。わたしが子どものころ、善良な教区牧師だった父は、よく聖書の言葉を引用してこういった。『神は、そのひとり子をお与えになった』。そのころからわかっていたんだよ、わたしの仕えるサタンを喜ばせるためには、それと同じことをしなければならないと。あの方はわたしの信心を知ると大いなる力をお与えくださるが、あの方の大敵が捧げた生け贄と同じものをわたしが捧げないかぎり、最終的にわたしを受け入れてはくださらないのだ」彼はくやしそうに首を振った。「メアリのばかが息子を産まなかったのは残念だったが、エテインが生まれてすぐにこの子なら立派に役目を果たせるとわかった。汚れなき善の光で神々しく輝いていたからだ」

「その善の子を、あなたは殺そうとしている」シルヴァーは囁いた。

「生け贄として捧げるのだ」モンティースは正した。「わたしがエテインを汚さなかったのはなぜだと思う？　悪に悪を捧げても、悪に純潔を捧げるほどの尊さはないからだよ。今夜、わたしは正当な儀式によってエテインの命をサタンに捧げ、そして永遠の命を与えられるのだ」

シルヴァーは不意にまた、モンティースのなかにぽっかりあいた氷のような空洞を見た気がした。以前彼女を怯えさせたその穴は、いまではさらに大きく深くなり、奇妙な光を放っているようだった。

彼女は急に寒気に襲われ、手足の震えをモンティースに悟られまいとした。「たとえあなたがエテインとわたしを殺すことに成功したとしても、ニコラスがかならずあなたの悪事を罰するわ。でもいますぐエテインを自由にすれば――」

「だめだ、シルヴァー」モンティースはかぶりを振った。「わたしがおまえの夫を怖がるとでも思うのか？　そう、やつはきっとおまえを救いだそうとするだろう。この数カ月でおまえたちふたりがとても親密になったのは知っているし、おまえたちの心に通い合っているものにも気づいている。しかしやつがなにをしようと勝つのはわたしだ。やつが現われるのがわたしが生け贄を捧げたあとなら、わたしはすでにやつの想像を超えた力を得ているから、いとも簡単に打ち勝つことができる。仮に運よく儀式の前にわたしを止めることに成功すれば、そのときは次の機会を待ってまたエテインを奪い戻すまでだ。わたしの信徒には宮廷の有力者も多いし、サヴロンがわたしに致命的な打撃を与えないよう取りはからってくれるだろう」

「じゃ、ニコラスかわたしがあなたを殺したら?」激しい口調でシルヴァーはいった。

モンティースのくちびるに奇妙な笑みが広がった。「それでもきみを打ち負かす方法を見つけるよ。エテインはいいとしても、きみはかならず」

「あなたにわたしを傷つけることはできない。そんなことはわたしがさせない」

彼の目に賞賛の色が浮かんだ。「きみはそこで痛みにあえぎ、まっすぐに座ってさえいられないというのに、それでもまだ挑戦的な態度を崩さない。きみを失うことを残念に思うのも無理からぬことだ」首を左右に振った。「儀式で見るきみは、さぞかしすばらしいだろうな。きみとエテインにどんな筋書きを用意したか話してほしいか、それともお楽しみはあとに取っておきたいか?」

「話して」

「最初にエテインが生け贄に捧げられる。おまえたちふたりは牧草地に張られたサーカスの大テントに連れていかれる。そこにはわたしの信徒たちが集まっているが、彼らは儀式そのものに参加することは許されない。ただし、エキスを飲むことはかまわないといってある」

「エキス」

「血だよ」さらりといった。「わたしがエテインの手首を切って信徒たちがそれを飲むことになっているが、数滴以上は与えない。短剣を心臓に突き刺すときまでエテインには生きていてもらわないといけないからね」

「この怪物！」シルヴァーはそこではたと黙った。モンティースの邪悪さを表現する言葉はこの世に存在しない。

「ようやくわかったか、利口なことだ」モンティースは彼女と視線を合わせた。「きみにはもちろん儀式に立ち会ってもらう。唯一残念なのは、エテインにとどめの一撃を加えるときにきみの顔を見られないことだ、わたしは儀式に没頭しているからね」彼はため息を洩らした。「しかしその埋め合わせはすぐにできるだろう、きみ自身を生け贄に捧げるときにね、シルヴァー。きみも死ぬことになっているのは知っているだろうね？」

「そう聞いても驚かないわ」

「きみがサヴロンの妻で、それゆえに危険な存在であることはもちろん、そのすべての経験が信徒たちを大いに喜ばせるはずだ。彼らにはエテインを使うことは許さないが、きみの儀式に参加させることで欲しいものを与えてやるつもりだ。信徒の多くは愚かな子どもと同じで肉欲と血のことしか考えていない。そのふたつをきみが彼らに与えるのだ」モンティースはシルヴァーの反応をたしかめるような視線を投げた。

シルヴァーは苦心して無表情を保った。

「きみは最後の剣を受ける前に何時間も生け贄台に縛りつけられる。そして希望者はみな、きみと交わることを許される」モンティースはそこで言葉を切り、反応を待った。

シルヴァーはなんの反応も見せなかった。

「あるいはわたしもきみを味わうかもしれない。わたしが生け贄にそこまでの恩恵をほどこすことはめったにないが、きみはわたしにとって特別な存在だからね、シルヴァー」

「あまり近づきすぎないほうがいいわよ。さもないとあなたの首に嚙みついて、この歯で引き裂いてやるから」

モンティースは吹きだした。「きみならやりかねないな。きみの股のあいだで楽しむことにしたときは細心の注意を払うとしよう」窓から流れ込む光があっという間に薄れていく様にちらりと目をやった。「日が暮れてきた、儀式の準備をしなければ。残念だが楽しいおしゃべりはこのへんにして、きみをエテインのところへ案内しないとならないようだ。自分で歩けるかね、それともわたしが抱いていこうか？」

「歩けるわ」

「歩けなくても這っていくか。きみのような女性を信徒にもてたら、さぞかし鼻が高かったろうに。では行こうか」

シルヴァーはさっと立ちあがろうとして、長椅子の肘掛けをつかんで体を支えた。めまい、痛み、吐き気。彼女はそのすべてを脇へ押しやり、無理やりまっすぐ立った。

「すばらしい《ブラボー》」モンティースが静かにいった。「次は歩いてこちらへきてもらおうか」

足を一歩でも踏みだせば床にばったり倒れてしまうのはわかっていたが、モンティースに弱みを見せるわけにはいかない。シルヴァーはふらつく足で立ちながら、挑むような目でモンティースをにらみつけた。ここは彼にあの質問をぶつけて、体力が戻るまでの時間稼ぎをしよう。質問の答えは、すでにわかっている気はしたけれど。「さっき、わたしをロシアに引きとどめたといったけど。どうやったの？」

なにやら判然としない感情が彼の顔をよぎった。「きみの考えは？」

シルヴァーは気持ちを引き締めた。「ドクター・レリングズを買収して赤ちゃんを殺す毒をわたしに飲ませ、そのあとでわたしが彼に質問できないように、お金をやってサンクトペテルブルクから出ていかせたのだと思う。病気になれば、わたしに船旅はできないわ」

「そうだ。そしてきみのことはずっと見てきたから、子どもを亡くしたことにきみがどう反応するかも、どれほど打ちのめされるかも、もちろん知っていた」彼の声は冷静で客観的だった。「うん、あれはたしかに巧妙なやりかただった」

「やっぱりあなただったのね」シルヴァーは怒りに燃える目で叫んだ。「そしてドクター・レリングズにお金をやってサンクトペテルブルクから出ていかせた」

「いやいや、ドクター・レリングズはサンクトペテルブルクを離れてはいないよ」モンティースはおだやかに告げた。「彼はささいだが、まずまずの捧げものになってくれたよ」

シルヴァーはぎょっとして目を瞠った。「彼を殺したの？」

「生け贄にしたんだ。その違いをわからないといけないな」モンティースはかすかな笑みをたたえてたしなめた。「彼の遺体は、この庭のあずま屋の脇にある常緑樹の大木の下に埋めてある」彼はドアを開け、からかうようなしぐさでお先にと促した。「なんなら、今夜サーカスのテントに案内するときに正確な場所をお教えしよう」

怒りがふつふつと沸き立ち、目がかすみ、喉が詰まった。モンティースがわたしの赤ちゃんを殺した。シルヴァーは彼のほうに歩きだした。もう痛みも足の震えも感じなかった。わかるのは体じゅうにたぎる怒りと憎しみだけ。「モンティース、あなたにわたしを殺させない。わたしの子どもにしたことであなたを殺すまではね」

「わたしが相当憎いらしいな」満足そうにいった。「そうなるのはわかっていたよ。しかしいまわたしに飛びかかれば、きみも同じ目にあうぞ」廊下に進みでて、ドアの前で見張りに立つがっしりした体格のふたりの農夫を示したあとで、やさしくつけたした。「それに、人生最後の数時間をともにすごしてくれる友人がいなかったらエテインはどうなる?」

その言葉が、シルヴァーを包む怒りの霞を切り裂いた。エテイン。モンティースを殺す前にエテインを救う方法を見つけなくては。

モンティースはシルヴァーの反応を難なく読んだ。「エテインの部屋は廊下のすぐ先だ。彼女には必要なものがすべてそろった快適な部屋を用意した」向きを変え、優雅な足どりで廊下を進んだ。「さあおいで、シルヴァー」

シルヴァーはほんの一瞬ためらったが、すぐにモンティースが示した部屋のドアに向かってゆっくり歩きだした。

ドアを閉めてモンティースが出ていくと、シルヴァーはエテインが横になっている天蓋つきベッドのところへ飛んでいった。「大丈夫？　呼吸は——」

「だいぶよくなったわ」エテインは安心させるようにいった。「発作はこの部屋に連れてこられてすぐに治まったの。心配だったのはあなたのほう。ロゴフがあの鞭であなたを殴ったときは死んでしまったかと思ったわ」

「あんなのなんでもなかったわ」それでもベッドの端に腰をおろせてうれしかった。膝が、いまにも溶けそうな雪片になったしまったみたい。エテインの顔を舐めるように見つめるうちに安堵がどっと押し寄せた。エテインは青い顔をしてぐったりして見えたが、それを除けばすっかり落ち着いていた。「ごめんなさい、エテイン。あなたとの約束を破ってしまって。あなたの父親を遠ざけておけると思ったのに——」

「あなたにはどうにもできないことだったのよ、シルヴァー」エテインはやさしくさえぎった。「たぶんこうなるだろうってことは最初からわかっていたの。たとえわたしに護衛を山ほどつけてくれたとしても、父は方法を見つけたはずよ」

シルヴァーはエテインの手をぎゅっと握った。「あなたになにをするつもりか、あの男は話したのね？」

エテインはうなずいた。「なにもかもね。彼に恥をかかせないように、勇敢に死を受け入れないといけないって」

シルヴァーは小声で罵った。「あの下司野郎、せめてあなたには知らせないでおくこともできたのに」

「いいのよ、シルヴァー、彼は生まれたときからわたしにこの日のための準備をさせてきたんだから」エテインの声はおだやかだった。「あの人は一度も言葉にしなかったけれど、わたしになにをするつもりでいるかは感じていた気がする」

「あなたはそれを受け入れるの？」シルヴァーは信じられない思いで尋ねた。

「いいえ」エテインのまなざしは澄み切っていた。「彼はわたしがそうすると思ってる。あの人は非の打ちどころのない生け贄をつくりあげたと考えているけど、わたしに強さを与えたことで自分から計画をだめにしたことに気づいていないのよ。彼がわたしを強くしたの、彼のいいなりになるんじゃなく闘おうと思うくらいに」そこでふっと言葉を切った。「あの人のことはもう父親だと思っていない」

シルヴァーは握った手に力をこめた。「ふたりでここから出る方法を見つけるのよ」

「ええ。それにミハイルとニコラスもすぐそばまできているはずよ」エテインはベッドの上に起きあがった。「だとしても当てにしないほうがいいと思う。自力で逃げだす方法を考えないと」

「部屋の外には見張りがいるわ」シルヴァーはいった。「ちくしょう、なにか武器がいる」

「武器なら、もうひとつあるかもしれない」ゆっくりとエテインはいった。「生け贄の儀式はサーカスの大テントの檻のなかでおこなわれることになっているの。父は——」一瞬黙り込み、大きく息を吸ったあとでつづけた。「モンティースは、わたしに長年ライオンたちとあんな出し物をさせたのはそのためだといったわ。わたしが生け贄台に慣れて、運命を素直に受け入れられるようにしたかったんだと。でもあのテントを使うなら、夜のあいだサーカスの団員たちをテントから遠ざけないとならない」そこでエテインはにっこりした。「でもみんなはきっとどこへも行かない」

「セバスチャンやサーカスのみんながモンティースを恐れていることはあなたもおぼえているでしょう」シルヴァーはなだめるようにいった。「それにわたしたちがここにいることを知らないかもしれないし」

「ロゴフはだらだらと血を流していて、この領主館にたどり着くことしか考えていなかったから、サーカスのテントがある牧草地を突っ切ったの。セバスチャンはトロイカにわたしたちがいるのを見たわ」

シルヴァーは希望に胸が高鳴った。「それはたしか?」

エテインはうなずいた。「息が苦しくて声をかけることはできなかったけど、セバスチャンがわたしを見たのは知っているし、あなたが気を失って倒れているのにも気づいたはずよ。だからサーカスの敷地から離れるふりはしても、きっと戻ってくる。彼はわたしたちを助けてくれるわ、シルヴァー」

「セバスチャンが努力してくれるのは知ってる」シルヴァーは無理して笑顔をつくった。「でももしも失敗したら、わたしたちでなんとかしないと」

エテインは考え込むような顔をした。「セバスチャンは友達よ。きっとなんとかしてわたしたちと話ができるところまで近づいてくれる。そうしたら、わたしたちの武器を渡してもらえると思うわ」

12

燃えさかるたいまつを戴《いただ》いた背の高い杭が、領主館からサーカスの敷地へ至る小道に並んでいる。フードのある黒いローブをまとった人々がその小道のまわりに集まり、顔には仮面をつけ、その目はエテインとシルヴァーを伴って中庭に立つモンティースを食い入るように見つめていた。

モンティースだけは仮面をつけておらず、彼が手を挙げると、引き締まった体のまわりで黒いローブが優雅に波打った。「おまえたちに約束したことが今日ここに叶った。さあ、儀式をはじめよう」

するとその場に会した何百人もの信徒たちが祈りの言葉を唱え、その声が夜のしじまを破った。シルヴァーが聞いたこともない言葉で、リズミカルに、力強く祈りを唱える。

モンティースがエテインに顔を向けた。「時間だ。用意はいいか?」

エテインの声は落ち着いていた。「用意はできています」彼女は父の指示を待たずにたいまつで照らされた小道に歩きだし、その白のローブとマントは道の両側に立つ黒い人影と、はっとするほど対照的だった。

「ごらん、シルヴァー、あの子はこれが自分の運命だと知っているんだ」モンティースは誇りに顔を輝かせていた。「わたしの運命だと」

「わたしに見えるのは、あなたには運命なんてないということよ」エテインを目で追いながらシルヴァーはいった。「それにエテインは、あなたが考えている以上に強くなってる」

「ますますけっこう」祈りの声が高まり、モンティースはシルヴァーの肘を取って小道へ押しだした。「きみもエテインもわたしの期待どおりだった。なにもかもきわめて順調だ」

「ここにいるのはみんなアレクサンドルの宮廷の人たち？」道の両側に並ぶローブ姿の人々は、優に二百は超えていた。

「彼らもかなりいるな。だがそれ以外に商人、兵士、使用人……。わたしはすべての階級に力をもっているのでね」

シルヴァーはモンティースを横目でちらりと見た。彼のいう力のオーラは、いまでは手を伸ばせばふれられそうだった。彼女は身震いして、視線をエテインのほうにぐいと戻した。少女はわずかにためらうような様子を見せ、黒のローブ姿のひとりに目を向けた。だがそれもほんの一瞬で、すぐにまた歩きはじめた。シルヴァーの胸が希望で沸き立った。エテインはセバスチャンを見つけたの？　それとも、もしかしてニコラス？

シルヴァーも通りすぎるいくつもの顔に注意深い目を向けてはいたが、仮面のうしろの顔はひとつも見分けがつかなかったし、これからはじまることへの期待に満ちた熱心な表情に吐き気がした。ところが視線を前に戻したとき、小道を進むエテインに歩調を合わせるようにして観衆のあいだに現われては消える、がっしりとした体格の信徒がひとりいるのが目に留まった。

そのときサーカスのテントの前に着いたエテインがまたふっと足を止め、そのくちびるが動いたのをシルヴァーは見た。シルヴァーのところからでは遠すぎてエテインがいった言葉は聞こえなかったが、フードをかぶった大柄の信徒が急に観衆のなかに姿を消した。

「助けがくるのを期待しているのか？」モンティースはきいた。シルヴァーがこちらを振り返り、あざけるような笑みを浮かべた。「助けはこない。屋敷の周囲の森はペスコフが衛兵で固めてある。エテインのようにきみの運命を受け入れるんだ」

もしもあのフードの男がセバスチャンじゃなかったらどうしよう？　シルヴァーは絶望的な気分になった。ニコラスがペスコフの衛兵に止められていて助けにこられなかったら？　エテインを救う方法をなにか考えなくちゃ。この黒ずくめの人たちの何人かはきっと武器をもっている、さもなければあのたいまつで……。

「返事はなしか？　怯えているのか、シルヴァー？」

「これが怖くないとしたらばかよ」シルヴァーは彼の視線をとらえた。「でもあなたを恐れてはいないわ」

「嘘つきだな」なめらかな声でいった。「きみは恐れている。わたしがサタンの下僕《しもべ》だと知っているからだ」

シルヴァーはモンティースから目をそむけようとはしなかった。「わたしが知っているのは、あなたが子どもを殺す卑劣な意気地なしだってことよ」モンティースのがらんどうの瞳の奥をなにかがよぎるのを見て、シルヴァーは恐怖で胃がねじれた。あわてて目をそらし、足どりを速める。「エテインがテントに入るわ」

モンティースの注意はたちまちそれた。「ではあの子を待たせてはいけないな」シルヴァーの肘にかけた手が彼女を前に急かした。「きみにも準備を手伝ってもらおうか」

信徒たちが続々とテントのなかに吸い込まれていく。祈りの声が高く、大きくなって、謎めいた言葉が気味悪く響いている。

シルヴァーはテントに入り、黒ずくめの人々が円形舞台を囲むベンチに座るのを見ていた。エテインはすでに檻のなかにいて、これまで何度となくやってきたように黒大理石の台の上にあがろうとしていた。

「見えるか、見事に調教されたあの子の姿が」舞台中央にある檻のほうへシルヴァーを半ば導き、半ば押しながらモンティースはつぶやいた。

素直に死にゆくようにエテインを仕込んだことがさもご自慢のようね、シルヴァーはむかつくような嫌悪をおぼえた。

モンティースが檻に入っていくと、エテインはすでに大理石の台の上に横たわり胸の上で手を組んでいた。彼は満足げにエテインに笑いかけた。「偉いぞ、エテイン。おまえを台に縛りつけないといけないかと心配していたんだ、そうなったら儀式の美しさが損なわれていたよ」

エテインも笑みを返した。「シルヴァーにさよならをいいたいの、お父さん」

彼はうなずき、シルヴァーを手招いた。

「ふたりだけにして」弱々しい声でエテインはいった。「お願い」

モンティースはためらったが、結局肩をすくめた。「いいだろう」彼は檻を出た。「一分だ」

エテインが両手を差し伸べ、シルヴァーは少女をきつく抱きしめた。「セバスチャン？」小声できいた。

「ええ」

「彼になにかいったのが見えたけど」

「わかってくれているといいんだけど。一言しかいう暇がなくて――」

「終わりだ」モンティースが檻のなかに戻ってきた。「儀式をはじめる。シルヴァーはそうしたければ残ってよろしい。杯をもつ人間が必要だからな」

「だめ！」エテインが即座にいった。「シルヴァーがここにいたら、つらくて意気地なしになってしまうかもしれない。彼女はほかの人たちといっしょに観客席に座らせてちょうだい」

「そのほうがいいかもしれないな」モンティースが合図をすると、黒いローブの男がひとりシルヴァーに近づいた。「彼女を檻から出して、ショーを楽しめる場所へお連れしろ」モンティースの目がシルヴァーのそれと合った。「なんという憎悪。そこまで激しい憎しみを見るのは初めてだ」

「あなたはわたしの子どもを殺した」シルヴァーはいった。「そして今度はわたしの友達を殺そうとしている。憎んで当然でしょう」

「文句をいっているわけじゃない。むしろ歓迎しているんだ」モンティースは大げさにお辞儀をした。「連れていけ」

シルヴァーは檻から押しだされ、舞台に一番近いベンチへ連れていかれた。エテインはセバスチャンになにをいったの？　シルヴァーは必死に頭をめぐらせた。たった一言。彼になにをしろといったの？

祈りの声がふたたび大きくなる。シルヴァーの視線がまた檻に飛んだ。モンティースは頭上に短剣をかざし、その顔には歓喜の表情が浮かんでいる。もうセバスチャンやニコラスの助けを待ってはいられない。

数十センチ先にたいまつがある。

シルヴァーを見張るはずの男は、ほかの信徒たちのように檻のなかの光景に目を奪われている。あのたいまつをつかんで檻に突進するのよ。

モンティースがエテインの手首をもって娘に微笑んでいる。

エテインが彼に微笑み返す。

シルヴァーはたいまつのほうにじりじりと近づいた。もう待てない。

そのとき、それが聞こえた。

これまで何度となく耳にした音。

そしてシルヴァーは、エテインがセバスチャンにつぶやいた一言がなにかを知った。

ライオン。

三頭のライオンがうなりをあげながらベンチのあいだの通路をはねるように走り抜け、円形舞台を突っ切って、入るように調教された檻に突進した。

祈りの声が悲鳴に変わった！

モンティースが目をあげて振り返ったちょうどそのとき、ライオンたちが檻のなかに飛び込んだ。

「スルタナ」それはエテインの澄んだ声だった。「こい！」

「よせ！」モンティースがエテインのほうをさっと振り向き、剣をあげた。

スルタナがモンティースの背中に体当たりし、鉤爪で黒いローブをずたずたにした。それから下敷きになっていた彼の喉を爪で引き裂き、おがくずの床に血が飛び散った。

シルヴァーはたいまつをつかみ、地面から杭を引き抜いた。

「シルヴァー！」黒いローブを着たニコラスが葦毛の駿馬にまたがり、地響きをたててテントに飛び込んできた。馬に拍車を当てながら、手にもったたいまつをテントの布壁に投げつける。たちまち布に火がつき、炎が壁を駆けあがった。

モンティースの信徒たちは泣き叫びながら、あたかも怯えた黒い鳥の群れのように先を争ってテントから逃げだした。

ニコラスはシルヴァーの前で馬を止め、手を差しだした。「乗れ。ここから出るんだ」

「だめ！」シルヴァーは手にもったたいまつを火のついた槍のようにして、逃げまどう信徒の群れに投げつけると、くるりと向きを変えて檻に向かって駆けだした。「エテイン！」

三頭のライオンは倒れたモンティースのまわりをぐるぐるまわっていたが、かといってエテインに危険がないとはいえない。いつ彼女に跳びかかってもおかしくない。

「そこにいて、シルヴァー」エテインの低い声が聞こえ、シルヴァーははっと立ち止まった。

「この子たちはわたしを傷つけることはないけど、あなたには襲いかかるかもしれない。この煙と悲鳴ですっかり怯えているし、それに血が……」彼女は父親のほうを見ないように用心しながら黒大理石の台をおりた。「わたしはこの子たちを飼育檻に戻せるかどうかやってみる」

「でも早くここを出ないと。火が――」

「この子たちはわたしを助けてくれた、わたしの命を救ってくれたの。炎に焼かれて死なせるわけにはいかない」

シルヴァーの横にいきなりミハイルが現われた。「手伝うよ。なにをすればいいか教えてくれ、エテイン」

「ああ、ミハイル。きてくれてすごくうれしい」おとなびた強さがつかのま消えて、エテインは子どもに戻った。彼女は地面に倒れて動かないモンティースにちらりと目をやり、ぶるっと体を震わせた。「わたし、自分を守らなきゃならなかったの。彼がわたしを殺そうとして」

「知ってる」ミハイルはいった。「きみは正しいことをしたんだ。さあ、どうやったらその獣をここから出せるのか教えてくれ。セバスチャンがテントのすぐ外に飼育檻を運んである」

「この子たちはわたしについてくるよう教えられているの。ほかの人間は近づかないようにさせてちょうだい」

「シルヴァー、くそっ、おれの話を聞いているのか？　ここから出るんだ！」

シルヴァーが声のほうに顔を向けると、かたわらにまたニコラスがいた。金色の髪は乱れ、片方の頬は煤で汚れて、怒りに目を吊りあげている。それでも彼がこれほど美しく見えたことはなかった。シルヴァーはぼんやりと微笑んだ。「そのローブを着たあなた、ものすごく妙ちきりんよ。ちっとも似合わない」

ニコラスが心配そうな顔になった。「大丈夫か？　ロゴフにここに連れてこられたとき、きみは気絶していたとセバスチャンがいっていたが」

シルヴァーはうなずいた。「わたしなら元気よ」元気どころか。喜びで体がふわふわと浮きあがりそう。わたしは生きてる。エテインは生きている。ニコラスとの生活がわたしにとってどれほど大切なものになっていたか、その生活が脅かされるまで気づかなかった。あの短剣が振りあげられて初めて、いまのこの生活を奪われることを自分がどれほど恐れていたかがわかった。喉が締まり、シルヴァーは咳払いをした。「エテインがライオンを飼育檻に戻すのを手伝わなきゃ」

「モンティースは？」

シルヴァーはおがくずの上に倒れているモンティースに目をやった。「死んだはずよ。スルタナの爪が喉を引き裂くのが見えたし、それにあの血……」エテインは檻から出るところで、シルヴァーは少女の父親の遺体から目をそらした。「火が激しくなってきたわ」

ニコラスはうなずいた。「それをきみにいおうとしていたんだよ。頼むから、ここから出るんだ！」彼は馬の向きを変えた。「つべこべいうなよ。おれがこの馬できみのお友達の猫を追い立てる」そういうと舞台の向こう側に叫んだ。「ヴァレンティン、シルヴァーをここから連れだせ」

「行きたくない。わたしにも手伝わせて――」空気に向かって話していることに気づいてシルヴァーは黙った。ニコラス、エテイン、ミハイルはいま数メートル先で、三頭のライオンを慎重にテントから出そうとしていた。

それを目で追いながら、シルヴァーは悲しげに首を振った。ニコラスったら、またわたしを子ども扱いして。それでも怒る気にはなれなかった。愛と感謝の気持ちでいっぱいで、そんなことはどうでもよかった。ニコラスと命の両方をあやうく失いかけたのだもの、いまは彼といい争うつもりはないわ。

「シル、ヴァー」

彼女は体をこわばらせた。しわがれたその声はまぎれもなかった。シルヴァーは扉を開けたままの檻のほうへのろのろと向きなおり、おがくずの上の血だまりに横たわる男に目をやった。モンティースの目は開いていて、こちらに向けられたまなざしのもつ力は、彼の命と同様に急速に消えていきつつあった。

「こちらへ……くる……んだ」

「なぜ？　あなたは死ぬのよ、モンティース」

「知っているよ」彼の口元に笑みのようなものが浮かんだ。「そしてきみは死にかけている男を怖がりはしない。おいで……話したいことがある」モンティースは手をぎくしゃくと動かし、握りしめていた短剣を遠くへ放った。「ほら、これでもう武器もない」

「あなたなんか怖くない」シルヴァーは檻に入るとモンティースの横に膝をついた。ライオンの爪は彼の顔にはふれておらず、その古典的な美しさが少しも損なわれていないことに彼女は気づいた。「それにあなたが死んでいくのを眺めているのは楽しいわ、この殺人鬼」

「おお、そのすばらしい憎しみよ」モンティースはつぶやいた。「きみは心からわたしの死を望んでいる、そうだろう、シルヴァー。子どもの死の復讐をあきらめることは、きみに呼吸をするなというのと同じことだ」彼は微笑んだ。「そうだろう?」

「そうよ」シルヴァーは冷ややかな目で彼を見た。「そしてわたしの復讐はいまなされた。あなたは死ぬのよ、モンティース。あなたの負けだわ」

「わたしは負けたが、それはきみも同じだ。いっただろう、きみをかならず打ち負かすと」

「でも勝ったわ」

「いいや」彼は咳き込み、しばらく黙って力をふりしぼった。「なぜなら、わたしはおまえの子どもを殺していないからだ」

シルヴァーはその場に凍りついた。「嘘よ。だってあなたは――」

「あの名医を生け贄に捧げたといったんだ。それは事実だ。しかしきみにあの毒を飲ませたのはわたしじゃない。ロゴフにやらせるつもりだったが、信徒のひとりがそれを待ちきれずに、あの医者に賄賂《わいろ》をつかませてきみに毒を盛ったんだ」

シルヴァーは体の両側でゆっくりとこぶしを握った。「誰がやったの?」

「誰かって? もちろんナターリヤだよ。きみもずっと彼女を疑っていたんじゃないのか。ナターリヤは混血女が自分の息子の子どもを産むことを望んでいなかった。子どもを殺せばニコラスはきみを捨てるだろうと考えたんだ。ところがあとから恐怖に襲われて、医者を始末してほしいとわたしに頼みにきた」

「そしてあなたはそうした」シルヴァーは呆然としていた。

「わたしにとっても都合がよかったのでね」悪意をはらんだ目でシルヴァーを見やった。

「これでわかっただろう、結局勝ったのはわたしだ。ナターリヤが犯人だとわかったいま、きみは彼女を罰しなければならなくなった。そうせずにはいられないだろう」呼吸が荒くなり、言葉がなかなか出てこない。「きみは夫の母親を殺すことになるのだ」そこで間をおいた。「それともニコラスをけしかけてやらせるか。母親殺しを」

「いやよ!」叫ぶようにいった。「そんなことはさせられない」

「しかしきみの子どもを殺したナターリヤが処罰を受けずにいると思うのは、きみには耐えられないはずだ。彼女が犯した罪を知りながら、彼女が贅沢な暮らしをつづけるのを見ていられないはずだ」

「ニコラスは母親を愛していないわ。彼はきっと——」

「だが彼はきみを愛しているんだろう? きみがやつの母親の命を奪ったら、その愛は毒されて死に絶えるだろう」

「嘘よ！　ニコラスはわたしを憎んだりしない。ナターリヤは罰を受けて当然――」

だけどニコラスは、ナターリヤにあれだけのことをされてもなお母親を憎んでいるといわなかった。

ミハイルも、ニコラスは愛情の深い男だから家族の絆に背を向けることはむずかしいのだといっていた。

モンティースが喉を鳴らして笑った。「子どもの死の仇を討たなければ、その毒がきみの心を蝕《むしば》んで、やがてはきみをだめにする。仇を討てば、きみの夫は生みの母をきみに殺されたと知ってきみを憎むようになるだろう」

「いいえ、そんなの嘘よ」

「事実だ」モンティースの目が勝利に輝いた。「そしていずれにせよきみは滅ぼされて、わたしが勝つ……」まぶたが痙攣し、やがて閉じられた。「きみのような魂は、わが師サタンを喜ばせることだろう。結局……わたしが勝ったんだよ」喉がごろごろと音をたて、ついに呼吸がやんだ。

「いや！」苦悩が心を引き裂き、手のひらに爪が食い込んだ。「お願い、神様。やめて！」

「シルヴァー、どうした？」背後の檻の戸口からヴァレンティンの声がした。「手を貸そうか？」

狂わしいほどの恐怖に襲われ、シルヴァーはぎゅっと目をつぶった。手を貸すってどうやって？　誰もわたしを助けられない。「あなたにできることはないわ」囁くようにいった。「早く逃げないと。テントの北側の壁に火が達して、煙が――」

「いま行くわ」彼女はよろよろと立ちあがり、モンティースのしわのないなめらかな顔に目を落とした。息絶えたあとも、彼のくちびるの端にはうっすらと笑みが残っていた。勝利の微笑み。シルヴァーは彼に背を向け、やみくもにヴァレンティンのほうへ歩きだした。「もうここに用はないから」

だけど、たぶんどこにもなにもないんだ。愛も。ニコラスも。ようやくつかみかけた孤独のない人生も。

あるのは赤ちゃんを殺した犯人への復讐だけ。

そしてモンティースが口にした魂の破滅は目の前にあった。

「きっときてくれるとわかってたわ」エテインはトロイカの橇にぐったりともたれかかり、ミハイルは彼女をそうっと毛皮でくるんだ。「あの黒いローブと仮面を盗んだのはうまい考えだったわ。だけどどうやって森の衛兵たちを突破したの？」

「ニコラスとおれはコサック戦士だ」ミハイルはさらりといった。「コサックは本人が見られることを望まないかぎり誰の目にも留まらない」彼は肩をすくめた。「それにヴァレンテインもまずまずだった。多少ぎこちないところはあったが……」エテインのくちびるのまわりの疲労によるしわが濃くなるのを見て、そこでいうのをやめた。彼はしばらく押し黙り、エテインを慰める言葉を探した。「きみもコサックのように勇敢だったよ」おごそかに告げた。「きみが領主館から小道を歩いていくのをずっと見ていたんだ」

「勇敢だったんじゃないわ。死にたくなかっただけ」エテインは彼の目を見た。「彼は邪悪な悪人だったの、ミハイル。彼が死んで悲しいと思うべきなんだろうけど、そうは思えない。罪悪感も感じないの」

「それでいいんだ」

「あの人はわたしの父親だった。わたしに生を授け、それを奪おうとした。もう貸し借りはないわ」まばたきをして涙を押しやった。「あなたのいうとおりね、わたしったらばかみたい。ここから離れられてうれしいわ。ああ、シルヴァーとヴァレンティンがきた。もう――」エテインははっと口をつぐみ、体を包む毛皮を振り払おうとした。「シルヴァーになにかあったんだわ。あの顔を見て」

ミハイルはエテインの視線を追った。「ここにいろ。すぐに戻る」彼はエテインを毛皮でくるみなおすと、空き地を横切ってシルヴァーのほうに向かった。声の届くところまでくるとすぐにヴァレンティンに呼びかけた。「ニコラスが呼んでるぞ、ヴァレンティン。彼は檻のところでセバスチャンと、サーカスの団員をクリスタル・アイランドに連れていく相談をしている」

「だったらぼくになんの用がある？」ヴァレンティンがきいた。

ミハイルはシルヴァーをじっと見た。「セバスチャンとの話がすんだら、ペスコフの館に火を放つといっていた」

ヴァレンティンの顔がぱっと輝いた。「そういうことなら話はべつだな」彼は森の際《きわ》にあるサーカスの檻のほうへ歩いていった。

ミハイルはシルヴァーの表情をうかがった。「ひどくつらそうな顔をしてる。おれにできることはあるか？」

シルヴァーは無言で首を振った。

「それならエテインのところへ連れていくよ」

「待って」苦しみをたたえた目が不意に彼をじっと見つめた。「ナターリヤがわたしの赤ちゃんを殺したことを知っていたのね」

ミハイルがはっとした。「なぜわかったんだ？」

「モンティースよ」

ミハイルの視線が炎に包まれたテントに飛んだ。「やつは死んだんじゃなかったのか？やつが関わっていることは知らなかった」つかのま黙ったあとで、ゆっくりうなずいた。

「確証はなかったが、彼女がやった可能性はあると思っていた。マリアという彼女のメイドに尋ねてはみたんだが、とにかく口の堅い女で。なにかを知っていることはたしかだったが、翌日また訪ねたときには故郷のウラルの村に送り返されたあとだった」

「どうして話してくれなかったの?」

「いえなかった。ニコラスはおれのせいで大切なものをすべて失ったんだ——クバンの家も、祖父の愛情も……。母親まで奪うようなまねができるはずがないだろう」

「彼女は悪党よ。彼女はわたしの子どもを殺した。当然の報いを——」声が途切れ、目に涙があふれた。「ニコラスを苦しめたくはないわ、でも……」ごくりとつばを飲み込む。「どちらの道を選んでもわたしは破滅するとモンティースはいった」

「どうするつもりだ?」ミハイルはやさしい声でいった。

シルヴァーはかぶりを振った。「わからない」彼女は囁いた。「ああ、わからないのよ」

そういうと、足早にトロイカのほうに向かった。


「モンティースの死を望む理由はおれが考えていたより多いようだ」シルヴァーの顔を見据えたまま、ニコラスはこわばった口調でいった。「あのくそ野郎はきみになにをしたんだ、シルヴァー?」

シルヴァーはビロードの上掛けのなかにもぐり込んだ。「なにも」ニコラスにぴたりと寄り添った。「抱いて」

「なにも、だって?」ニコラスは思わず彼女にまわした腕に力をこめた。「おれはきみを知っているんだぞ、シルヴァー。この城に向かっているときのきみは夢遊病者みたいだった。子どもが死んだあとの数カ月よりひどいくらいだった」

「わたしの赤ちゃん……」体に震えが走った。「愛してるわ、ニコラス。どうかわたしを信じて。たとえなにがあっても、あなたを愛してる」

「シルヴァー、まさか——」ニコラスはためらった。「モンティースはきみに手をふれたのか?」

わたしにふれたのはモンティースの言葉。その言葉がわたしを汚《けが》し、おそらくはわたしの身を滅ぼした。シルヴァーは悲嘆に暮れた。「彼はわたしを犯してはいないわ、もしもそういう意味でいったのなら」

ニコラスの体からふっと力が抜けたのがわかった。「だったらなにが問題なんだ? モンティースは死んだ。エテインは無事だった」彼の声がくぐもった。「そしてありがたいことにきみも」

「わたしが?」この世のどこに安心や幸せがあるというの? ニコラスとなら幸せになれるかもしれないと思ったけれど、いまはもうわからなかった。

「きみのことはこれからもおれが守る。信じてくれ」

ニコラスは前にもそういった。おれを信じろ。おれたちの愛を信じろ。だけどわたしはずっと、わたしを愛してくれる人がいることを信じられずにいた。それにわたしがもし心の底から信じていることに従ったとしても、ニコラスはまだわたしを愛してくれるだろうか？「信じるようにするわ」シルヴァーはさらに身をすり寄せて、ニコラスのあたたかで力強い体に夢中でしがみついた。「強く抱いて。お願い。今夜はそうして欲しいの」「シルヴァー、いったい……」彼のくちびるが羽根のように額をかすめた。「わかった。今夜はなにもきかない。すべて明日にしよう。おやすみ、愛しい人」

しばらくするとニコラスの呼吸が深くなり、彼が眠ったのがわかった。けれどもシルヴァーは長いこと眠れなかった。暗闇を見つめ、必死の思いで解決策を模索した。そしてなんの答えも見つからないまま、部屋の向こうにある細長い窓の分厚いビロードのカーテンの隙間から夜明けの最初の光が射し込むころに、ようやく眠りに落ちた。

13

「きみをおいて、くそいまいましい舞踏会なんかに行くつもりはない」ニコラスはきっぱりいい切った。

「行かなきゃだめよ」笑おうとして、シルヴァーのくちびるがわなないた。「ペスコフはあなたに不利な嘘を皇帝《ツァーリ》に吹き込むだろうといったのはあなたよ。あなたとヴァレンティンで宮廷へ行って、ペスコフの館でゆうべ本当はなにがあったかを皇帝に話さなくちゃ」

「だったらきみもいっしょに行くんだ」ニコラスは説得しようとした。「こっちのいいぶんを皇帝に話したら、すぐにここに戻ればいい」

シルヴァーはかぶりを振った。「わたしはまだ宮廷にいる人たちに会いたくないの。顔を見ればきっと、ゆうべあのテントのなかで仮面のうしろに隠れていたのは誰だろうと思ってしまう」彼女はつま先立ちしてニコラスの頰に軽くキスした。「あなたはヴァレンティンと行って。あなたたちが戻ってくるまでには気分もよくなってるはずよ」

「とてもそうは思えないが」ニコラスは探るようにシルヴァーの顔を見つめた。高い頰骨のあたりの皮膚が引きつり、銀色の目の下にできた薄いくまが、ほっそりした顔のなかでひどく目立って見える。けれどもニコラスの心配を掻き立てているのは彼女の体に表われた疲労の色ではなく、むしろ注意深く平静を装うその裏に見え隠れする、いまにも切れそうなほどに張りつめた緊張の糸のほうだった。せつないほどの愛情がこみあげ、ニコラスは手を伸ばして彼女の頬に指先でそっとふれた。「いつまでもこんなことはつづけていられないよ。戻ったら、なにがきみを苦しめているのか教えると約束してほしい。おれにきみを助けさせてくれ、シルヴァー」

シルヴァーはまつげを伏せて目を隠した。「あなたにわたしを助けることはできない。これを決められるのはわたしだけ……」声が小さくなったかと思うと、彼女は急に頭を傾け、ニコラスの手のひらに強くくちびるを押しつけた。「行って」くるりと向きを変え、階段を駆けあがる。「エテインが眠ったかどうか見てこないと。今日はずっとひどく動揺していたから」

「エテインが、ね」彼女のうしろ姿を目で追いながらニコラスはぶつぶつと文句をいった。

「トロイカが待っているぞ、ニコラス」ヴァレンティンが玄関の間に現われて彼の横に並び、ふたりは階段をあがっていくシルヴァーを見送った。「ここならエテインとミハイルがいるし、シルヴァーなら大丈夫だよ」ヴァレンティンはいった。

「彼女をおいていきたくない」ニコラスはいった。「彼女は傷ついているんだ、ヴァレンテイン」

「きみがシベリアに送られることにでもなったら、シルヴァーの悩みは増えるだけだぞ」ヴァレンティンは乾いた声でいった。「ペスコフがゆうべの一件を自分に都合のいいようにねじ曲げようとするのは、きみだってよくわかっているだろう。領主館が燃えたのはどこかの気の荒い無謀な男の暴挙によるもので、自分は罪のない犠牲者だといいたてるはずだ」

それはニコラスにもわかっていたが、シルヴァーを残していく不安を静めることはできなかった。とはいえシルヴァーがなにもうちあけようとしないのに、いったいおれになにができる？ ニコラスは向きを変え、従僕が広げたマントを肩にかけた。「わかった。行くよ。だが皇帝と話ができたらすぐに帰るぞ」

「ペスコフがそばにくっついていたら、皇帝に話を聞いてもらうのはむずかしいだろうな」ヴァレンティンはなにかを考えるように眉間にしわを寄せた。「賄賂を使えば、晩餐の席で皇帝の隣りに座れるようにできるかもしれない。やってみる価値はあるな」

「なんでもいいからやってくれ」ニコラスはつかつかと表玄関に進んだ。「そして真夜中になる前に冬の宮殿からおれを解放してくれ」

「しーっ」ミハイルはくちびるに指を当ててエティンの部屋のドアを閉めてから廊下に出た。そしてシルヴァーを廊下の少し先まで引っぱっていった。「エティンなら大丈夫だ。たったいま眠ったところだ」

「よかった。あんなことがあったあとだし気がふさいで当然だけど、それでもやっぱり心配だったから」

「ずっと考えていたんだろう。起きたことを受け入れて、これからの人生にどう生かしていくかをね」ミハイルの視線がシルヴァーの顔に落ちた。「きみも一日じゅう考えていたんだね？」

「ええ」シルヴァーは震える息を吸い込んだ。「すごく怖いわ、ミハイル」

「わかるよ」

「ニコラスはわたしがずっと欲しかったすべてなの。彼といっしょなら孤独を感じずにいられた、喜びだけがあったのに」

「それはすばらしい贈り物だな」

「でもナターリヤは罰せられなければならないわ」

ミハイルは黙った。

「解決策を探そうとしたけど」彼女は力なく手を振った。「だめだった」

「それはたぶん、きみが見たいものしか見ていないからだ」

シルヴァーが眉根を寄せた。「どういうこと？」

「きみはまだ多くの点で子どもだ、シルヴァー」ミハイルはやさしい声でいった。「きみにとっては、すべてがふたつにひとつだ。黒か白しかない。おとなになれば、欲しいもののすべてを手に入れることはできないことがわかる。ときには妥協しなければいけないことがね。きみにとって一番大切なものを選ぶべきだと」

「でもそんなの無理よ。どうすれば――」そこで口をつぐんだ。「愛か復讐か、そのどちらかしかないわ」彼女は向きを変え、自分の部屋のほうにのろのろと向かった。「おやすみ、ミハイル」

「選択肢はもうひとつあるぞ、シルヴァー」ミハイルは静かに告げた。「子どもを卒業しておとなの女になることだ」

シルヴァーはドアノブに手をかけたところで止まった。「それが一番むずかしいことかもしれない。それでもやっぱりニコラスを失うことになるわ」

一瞬ののち、彼女はうしろ手にドアを閉めた。

ろうそくに火を灯そうともせず、そのまままっすぐ窓のところへ行った。そして窓の下に広がる庭園をぼんやり見つめた。決めなければ。いつまでもこんなどっちつかずの状態ではいられない、さもないとモンティースの予言どおりに身を滅ぼしてしまうだろう。終わらせなければ。どんなに苦しくとも、心を決めるのよ。

「ミハイル!」シルヴァーは階段の最初の数段を駆けおりた。「ミハイル、どこにいるの?」

「ここだ」ミハイルは書斎から出て玄関の間に立った。「なにか用か？」

「ええ」シルヴァーは踊り場に立って彼を見おろした。その目は輝き、頬は赤く上気している。「わたしが着替えるあいだにトロイカを用意させて」

ミハイルが目を丸くした。「出かけるのか？」

「そうよ、急いで」シルヴァーは向きを変え、急いで階段をあがりはじめた。「冬の宮殿に行くのよ！」

「失礼ですが招待状をお見せください、サヴロン公爵夫人」シルヴァーが冬の宮殿の玄関広間に颯爽《さっそう》と入っていくと、お仕着せを着た肉づきのいい侍従がていねいに願いでた。

「忘れてきたわ。皇帝がわたしを招待したことは知っているでしょう」シルヴァーは彼の前を通りすぎ、ヨルダン階段をあがりかけた。「ゲストはまだニコライの間にいるの？」

「いいえ。十一時をまわりましたので。みなさま晩餐室へお下がりになりました」侍従は彼女のあとを追ってきた。「マントをお預かりいたします」

「いいの！」ぴしゃりといった。「このまま着ていくわ」

「ですが――」

「いいといったでしょう」シルヴァーは侍従のほうを振り返りもせずに大理石の階段をあがりつづけた。「長居をするつもりはないから」

侍従は抗議の言葉をつぶやきながらおたおたと彼女のあとを追ってきたが、晩餐室の扉の前までくるとさらにしつこく迫った。「これはきわめて異例のことでございます。せめて奥様のご到着を取り次がせてくださいませ」

シルヴァーは侍従にいらだたしげな視線を投げた。「だったら、さっさとやって」

侍従は安堵のため息をつくと、観音開きのドアをさっと押し開けた。「シルヴァー・サヴロン公爵夫人のおなりでございます」

シルヴァーが部屋に足を踏み入れると、ダマスク織りのクロスをかけた細長い食卓で交わされていた会話がたちどころにやんだ。

シルヴァーはドアのところで立ち止まり、長方形に並べられた長いテーブルを囲む数百名のゲストに目を向けた。テーブルにざっと目を走らせ、主賓席の端にペスコフと並んで座っているナターリヤを見つけた。ニコラスは皇帝の右側に座り、ヴァレンティンがその隣りに控えていた。彼女は次にアレクサンドル皇帝にまっすぐに目を向け、威厳に満ちた足どりでゆっくりと歩きだした。

「これは」ニコラスはつぶやいた。これほど美しく光り輝いているシルヴァーを見るのは初めてだった。顔は紅も差さず素顔のままで、背中にまっすぐに垂らしたつややかな黒髪は、アルフォード学院長の応接室で初めて会ったあの日のように飾り気がない。それでもそのすっきりとした簡素さが、かえって彼女のたぐいまれな美しさを際だたせていた。火の鳥のマントを緋色の炎のようにたなびかせ、シルヴァーもまた内なる炎で赤々と燃えていた。混みあった広い部屋のなかで燃えるように輝きながらも、ひどく孤独に見えた。ニコラスはなぜか胸が締めつけられ、いきなり立ちあがった。あんなに淋しそうなシルヴァーは見ていられない。「どうやら妻は考えなおして今夜の舞踏会に出席することにしたようです。よろしければ、陛下、妻を席まで案内したいのですが」

「その必要はないようだぞ」アレクサンドル皇帝は目を細めてシルヴァーを見た。「彼女はどこに向かうべきかちゃんと心得ているらしい。座れ、ニコラス」

「ですが――」ニコラスは不意に黙った。

シルヴァーは皇帝の前で止まり、大胆にも彼の目をまっすぐに見据えた。お辞儀はせずに、背筋をぴんと伸ばし、あごをそらして堂々と立つ。「陛下にお話ししなければならないことがあります」

アレクサンドルはうなずいた。「きみの夫からきわめて興味深い話を聞いていたところだ、シルヴァー」口元に冷笑を浮かべた。「ペスコフによると、根も葉もない作り話だそうだが。ニコラスの話を裏づけるためにきたのか?」

「いいえ。ニコラスは真実を話していますが、わたしがここにいるのはそのためじゃありません」一瞬、言葉を切った。「この夏にわたしが流産したことはお聞きかと思いますが」

皇帝の顔を驚きの表情が一瞬よぎった。「それにはお悔やみをいうが、ここで話すようなことではないと思うが」

「わたしの子どもは殺されたんです」シルヴァーは頭をめぐらせニコラスの母親を指さした。

「彼女がドクター・レリングズを買収して、わたしに毒を盛って赤ちゃんを殺したんです」

ナターリヤが椅子から跳びあがった。「嘘よ！」

「いいえ、あなたがやったことだと、モンティースが死ぬ間際に教えてくれたわ。あなたは彼の信徒のひとりで、自分の罪を隠すためにあの医者を彼に殺させたと」

ナターリヤは皇帝に懇願するような目を向けた。「陛下、こんなばかな話はありませんわ。まさか信じては——」

「事実なら重罪だぞ」アレクサンドルはさえぎった。「なぜナターリヤがそんなことをする？」

「わたしを厄介払いするため、ニコラスを残してサンクトペテルブルクから出ていかせるためです。彼女は汚れた血が混じった孫が欲しくなかった、彼女の望みはあなたの宮廷でのしあがることだけなんです」

「証拠はあるの？」ナターリヤがあざけるようにいった。

「あなたがわたしの子どもを殺した証拠はないわ。でもモンティースは、医者の遺体はペスコフの屋敷のあずま屋の近くにある、常緑樹の大木の下に埋めたといっていた」

ナターリヤの顔に初めて不安の影が差した。「だったら子どもを殺したのもモンティースに違いないわ」

「あなたよ」シルヴァーはきっぱりいいきった。「あなたは人殺しで、悪魔信奉者で、いまではここにいる全員がそれを知ったのよ」

「証拠はないわ」ナターリヤの声は震えていた。「あなたのいうことなど誰も信じない」

「信じるわ」シルヴァーはテーブルを囲むゲストの顔から顔に視線を移した。「もう信じてる」

「違う！」ナターリヤは金切り声をあげた。「全部嘘よ」

シルヴァーはかぶりを振った。「あなたはモンティースと同じ殺人鬼よ」

「証拠がなければ彼女を罰することはできないぞ、シルヴァー」アレクサンドルが静かに告げた。

「知っています」シルヴァーは皇帝に視線を戻した。「本当はこの手で彼女を罰するつもりでした。わたしの赤ちゃんを殺した犯人を殺すつもりだった」そこでふっと押し黙り、言葉を探した。「でも彼女はわたしの夫の母親で、彼女を殺せばニコラスとわたしの愛も消えてなくなるとモンティースはいった。かといって、子どもの仇を討てないままに、好き勝手に暮らす彼女を見ていることもわたしにはできないだろうから、結局は自分が勝ったのだと……」シルヴァーは目をつぶった。「モンティースのいうとおりよ。わたしは気の強い女だし、そんなことには耐えられない」目を開けたとき、彼女の瞳は涙に光っていた。「けれど、わたしはモンティースを勝たせはしない」シルヴァーはナターリヤにさっと顔を向けた。「あなたの命は奪わないけど、あなたが命より大事にしているものを奪うことにした。ここではどんな悪事も許されるけれど、罪を犯した人間がそれを秘密にしておけないときは違うそうね。これであなたが自分の孫を殺したことは宮廷じゅうに知られたわけだし、きっといやな噂が飛び交って、あなたはじきに疫病患者のように避けられるようになる」

「この野蛮人の雌犬が」ナターリヤがわめいた。「おまえなんか――」

「黙れ」アレクサンドルが尖った声でさえぎった。「なんともいやな話だ、ナターリヤ。今後は宮廷へあがる必要はない」

ナターリヤの顔に浮かんだ怒りの表情が恐怖に変わった。「そんな、あたくしはなにも……。陛下、まさかそんな……」彼女は声をなくし、息をあえがせながら助けを求めるようにテーブルに必死のまなざしを向けた。

手を差し伸べる者はひとりもいなかった。

シルヴァーは勇気を奮い起こしてニコラスと向き合った。彼の表情は険しく、シルヴァーは不意にこみあげてきた恐怖を必死で抑え込もうとした。「こうするしかなかったの、ニコラス。彼女が罪を免れるのを見ているわけにはいかなかった」震える息を吸い込んだ。「でもわたしは自分という人間を知っているし、彼女と同じ街にいたら、きっと生かしてはおけなくなる。彼女をわたしの手から守るには海ほどの隔たりが必要よ」シルヴァーは彼と目を合わせた。「だからそうすることにした。ここを出たらその足で埠頭へ行って、エテインを連れてアメリカに戻る船の切符を買うつもりよ」

「シルヴァー」ニコラスの声はしゃがれていた。「おれの話を——」

「いいえ、わたしの話を聞いて。あと少しだから」張りつめた顔のなかで銀色の瞳がきらめいていた。「あなたが話してくれた戦士と火の鳥の物語をおぼえている？　火の鳥は戦士のことをあきらめて太陽に向かって飛び立ったのよね。でもわたしは、そんなに潔《いさぎよ》くあなたをあきらめられない。あなたが好きでたまらないから——」声がひび割れ、先をつづけるにはしばらく待たないとならなかった。「わたしはここにはいられない……。でもあなたがもしわたしといっしょにきたいなら……。あなたにとってそれは故郷と国を捨てることだというのは知ってる」シルヴァーはまっすぐに彼の目を見た。「わたしたちの物語に幸せな結末を約束することはできないわ。わたしに約束できるのは、命がつきるその日まであなたを愛するということだけよ、ニコラス」

シルヴァーの指がマントの紐を探した。「それでもいいというなら、わたしを追ってきて、ニコラス」羽根のマントが床に落ちて鮮やかな深紅の池をつくり、その下からシンプルなパールグレーのガウンを着たシルヴァーが現われた。首や腕を飾る宝石はいっさいなく、華麗なマントを脱いだその姿はせつないほどに無防備だった。「わたしをつかまえて」囁くようにいった。

彼女は向きを変え、走るようにして晩餐室から出ていった。

シルヴァーはうしろを振り返らずにヨルダン階段を駆けおりた。振り返るのが怖かった。

今夜、彼女は大きすぎる賭けに打ってでたのだ。

うしろを追いかけてくる足音は聞こえない。

彼女は最後の階段に足をかけた。

ニコラスは追ってこない。

ドレスの長い裾が淡い月光のように白大理石のステップを流れていき、彼女は思わず歩調をゆるめた。

わたしは彼に多くを望みすぎた。

玄関広間までくると、肉づきのいいあの侍従がすっと前に出た。「トロイカをお呼びしますか、奥様？」

「いいえ、ミハイルを待たせてあるから」自分が返事をしていることにもほとんど気づかなかった。そのままドアのほうへ進む。

女のために国を捨てる男なんていない。

「マントを」侍従は食い下がった。「外は雪です。マントなしではいけません」

「マントはないの」火の鳥のマントは誰にもふれられずに、晩餐室の光を放つ床の上にうち捨てられているから。「ドアを開けて」

ドアが開き、シルヴァーは気がつくと外の石造りのステップに立っていた。雪がしんしんと降り、寒いはずなのになにも感じなかった。中庭の向こうにミハイルとトロイカの姿が見えて、彼女はステップをおりはじめた。

「なんだっておれはいつもきみに服を着せかける役目になるのかな」

シルヴァーはその場に凍りついた。息をするのが怖い。振り返るのが怖かった。

肩に羽根のマントがそっとおかれた。「おれは服を脱がせるほうがずっと好きだと知っているだろうに」

「ニコラス」シルヴァーはさっと振り返り彼と向かい合った。「わたし怖くて――」

「そうだろうね」ニコラスはやさしく微笑みかけた。星の形をした雪の結晶が金色の髪の上できらめき、黒のタキシードにも落ちている。「きみが人を信じることが苦手なのは知っているから。もっと早くきたかったんだが、きみのあとを追いかける前に皇帝とヴァレンティンに話しておきたいことがあったんでね」

シルヴァーは息を詰めた。「なにをいったの?」

ニコラスは彼女の首の前でマントの紐を結んだ。「火の鳥が恋人を呼び戻すために羽根を一枚残していったら、コサックはかならずあとを追わないといけないんだとね」彼の瞳がおかしそうに輝いた。「きみは気前よく千枚も残していったけど」

シルヴァーは笑おうとした。「わたしがあなたを求めていることが間違いなく伝わるようにしたかったのよ」

「はっきり伝わったと思うよ。おれだけじゃなく宮廷じゅうにね」

「故郷を捨てるのはつらいことよ。本当にいいの？」

「おれにわかっているのは、一生シルヴァー・サヴロンについていきたいってことだ」ニコラスは彼女のくちびるに指でそっとふれた。「たぶんおれはきみのアリゾナ準州にすぐに慣れると思う。そこの自然はクバンによく似ているようだからね」

「でも仕事もたくさん残していかなきゃならないし」

「ヴァレンティンが喜んで引き受けてくれるさ」

「ヴァレンティンはここに残るの？　淋しくなるわ」

「あれこれなだめすかせば、いつかはサンクトペテルブルクから引っぱりだせる」

「でも皇帝は――」

「まったく」ニコラスは頭をのけぞらせてげらげら笑った。「シルヴァー、愛しい人、あれだけ派手な招待状を送りつけておいて、今度はその招待を受けてはいけない理由を何百も連ねるつもりか」彼女に微笑むその黒い瞳は愛の光に満ちていた。「きみがなんといおうと、おれはきみについていくぞ。きみは永遠の愛を約束してくれた、きみがその約束を破らないかどうかたしかめるためにもついていかないとね」ニコラスは手を挙げて、トロイカをまわすようミハイルに合図した。

「わたしはあなたに幸せになってほしいの」シルヴァーは囁いた。「幸せになると約束して」

「きみとふたりで幸せになると約束する」ニコラスは彼女のくちびるにそっとキスした。

「それからおれは絶対にきみを捨てないぞ、疑り深い奥様。ようやくおれを信じる気になったか？」

「ええ」彼女は喜びに目をきらめかせて彼の手を取った。いまなら信じられる。喜びに震えながら思った。永遠につづく愛も、孤独のない人生も。「ええ、ニコラス、あなたを信じるわ」

「まあ、そろそろ潮時だよな」冷たい夜気のなかに彼の笑い声がまた響き、ニコラスは彼女に手を貸して雪の積もった階段をおりた。

そして火の鳥のマントを深紅の雲のようにたなびかせながら、ふたりはステップを駆けおり、トロイカで待っているミハイルのほうに急いだ。

訳者あとがき

アパッチインディアンと白人の混血シルヴァー・ディレイニィと、ロシアの青年貴族ニコラス・サヴロンの激しい愛を描いた『いま炎のように』の続編、『氷の宮殿』(原題:*Satin Ice*)をお届けします。

ニコラスの子どもを身籠っていることを知り、銃を突きつけて無理やり結婚したシルヴァー。彼女はサーカスの少女エテインを悪魔のような父親モンティースのもとから救いだすために、ニコラスの故郷ロシアに渡ります。

モンティースの一座がサンクトペテルブルクで興行していることを突きとめたニコラスとシルヴァーは、力ずくででもエテインを奪うつもりでサーカスにのりこみますが、モンティースはなぜか素直に娘をシルヴァーに引き渡します。「この時期のエテインにはきみが役に立つ」という意味深な言葉とともに。じつは、モンティースはある恐ろしい計画を胸に秘めていたのです。エテインとシルヴァーは、知らず知らずのうちにその計画に巻き込まれていきます。

ところが、陰謀をめぐらしていたのはモンティースだけではありませんでした。ニコラスの母親のナターリヤもまた、ひそかに暗い企てを進めていたのです。その美貌と肉体を武器に農奴の娘から公爵夫人へ、さらに宮廷の実力者へとのしあがったナターリヤは、混血であるシルヴァーの存在がみずからの汚れた素性を人々に思いださせることを恐れ、彼女とニコラスの仲を引き裂こうとします。

シルヴァーとニコラスの愛の行方は？　そしてモンティースの計画とは？

体に流れるアパッチの血が原因で、実の家族にさえ愛されなかったシルヴァーは、ニコラスの愛情を信じることができません。ニコラスもいつかは自分に飽きて、去っていってしまうのではないかという思いに囚われ、心を開くことができずにいます。

ニコラスはそんなシルヴァーにいらだち、ついつい辛辣な言葉を投げてしまいます。本当はやさしく抱きしめたいのに、欲望に流されて彼女をまた傷つけてしまうのが怖くて、わざと距離をおこうとします。

そんな不器用なふたりが思いの丈《たけ》をぶつけあい、ついにおたがいの愛を確かめあうシーンは感動的で、しかもとてもセクシーです。

けれど幸せもつかのま、運命はふたりを翻弄するかのようにさらなる試練を与え、文字どおり最後の一ページまで息もつかせぬストーリーが展開します。夏のニューオーリンズから、冬のサンクトペテルブルクへと舞台を移し、ついにクライマックスを迎えるシルヴァーとニコラスの愛の物語を、どうぞ存分にお楽しみください。

さて、『鏡のなかの予感』からはじまったディレイニィ・シリーズ。待望の第四弾は、ジョハンセンの幻の名作としてロマンス・ファンに語り継がれてきた *This Fierce Splendor* です。

一八七〇年。スコットランド人の遺跡研究家エルスペス・マグレガーは、アリゾナ準州ヘルズブラフを訪れます。メキシコに存在していたといわれる伝説の古代都市、カンタランのことを知るドミニク・ディレイニィなる人物に会うために。アパッチインディアンの伝説によると、カンタランはマヤやインカに匹敵する高度な文明が栄えた都市でしたが、あるとき忽然《こつぜん》と姿を消したというのです。しかもその都市の場所を知る者は、この世でたったのふたりだけ。そのひとりであるドミニクはしかし、遺跡へ案内してほしいというエルスペスの頼みをすげなく断わります。あきらめきれないエルスペスは、ドミニクの甥パトリックの力を借りて、ドミニクの気持ちを変えようとあれこれ策を練ります。

一方、ドミニクを悩ませているのはエルスペスだけではありませんでした。彼女と同じ駅馬車でヘルズブラフへやってきたアンドレ・マルゾノフというロシア人の若者が、やたらとそばをうろちょろするのです。どうやら西部の荒くれ者に憧れているらしいのですが、そのことが原因である事件が起こり……。

この作品には、十五歳のシルヴァーや、これまでは名前だけの存在だったライジング・スターも登場します。そして、のちにニコラスをアメリカに呼び寄せることとなる「事件」の真相も明らかになります。ディレイニィ一族をめぐるすべての物語のはじまりである *This Fierce Splendor* は、ひきつづき二見書房から刊行の予定です。どうぞお楽しみに。

二〇〇六年八月

23 ザ・ミステリ・コレクション

氷《こおり》の宮殿《きゅうでん》

著者　アイリス・ジョハンセン

訳者　阿尾《あお》 正子《まさこ》

発行所　株式会社 二見書房
東京都千代田区神田神保町1-5-10
電話　03(3219)2311［営業］
03(3219)2315［編集］
振替　00170-4-2639

印刷　株式会社 堀内印刷所
製本　株式会社 進明社

ISBN4-576-06130-5
http://www.futami.co.jp/